相信文学的价值

张先军　著

文化发展出版社
Cultural Development Press
·北京·

图书在版编目（CIP）数据

相信文学的价值 / 张先军著. — 北京 ：文化发展出版社，2025. 5. — ISBN 978-7-5142-4622-3

I. I 206.7-53

中国国家版本馆CIP数据核字第202556ZQ48号

相信文学的价值

张先军 著

责任编辑：孙 烨　　责任校对：侯 娜
责任印制：杨 骏　　封面设计：邓小林
出版发行：文化发展出版社（北京市翠微路2号 邮编：100036）
发行电话：010-88275993　010-88275711
网　　址：www.wenhuafazhan.com
经　　销：全国新华书店
印　　刷：三河市中晟雅豪印务有限公司

开　　本：710mm × 1000mm　1/16
字　　数：230千字
印　　张：15.5
版　　次：2025年5月第1版
印　　次：2025年5月第1次印刷

定　　价：79.80元
I S B N ：978-7-5142-4622-3

自序

这本书本应该在2020年出版的。出版个人作品集往往是冲动的结果，回过头来看，往往又会为这种“冲动”后悔，因为总是会对自己以前的作品不满意，所以当时抑制了自己的冲动。但鉴于半生已过，能出版自己作品集的机会不多，又不妨再冲动一次，“不悔少作”应算是对自己毕生热爱文字的一个交代。这次结集，增加了2020年以后的几篇作品。其中“乱读《金瓶梅》”系列是2023年冬天的一组读书笔记，发表在网络上。《民国武人那些诗》是为抖音号视频写的文案，《才有梅花便不同——历代咏梅诗审美意蕴漫谈》是一个讲座的讲稿，这两篇虽不是严格意义上的评论文章，但我觉得包含了自己的一些文学批评思想，所以也作为“附录”录于其后。

此书原题为《懒拾集》，但为了更好地突出本书内容的主旨，更名为《相信文学的价值》。综观这些文章，多发表于网络，虽然文风粗粝生猛，发出一些站在民间的声音，如一株野草在岩缝中倔强地生长，但其内核始终坚守着文艺批评的人民立场，弘扬真善美，鞭挞假恶丑。

2020年，此书拟出版时，贵州师范大学文学院教授、博士生导师唐善林教授为此书作序《体验与批判的有效融合——张先军文艺评论集〈懒拾集〉》，发表在邵阳市文艺评论家协会公众号上。溢美之语铭记于心，仍沿用原序。

此书，我不仅仅是对一些作品作评析，而是借我的评论对象来表达我对社会人生的理解、对文学艺术的认识。

当我还是一个为青春感到迷茫的大学生时，我读到了小说《玻璃房子》，思考了个人与他人、理想与社会、真实与虚伪的关系。我得出结论：“当那些既定规范与心灵自由之间存在着不可调和的矛盾时，是无法以个人的意志去改变其既定性质的，丑恶、黑暗、虚假、谬误总是与美好、光明、真诚、真理同在。但我们得活下去，而且完全有理由生活得很好，只要我们愿意。”

在“消费刺激生产”还是主流经济学理论的20世纪90年代，我认为物质的繁荣并不能给个人带来幸福，我借对《百年孤独》一个细节的解读，喊出了“别生了，母牛啊，生命是短促的”的声音。我认为消费欲望的满足使我们的心灵走向荒芜。

当我有了一定的社会阅历和历史知识后，我对民国时期政治人物的那些诗词的阅读超越了政治、历史的局限，对处在复杂历史情境中的生命多了一分尊重和理解。我认为“不管成王还是败寇，诗词是他们最后的唯一平等的话语权”。

我重读了《金瓶梅》，借对书中人物的分析，表达了我对现实的思考。

我对我的评论对象是用心去读、以情共鸣。正如文艺学博士唐善林教授所说：“我能感受到他对文本的语言、意象和意蕴有着近乎痴迷的沉浸式体验。这让我觉得他对自己的批评对象不是以一种俯视的姿态来审察他们，而是以一种朋友来访的方式融入他们的生命世界，与他们沟通交流，由衷地赞赏他们的精彩，善意地指出他们的不足，在诚挚地反思和追问中，最终携手跨越到一种更真更美更善的人生境界。”

此书在出版过程中得到了湖南省社会科学院文献信息中心原主任、二级研究员向志柱先生的细心指导，得到了《解放军报》原副总编辑凌翔先生的热情帮助，在此一并致以深深的谢意！

此书期待您的阅读分享，并敬请批评指正。

2024 年 10 月　作者于邵阳

附2020年自序：

三十年来，拉拉杂杂，写下这些文字，散落在各处。如此大的时间跨度，说明我是非常懒惰之人。年轻气盛时，是有点瞧不起自己写的这些文字的，随写随扔。年近半百，一事无成，终归天命。为告儿女：时间都去哪儿啦？今费心尽力，拾掇一起，命名《懒拾集》。当然也有或已遗失，或羞于再提之什。既曰“懒拾”，姑且如此。

虽曰“懒拾”，然评论之意义固不应止于当时，是非得失，隔着时间的距离回看，或许才能看得更真切些。“理论总是灰色的，而生命之树常青。”评论也因之而成为可能。

2020年7月　作者于邵阳

体验与批判的有效融合

——张先军文艺评论集《懒拾集》

唐善林

先军是一位文艺批评家，同时也是一位诗人，一位既写古典诗，也写现代诗的诗人，这就使得他的文艺批评呈现出鲜明的体验性。这种体验性，一方面，表现着他对社会人生及批评对象有过深切的认识和理解；另一方面，也意味着他的批评能给人们带来阅读的愉悦。愉悦性，读者阅读时自然能够真切地感受，在此无须笔者多言。但体验性对文艺批评的意义却是探入先军批评世界的重要路径，由此，我们能发掘他不同于一般学院式批评的特质。王国维在《人间词话》中有云："诗人对宇宙人生，须入乎其内，又须出乎其外。入乎其内，故能写之。出乎其外，故能观之。入乎其内，故有生气。出乎其外，故有高致。"王国维虽然谈的是文艺（诗歌）创造的问题，但其致思理路同样适用于文艺批评，尤其是契合那些如先军般有文艺创作体验的文艺批评家们。读先军的《懒拾集》，我能感受到他对文本的语言、意象和意蕴有着近乎痴迷的沉浸式体验。这让我觉得他对自己的批评对象不是以一种俯视的姿态来审察他们，而是以一种朋友来访的方式融入他们的生命世界，与他们沟通交流，由衷地赞赏他们的精彩，善意地指出他们的不足，在诚挚地反思和追问中，最终携手跨越到一种更真更美更善的人生境界。在对刘长卿"风雪夜归人"意象及其象征意义的解读中，先军潜心体验、独具慧眼，认为全诗的着眼点应落在"归"字上，并指出诗人谱写日暮、苍山、天寒、白屋、风雪夜等蕴含远阔、苍茫、凄苦、绝寂意味的意象，都是为了烘托这一"归"字，从而使得"风雪夜归人"一句获得了韵味无穷的象征意义。一般的鉴赏者也许到此就感觉良好地结束了自己的品读，但先军却意犹未尽，他进一步融入诗人的生活世界，甚至融入中国历史的生命深处。在这里，他创造性地体验到诗人与屈原等先辈经历“流/归”矛盾的惨痛，并以同情且敬仰的双手为其拭去历史的尘埃，令诗人身遭异地流放、心系朝廷苍生的人生意蕴熠熠发光，光耀千古。可见，文艺批评离不开体验，没有体验的文艺批评定然毫无生气，更谈不上高致（见），王国维诚不我欺!

在对陈敬容《静夜》一诗的赏析和张爱玲小说的解读中，先军让我领略到男性文艺批评家如何超越性别的界限，以一双细腻、敏感、诚挚的心灵之手有效地推开了女性作家那道孤独、幽愁、虚无的心灵之门。在《静夜》一诗的赏析中，先军写道：

只寥寥数字，写了“记忆”“月色”“风”“草”。记忆“枕”在枕上。然而是“一枕”，一枕万千思绪，记忆却如流水。深夜万籁俱绝，而诗人内心思绪却如鸣泉、静静流淌，鸣声幽然，潺潺不绝。月色是“白的”，色调单一，却给人以无限宁静和恬淡之感。“风无告地来去”，静悄悄的，实写动然则是静，以动衬静，因为“无告”，缥缥缈缈，似有似无。而草则在叹息，却是“丝丝”的“草的叹息”。这是怎样一种淡雅古朴的氛围啊！不写虫声风籁却写草的叹息，草的拟人化，其实是诗人内心的叹息吧！我们仿佛看到一个月光如水、万籁俱寂的静夜，诗人枕卧，独对无限静谧，思绪犹如鸣泉，悄然流淌，淙淙不止。她是在思念远方的亲友呢，还是在感悟生命的真谛？

然而在这淡雅单调的氛围中，却有孤星的绝望，却有“陌生的人敲叩着陌生的门”，而诗人自己却只有“一声沉寂”。这是一个孤寂的心灵，孤寂但不感伤；这是一种如水般忧愁的情绪，淡淡的无处排遣，却也并不烦闷。“孤星摇落了，绝望的凝睇”，静静的夜空，一颗孤星长久地等待，而终于不得不带着“绝望的凝睇”坠落，似去又依依。凝睇者，斜着眼看，有无限幽怨否？孤星的等待可是诗人的等待？而悠长寂寥的小巷里，却传来“陌生的门”的悠悠的敲门声。陌生者，与自己无关也。“吱呀”门开了，听别人的门上一声欣喜，而自己的门上却是“一声沉寂”，别人的欣喜与自己的沉寂是诗人情感的自然流露，由此及彼，由人及己，抒发了诗人淡淡的忧愁。

在这种抽丝剥茧式的细细品鉴中，先军似乎忘记了现实中的肉身，怀着一颗宝玉般晶莹剔透的心灵，踏着白的月色，迎着无告的风，在草的丝丝叹息声中，敲开了诗人那道沉寂已久的门，令那缕曾经绝望的凝睇泛流出知音终遇的惊喜。每一位逝去的诗人，都亲自将自己安葬在生前用语言的砖头所垒起的坟墓里，而每一次有效的阅读与批评，都是后人对他们深情的呼唤与复活。在此意义上，先军对陈敬容《静夜》一诗的赏析，是其跨越时空的阻隔，怀着虔诚的心灵，顺着神灵的足迹，唤醒了沉睡已久的诗人，把她从幽暗的墓地接引到此澄明的世界。先军何其诚也，敬容何其幸哉!

正如先军在《临水照花　花自飘零——论张爱玲的悲观与虚无》文章开头就明确指出的："张爱玲小说的审美基调是苍凉，苍凉的审美意象就如姜公馆的月亮白公馆的胡琴，说不尽凄凉的故事。"现代文学史也把"一个美丽而苍凉的手势"定格为张爱玲小说创作风格的独特标志。但是，何谓苍凉？作为一个有着自身空白的词语，不同的读者往往因各自的理解而赋予其不同的内涵。德国文学理论家沃尔夫冈·伊瑟尔曾说："一个文本潜在地能够有若干不同的实现，阅读绝不可穷尽这全部的潜能，因为每一位个别的读者将以他自己的方式来填补空白。"(《阅读过程：一个现象学的论述》)那么先军是以什么样的独特体验来填补苍凉的空白呢？先军认为，张爱玲小说在苍凉的审美基调与风格下浸透了悲观与虚无的情绪，但她这种因悲观而虚无的情绪是不彻底的，不是像鲁迅般在绝望的虚无中抗争，而是在悲观的虚无中还有对享乐和安稳生活的眷恋。所以，先军说："张爱玲是一个站在时代的边缘看风景的人，以虚无的人生观作着无底之底，去寻求人生中的那些可爱之处，来填充这个虚无的黑洞，得些淡淡的喜悦，缓解深刻的人生哀痛。这喜悦中是有着挣扎和痛楚的缘由的，但由于张爱玲的轻描淡写，我们看不见它们切实的形态，因而在她的作品中是悲凉多于悲壮。躲避虚无的结果是寻求人生的安稳。”也就是说，张爱玲从其小说创作中透露出来的一生是一幕“临水照花，花自飘零”的现代悲剧，其中，没有大起大落大悲大喜的剧烈冲突，不过是在注定飘零的人生悲剧中不妨暂时抓住某些虚无的安乐和美好。

或许是诗神的凭附，先军毫不费力似的走进了作家创造的艺术世界，并通过它极其自然地融入了作家的生命世界，从而令其《懒拾集》鲜明地呈现出独具魅力的体验性美学特征。但文艺批评毕竟不是文艺创作，它需要批评家运用适宜的理论武器对各种文艺作品和现象尽可能作出合情合理的判断和客观公正的评价。显然，在《懒拾集》中先军主要不是一位诗人，而是一位文艺批评家，一位极具批判意识的文艺批评家。其文艺批评的体验性不是为了表现自我，而是为了更精准地体察批评对象，以给出深刻而公正的判断。这就使得先军的文艺批评呈现出另一个鲜明的美学特征——批判性。

先军的批判性首先体现在他对文艺批评的人民性价值标准上。何谓人民性？这是一个易于让人联想到某种政治指向的概念，但显然，先军主要不是从这一层面来理解的，他明确指出：

我这里说的“人民”是按李卜克内西在《艺术》一文中的论述来理解的：“人民，即其成分在社会发展不同时期极其复杂的社会上被奴役的群众。”艺术的“人民性”是指的那种“根本不变化，或者变化得非常缓慢，然而却深深地打动任何时代的每一个人”的艺术作品的内在精神。这种内在精神是永恒的，是“尽管它多半不受时间限制和根本不去追求成为轰动一时的要闻，因为它把主要注意力放在永恒性东西上面”的那种朴素的美。如凡·高的《向日葵》、米勒的《拾稻穗者》、罗中立的《父亲》等，无不体现了这种朴素的美。(《艺术应体现“人民性”——评陈白水版画艺术》)

由此可知，先军所谓的“人民性”主要是指一种文艺价值标准，他认为，艺术家应以历史上那些最底层最卑微的普通民众为对象，通过独特的艺术方式生动地描叙他们最平凡最日常的生活世界，并真实地表现他们最质朴最深沉的内心情感，从而创造出一种能打动任何时代读者的永恒的朴素的美。这是先军认同的文艺创作价值标准，也是先军坚持并实践的文艺批评价值标准。以此为标准，先军在《懒拾集》中对那些随波逐流、轻浮夸张和满足本能欲望的文艺现象提出了严肃的批评。

余华凭借《活着》和《许三观卖血记》在中国当代文坛建立了极高的江湖地位，但先军并没因此对其同样获得大奖的《兄弟》作锦上添花式的评价，而是旗帜鲜明地指出其“传奇故事”式的创作，无论在人物塑造还是在主题挖掘上，都缺乏创造性价值，反而迷失于身体欲望无批判性的庸俗的展露上。先军的这一判断是准确的，它不是哗众取宠式的标新立异，而是从人物性格命运和历史发展深层逻辑的把握上得出的。如果说《兄弟（上）》还能令读者从“屁股经济”的戏谑中看出余华对“文革”历史的颠覆和小市民窥阴癖的嘲弄，那么《兄弟（下）》只能让读者从“美处女赛”的浮夸中得知余华无批判地沉迷于欲海横流之快感中；如果说《兄弟（上）》还能让读者为宋平与李兰质朴坚贞的爱情而感动升华，那么《兄弟（下）》只能让读者因李光头与林红龌龊丑陋的偷情而恶心颓废。在后者中，我们既体验不到人民为实现美好生活而展现出来的丰富美好的人性，也感受不到历史发展中拨乱反正的公平正义。正如先军所揭示的：“历史的运行自有其博大深沉的逻辑，如果我们把握不了历史的内在逻辑，我们就应该揭示出历史过程中人性的深沉美好，揭示出人类精神操守的可贵刚健。显然作者没有找到价值取向的制高点，对历史的思考只停留在粗浅的表面，因而价值判断迷失在语言的浅白讽刺中，对人物的把握也呈现出模糊暧昧的态度。”（《批判的价值迷失——从〈兄弟（下）〉看余华之失》）

“下半身诗歌”是21世纪初兴起的一种肉身写作模式，旨在释放肉体压抑的欲望，追求一种去理性、去道德、去社会、去传统、去责任甚至去文化的肉体在场，其代表人物有沈浩波、尹丽川等。其实，这一诗歌写作模式也不是什么新鲜货色，不过是一个自然主义文学创作的变种，它的一大特色是追随肉体的感觉而不作价值判断。先军虽然是通过微信读到沈浩波的《乞婆》这首诗，但也真切地感受到作者对底层民众有违人道的肉体歧视，认为作者以一条“母狗”形象来描写“乞婆”的这一做法，很难有什么真正的社会批判价值。所以先军判定说：“这首诗没有站在人道的高度，而是把人当物来写，就谈不上什么‘悲恸’‘深爱’之类；同时作为社会批判又缺乏普遍的人性依据，批判无力；再者这样的表达很容易被误解为作者主观情绪的宣泄，因而是一首失败之作。”如果先军读了他的另一首诗歌《一把好乳》，或许不仅仅认为他的诗歌有对民众的肉体歧视，还会发现他的诗歌有对民众的性骚扰和恋幼癖的肉体变态欲。

在这里，诗人完全把人与动物摆在同一个水平上（甚至连动物都不如），从头到尾给人展现的是一副目光贪婪、邪恶、猥琐的盯视者面孔；尤其是诗人把盯视的目光从胸脯高耸的母亲转向天真无邪的女儿时，除了变态，我们再也找不到恰当的词语来形容诗人的创作心理。美国批评家欧文·白壁德曾指出：“许多所谓的现实主义者鼓吹的为性本身而对性产生的过分兴趣，和描绘精神法则与肢体法则的冲突所产生的兴趣相比较，实在是一种颇不体面的代替品。仅只是自然主义类型的现实主义，也意味着牺牲在美这个难以捉摸的词儿中所包含的全部意义。”（《批评家和美国生活》）“下半身写作”作为自然主义的变种，何止是不体面，简直是美的摧残者或诲淫诲盗者，遑论文学批判的价值了。

先军的批判性还体现在他对文艺批评的现实性价值标准上。文艺家对现实的关怀可以有写实的、象征的、赞美的、讽刺的、魔幻的、隐喻的等各种各样的方式，但文艺批评对现实的关怀则往往是直面的、理性的、客观的。

在《懒拾集》中，先军为我们构建一个敢于直面现实、敢于担当责任、有理有节的批评世界。马尔克斯的《百年孤独》对中国当代文坛的影响是极其深广的，无论是陈忠实的《白鹿原》还是莫言的《丰乳肥臀》，都实实在在地从中汲取了创作的养料，而作为批评家的先军也从《百年孤独》的品读中获得了反思现实生存的灵感。《百年孤独》第十章奥雷良诺第二与佩特拉·科特斯疯狂纵欲导致牲口大规模繁殖的这一情节，一般的读者或许把它当作一个荒诞好玩的小插曲一瞥而过，但先军却敏锐地捕捉到这一细节，认为它揭示了现代人挥霍的无度和生产的盲目性，并进一步思考，在这个大众媒介无止境地建构人们欲望的时代，现代人的出路何在？在这个高度异化的世界里，我们如何保持或寻找人类的自由精神和灵性？这是当下人类不得不直接面对的现实问题，而先军借马尔克斯的言语“别生了，母牛啊，生命是短促的”表达了自己对现实人生的人文关怀。

反腐题材一直是中国当代影视关注的焦点之一，2017年由李路执导的电视剧《人民的名义》，自开播后引起了众多网民对人性、体制和官场生态等现实问题的广泛讨论，剧中人物祁同伟以其巨大的争议性更是博取了网民的眼球。有部分网民甚至为这个贪腐黑恶典型翻案叫屈，寄予同情，认为他出身寒门，曾是缉毒英雄，是体制不公，阶层固化，迫使他不得不铤而走险，最终走向不归之路。对于这种出于私欲的同情，先军理性客观地批判了这一心理倾向，并明确指出：“一个社会不完美，绝不能成为大家都一起烂下去的理由，同情祁同伟实质是同情每个人内心的私欲，不管体制多么完美，我们的私欲都可以找到体制的漏洞释放出来。这就是我们常说的：我不敢保证自己不贪，只是没有贪的机会。再完美的体制我们的私欲也蠢蠢欲动在寻找机会。反腐，什么是本什么是标，不很清楚吗？反腐，标本兼治才是正途。反腐，应从不同情祁同伟开始，不同情祁同伟就是不同情我们内心的私欲。反腐，其实我们每个人的灵魂都要痛。”（《反腐，每一个人的灵魂都要痛》）

文艺批评作为一种介入性的文化样态，它往往带有极强的阶层倾向性，“说话就是开枪”（萨特《什么是写作》），因此，如何保证我们的批评尽可能地公正客观而不失批判性，是我们每一个从事文艺批评的工作者不得不面对且深思的问题。对此，先军显然作出过深入的思考。马笑泉是先军的老乡，而且是圈子里经常见面的同人，因此对他作品的评价是最难拿捏分寸的，但先军以批评家理性中肯的心态超越这个两难的境地，在肯定、爱护马笑泉的同时也给予了他公平直面的批评。在对马笑泉小说处女作《红蛇男孩》的评价中，先军说：“《红蛇男孩》是他的小说处女作，还不能说是一个很成熟的作品，但我却敢断言，它已经超越了一般的模仿意义，表现了一个可喜的开头。我们有理由相信小马能写出一条自己的路，且拭目以待。”（《抗拒与忧伤——评马笑泉小说〈红蛇男孩〉》）肯定鼓励之情溢于言表。但到了对马笑泉的诗歌评价时，先军则指出：“近来小马显得有些浮躁，连连在《邵阳日报》等报刊上发表一些浅显的文字，大都与山水有关，表层的描写加上技巧的点缀，符合人们的日常阅读：他在试图开放他的语言系统，急于引起社会对他的关注。我不知道小马是否在放弃一些什么，总之，对于一个真正的个人化的诗歌写作者来说，这是一种危险的倾向，我更喜欢的是小马和我私下里交流的文字。在这里，我只是想提醒读者，那不是真正的小马，真正的小马是属于那些未发表的文字的，属于那些‘个人的写作’。”（《写诗的小马——马笑泉诗歌〈果核〉及其他》）批评中饱蘸了爱护之情。最难能可贵的是，当马笑泉功成名就，成了湖南省作协副主席，并凭《十三村记》获得征文的特等奖时，先军却对他作品所引发的炒作现象作出了严肃理性、公正客观的批评。这显然既不是文人相轻，也不是嫉贤妒能，而是一个有良心的批评家对社会应承担的责任。

总之，从先军的《懒拾集》我们可以看出，他是一位对自己有严格要求的文艺批评家，而且还是一位能把体验性与批判性有效加以融合的文艺批评家，作为读者，我希望能读到他更多更好的批评文章。

2020年7月于照壁斋

（作者系文艺学博士，贵州师范大学文学院教授、博士生导师，贵州省美学学会副会长）

contents 目　录

第一辑　小说评论

玻璃房子能找到吗?
——小说《玻璃房子》解读 002

临水照花，花自飘零
——论张爱玲的悲观与虚无 006

“别生了，母牛啊，生命是短促的。”
——对《百年孤独》的一个隐喻的阐释 013

抗拒与忧伤
——评马笑泉小说《红蛇男孩》 017

再谈现实主义文学的创作使命
——以小说《红豆生南国》为例 020

批判的价值迷失
——从《兄弟（下）》看余华之失 027

楼、月为何能“善终”?
——乱读《金瓶梅》之一 030

情节安排之败笔
——乱读《金瓶梅》之二 033

春梅怀的谁的种？
——乱读《金瓶梅》之三 036

伯爵原来是“好人”
——乱读《金瓶梅》之四 040

“达达”声中有“密码”
——乱读《金瓶梅》之五 044

资本、权力两相衡
——乱读《金瓶梅》之六 048

故事、现实两茫然
——乱读《金瓶梅》之七 053

第二辑　诗歌评论

孤寂的静夜　孤寂的心灵
——陈敬容《静夜》诗赏析 060

写诗的小马
——马笑泉诗歌《果核》及其他 066

“风雪夜归人”意象及其象征意义
——《逢雪宿芙蓉山主人》主题思想探析 069

明如清溪　奇如松石
——张千山诗联赏析 074

从近期邵阳诗歌创作看地域性写作自觉
——以李晃、李春龙、张五龙为例 079

有骨头的诗歌
——读唐陈鹏诗歌 092

真我、爱情和渴望：一个女人的世界
——海美蓝诗歌解读 096

正确看待“汪国真现象”对文艺发展的作用 101

追求单纯有境界的表达
——熊烨诗歌评析 106

清新　别致　奇崛
——《泥鳅》等两首诗歌赏读 113

巫风楚韵浸润的炽烈歌唱
——刘毅翔长诗创作的意义 118

马少侨诗歌对历史的书写及其价值 123

“石毓根现象”及对诗词发展的启示
——在石毓根诗词研讨会上的讲话 130

第三辑　影视评论

“老炮儿”的警示意义
——电影《老炮儿》观感 140

反腐，每一个人的灵魂都要痛
——从《人民的名义》“祁同伟”形象说开去 143

思想与艺术应当兼美
——电影《长津湖》观感 146

第四辑　美术评论

艺术应体现“人民性”
——评陈白水的版画艺术 150

简练的笔墨意趣　深广的人文情怀
——回楚佳“乡里乡亲”组画赏析 156

附　录

民国武人那些诗 162

才有梅花便不同
——历代咏梅诗审美意蕴漫谈 185

第一辑

小说评论

玻璃房子能找到吗？

——小说《玻璃房子》解读

桑桑的小说《玻璃房子》被编在“90年代校园文学新潮丛书”《生命之轻与瓦罐之重》(北京师范大学出版社) 一书中。就其表现技巧而言，无疑是新潮的，对于一般读者来说有一种扑朔迷离之感，难以把握。但只要我们避开作者以形式给我们设置的陷阱，认真地读下去，我们就会发掘出其深度。

这是一篇描写20世纪80年代大学生思想感情的小说，那个年代大学生思想感情的特征总的来说是这样的：有着对美好理想的渴望与追求，不能容忍丑恶与虚假，苛求于社会和人生，时时陷入理想与现实相冲突的迷茫之中，而又难以找到正确的途径超越迷茫。

现在，我们要解决的问题一是小说主人公非非为什么总是忧伤？可以说整个小说都是以主人公非非的思想感情为线索贯穿情节的。她的忧伤大致来源于以下几个方面：一、对朋友然然的怀念。然然是她大学里唯一知心的朋友，由于被勒令退学而自杀了。小说从头到尾都是以非非对然然的怀念之情贯穿的，或追忆，或以幻觉的形式表现，将一个个片段进行蒙太奇式的组接，来展现这些感情。二、对现实的迷茫和人与人之间的虚假也是非非忧伤的一个因素。社会总是以各种各样的规范来要求人，人们总是以自己的眼光任意歪曲别人，使得非非对现实产生了一种迷茫的、无所适从的情绪。“人们丝毫不负责任，都按自己的意志来想象组织我，我被随心所欲地贴上了众多的标签，在信封上、记分册上、登记表上……我成了飞飞、菲菲、绯绯……”“我不断地给人们纠正，但收效甚微，有时候，我自己都搞不清我到底是非非还是别的什么。”“可我看不见，我看不见自己，看不见自己的脸，怎么办呢？”这些文字都表现了非非对社会、对自身的迷茫，正是这种迷茫造成了非非性格忧郁。而说到性格，恐怕还离不开非非童年时所经历的那场噩梦，父亲在一夜之间就变成了“牛鬼蛇神”，一个人到底是什么，自己根本无法把握，在别人眼里是什么就是什么，别人眼光的制约和自己心灵自由之间的矛盾在非非幼小的心灵里种下了迷茫的种子。还有人与人之间的虚假，人们千方百计给自己戴上一个面具，使别人无法看清，包括温小宁、可可、自己的男友威加等，都是如此。三、对人生的悲观甚至绝望。这种悲观的情绪在非非童年时就已有了，小说写了非非初三时看到爱德华·蒙克的油画《呐喊》时，“一个像长蛇一般可怖的声音劈头盖脸地向我扑来。那是个尖锐漫长，黑咕隆咚的声音，它奋不顾身地钻进我身体的每一个毛孔”，以至失声尖叫，打碎了花瓶。“那个孤寂惊骇的挪威画家使我深深恐惧了。”无疑《呐喊》这幅画表现的是一种绝望的情绪，然而非非的悲观情绪显然又是与童年的遭遇分不开的。以上三个方面便是非非为什么总是忧伤的答案了。

二是然然为什么自杀？然然自杀的原因似乎很简单，因为考试几门不及格且多次要求转系，在校方看来她是因为“无理取闹”“态度恶劣”而被勒令退学，在回家途中她又由于丢失了车票被乘警赶下车，流落街头，无家可归最终自杀身亡。可是然然为什么考试不及格？为什么要求转系却被认为是“无理取闹”？然然相较于非非是有反抗精神的，她对那种以既定的规范来衡量一个人的机械的做法感到厌烦，所以她以考试不及格来进行反抗，下面然然与非非的对话就说明了这点。

我（非非）说：“这是考试呵！总不能太随便吧？”

然然说：“是啊，可我搞不明白一张纸就把一个人定了。全世界都是这样，真见鬼。”

然然不是不能考及格，只是厌烦这种机械的考试制度罢了。然然想超越那些规范，而又时时被那些规范制约着。她自杀之前，四处投宿，四处都写着“凭证入店”“凭证入馆”，她因没有证件而被拒之门外。这就极富象征意味了。她是社会的一分子，她不能超脱这个社会的规范而存在，她不遵规范，就不能得到这些规范制约下的证明，就得不到社会的认可，因此也就没有她的容身之地——“全世界都是这样”。她和非非走进图书馆研究生阅览室，“只不过是要找到两张位子而已”（为了期考复习）。因为没有研究生证而被毫不留情地赶了出来，既定的规范制约着她不能有任何越轨。在这里，作者无意对这些规范作出任何指责，这里有一个社会规范与心灵自由之间的不可调和的矛盾，这种矛盾我们对任何一方都是难以指责的，作者表现了客观的态度。当然自杀还有内因，就是对人生的绝望。然然也是喜欢《呐喊》的，还把它贴在墙上。这一内在原因的现实根源作者有意隐去，似乎没必要揭示这一内因的社会根源和加以评论。同时作者并不是一个行为研究的心理学家，在一篇小说的文本里无法给出然然必死的充足理由。作者要告诉我们的似乎只是：生是偶然的，死是必然的，每个人都有权选择自己死亡的方式和时间。死是不需要无可辩驳的理由的，如果你一定要我说出死的理由，那么请给我生的理由——但这是一种悲观主义的态度。

三是关于玻璃房子。玻璃房子在小说中是一个象征、一种寄寓，它始终渗透在主人公非非的思想感情中。“我一直渴望着拥有一座玻璃房子，房顶四壁地板全是明亮的大玻璃，像一座华丽的宫殿。外面涂上均匀的水银，我站在里面，能从各个角度清清楚楚地看到自己，就像我看到任何人一样清楚。这是一座多么神奇而又诚实的房子啊！”“玻璃房子是真实公正的，它永远不会说假话，不会歪曲人，不会无中生有，不会化红为绿，更不会把人变成蛇。这是多么好的房子呀！我真渴望着拥有这样的玻璃房子。”当非非感到对他人对自身的迷茫时，她希望拥有一所玻璃房子；当学校作出处分然然的决定时，她希望然然能拥有玻璃房子；当她回忆起童年时的噩梦时，她希望父亲能走到玻璃房子里来，“是人是蛇一看就明白啦”。在玻璃房子里，一切真善美都不会被歪曲，“人们将更全面，更真实，更透彻地看到自己，那时，人们将变得格外完善、美丽”。这里寄寓了非非的一种理想，也是作者的一种理想，希望每个人都能清楚地认识自己、完善自己，从而抛弃那些规范，不为所累。然而“玻璃房子”在现实生活中终究是不能出现的，而且是易碎的，这只不过是一种理想的寄托罢了。但这种理想是虚幻的，永远也不可能实现。作者并不是要排斥所有规范，相反还认为它是必要的，因为理想毕竟不等于现实。当那些既定规范与心灵自由之间存在着不可调和的矛盾时，是无法以个人的意志去改变其既定性质的，丑恶、黑暗、虚假、谬误总是与美好、光明、真诚、真理同在。但我们得活下去，而且完全有理由生活得很好，只要我们愿意。这就是作者的创作意图所在。

（写于 1992 年，原载《凌云文学》）

临水照花，花自飘零

——论张爱玲的悲观与虚无

张爱玲小说的审美基调是苍凉，苍凉的审美意象就如姜公馆的月亮、白公馆的胡琴，说不尽凄凉的故事。在这里，审美是一种人生哲学的外化，其本质是一种悲观的情绪，就如“一个美丽而苍凉的手势”，手势固然因其瞬间的美丽，暗含了一种潜在的崇高的牺牲，但除了当事人的牺牲外，对别人无所影响，因而说到底还是苍凉。而“生命是一袭华美的袍，里面爬满了蚤子”（《天才梦》）。说起来这竟有些穷尽了生命的本质的意味，然把那些“咬啮性的小烦恼”看得过于严重，仿佛一切，其实是骨子里的悲观。悲观——当然还不能说是在理性上看不到希望的光芒——但至少是感到希望的渺茫，这多半是感性的，是人为设置的陷阱。中国文人的悲观犹如与生俱来的血液，无论是先秦诸子还是汉魏六朝，中国文人多半曾徜徉在其间而不能自拔，顾影自怜、流连忘返。悲凉之味苦，中国文人咀嚼最深，然能超越悲凉，如鲁迅先生之绝望的抗战之精神终究为数不多。人生的无常、命运的多舛、功业的未竟、前途的莫测，这多半容易使人悲观。倘若生逢乱世，政治黑暗，人性堕落，人生、事业更是虚无而不可知，悲观便急遽下坠，直至幻灭。魏晋六朝，悲凉之雾，遍被华林，便是例证。而在张爱玲这里是历史、人生理想、爱情全方位的幻灭。“我们的文明已经在破坏中，还有更大的破坏要来。”“有一天我们的文明，不论是升华还是浮华，都要成为过去。如果我最常用的字是荒凉，那是因为思想背景里有这惘惘地威胁。”（《〈传奇〉再版序》）因这“惘惘地威胁”而否定永恒的意义，对人类文明、个体价值的思考变得虚无而不可知，很难说不是一种虚无、幻灭的心情。因这幻灭的情绪，人生便只如隔着玻璃窗看外面的景物，模模糊糊，不知“什么是真什么是假”。绝望的曹七巧在张爱玲笔下唯一的选择便只能是做金钱的奴隶。仿佛命中注定、在劫难逃。而长安草草地结束了自己的爱情，像一个美丽而苍凉的手势，把自己最初也是最后的爱装在水晶瓶里看。对于她来说，因爱情的幻灭，时光划了截然两分的一道界限，只有对“许久以前，许久以前……”的回忆，没有了未来。倘若作者只写到这里，悲剧也就完成，然而最后还是用数十字无情的一段文字给长安加了一条“不堪的尾巴”，这是七巧加的呢，还是长安自己加的呢？倘若是长安自己加的，则叫人欲哭都无泪，只有难以排遣的悲凉（见《金锁记》）。而在《倾城之恋》中爱情成了玩世不恭的享乐主义者的精神游戏，“既没有真正的欢畅，也没有刻骨的悲哀”。（傅雷语）战乱促成了白流苏与范柳原的婚姻，两个人都不再对爱情心存美好的梦想，各自心怀鬼胎。小说呈现给我们的是各种幻灭、无尽的虚空、卑微萎缩的生命状态，充满了死气（灵魂之死）与凄凉。如《连环套》，作者感动的是霓喜对于物质生活的单纯的爱，被侮辱被损害的霓喜像一株被人随意弃掷的草，遭人任意践踏。七灾八难的霓喜，作者只感动于她对苦难的承受能力和生命力的顽强，却不给她半点温情。《花凋》中如果只看墓碑谁也不会知道川嫦的那些凄凉的故事，墓碑上的话“知道你的人没有一个不爱你的”与其说是一个反讽，倒不如说是说破了一个世相——我们对死人的爱总是比对活着的人要慷慨些的。

张爱玲在一篇文章里谈到《金瓶梅》和《红楼梦》时说："(它们) 细节往往是和美畅快，引人入胜，而主题永远悲观。一切对于人生的笼统观察都指向虚无。"(《中国人的宗教》) 我想这句话用来说明她自己也是很适合的。张爱玲的小说创作如《金锁记》《倾城之恋》都堪称精致之作，被誉为当时文坛最美的收获之一，前人早已做过具体的分析。(见迅雨《评张爱玲小说》、夏志清《张爱玲小说述评》) 在这里就不赘述。但统观其创作，我们会很明确地体会到浸透在其作品中的悲观与虚无情绪。如果说张爱玲是一个彻底的悲观主义者，那么张爱玲的虚无则是因悲观而虚无，是不彻底的，虚无中还有所眷恋。用胡兰成的话说，张爱玲在虚无中有寻求，是一枝新生的苗，寻求的是阳光和空气。她寻求的是自由、真实而安稳的人生。(见胡兰成《评张爱玲》) 所谓真实，是对物质世界的眷恋与沉迷。她说："现代文明无论有怎样的缺点，我还是从心底里喜欢它，因为它到底是我们自己的东西。"所谓安稳，自然是一个处于乱世中的人对社会的起码的要求。著名作家王安忆说："张爱玲是站在虚无的深渊边上，稍一回眸，便可看见那无底的黑洞，可她不敢看，她得回过头去。她以一个大虚无的世界观作着无底之底，自己攫取自己，束缚在一些生活的可爱的细节上，拼命去吮吸它的实在之处，以免自己再滑到虚无的边缘。"(见王安忆《情感的生命》) 他们俩说的是同一个意思，即躲避虚无。如果虚无是有意义的话，那么对待它便会呈现出两种态度，一种如鲁迅，"惟黑暗和虚无乃是实有，偏要向这些作绝望的抗战"。勇敢地面对虚无，积极地寻求，寻求中对时代有批判，有开方。另一种则是躲避虚无，像张爱玲。"她有足够的情感能力去抵达深刻，可她却没有勇敢承受这能力所获得的结果，这结果太沉重，她是很知道分量的。"(《情感的生命》) 张爱玲是一个站在时代的边缘看风景的人，以虚无的人生观作着无底之底，去寻求人生中的那些可爱之处，来填充这个虚无的黑洞，得些淡淡的喜悦，缓解深刻的人生哀痛。这喜悦中是有着挣扎和痛楚的缘由的，但由于张爱玲的轻描淡写，我们看不见它们切实的形态，因而在她的作品中悲凉多于悲壮。躲避虚无的结果是寻求人生的安稳。张爱玲说：“我发现弄文学的人向来是注重人生飞扬的一面，而忽视人生安稳的一面，其实，后者正是前者的底子。”“强调人生飞扬的一面，多少有点超人的气质，超人是生存在一个时代里，而人生安稳的一面则有着永恒的意味，虽然这种安稳是不完全的，而且每隔多少时候就要破坏一次，但仍然是永恒的。”（《自己的文章》）张爱玲所处的时代是一个需要破坏的时代，张爱玲彻底地否定了自己的时代，也否定了“超人”的存在，所谓永恒的意义、终极的价值之类由于现实的龌龊，多少会变得虚无缥缈，无法切实抓在手上，而对现实安稳的要求，个人小情感的满足却是凡夫俗子们的共同愿望，也是千百年来芸芸众生活着的原因。“活着有什么意义没有？不管有意义没有，反正是活着。我们怎样处置自己，并没有多大关系，但是活得好一点是快乐的，所以为了自己的享受还是守规矩的好。”（《中国人的宗教》）正如《倾城之恋》中范柳原对白流苏说：“死生契阔——与子相悦，执子之手，与子偕老是一首最悲哀的诗……生与死与离别，都是大事，不由我们支配的。比起外界的力量，我们人是多么小，多么小！可是我们偏要说‘我永远和你在一起，我们一生一世都别离开’——好像我们自己做得了主似的。”“现在你该相信了：死生契阔，我们自己哪儿做得了主？轰炸的时候，一个不巧——”乱世的男女，自然也向往“死生契阔，与子相悦”的爱情，但他们更需要的是安稳平凡的家庭生活。“平常人不是英雄，在他们的生活里没有悲剧和喜剧的截然界限，他们不那么廉价地就会走到感情的尖端。”（胡览乘《张爱玲与左派》）英雄的感情自然不是廉价的，但对于蝇营狗苟的芸芸众生来说，也不是那么容易承担的。他们不过是一对自私的男女，谁也不愿多付出一点真情。“在这兵荒马乱的年代，个人主义者是无处容身的，可是总有地方容得下一对平凡的夫妻。”与其说是战乱促成了他们的婚姻，倒不如说是张爱玲把他们凑合在一起。“人们受不了那无牵无挂的虚空与绝望，急于攀住一点踏实的东西，因而结婚了。”(《烬余录》）对于这些平庸的生命状态来说，真正的爱情又是什么呢？有没有真正的爱情呢？面对自己笔下的人物，张爱玲也许有过这样的发问。

由于悲观和虚无，张爱玲回避人生的飞扬，回避血与泪的挣扎，回避爱与恨的尖锐冲突，因而“没有真正的悲剧的内容”(傅雷语）。或者说是消解悲剧。在这里，悲剧指的是那种具有激烈冲突的崇高美的古典式悲剧。《倾城之恋》描写在兵荒马乱的年代，一个城市的陷落却成全了一对平凡夫妇的婚姻，传奇的故事给了一个“圆满的收场”，“死生契阔”被张爱玲不动声色地消解了。白流苏，一个二十几岁离了婚的女人，回到娘家住了七八年，被哥嫂骗光了所有的钱之后，又被哥嫂用教训和冷言冷语将她逼走。她怀着仇恨和委屈，走出那个颓败的家庭，决心用残剩的青春去搏、去寻求。她没有受过西式的教育，对爱情没有罗曼蒂克的幻想和手段，但她也并不单纯、天真。她没有机会成为革命青年，不可能走上革命的道路，她只是怀着一种报复的心情，要寻求一个可以让她扬眉吐气的丈夫，她是一个以婚姻为职业的女人。她只是遇见范柳原，只是一心要抓住他，战乱成全了她，于是她抓住了他，她成功了。而范柳原这个风月场中的老手，只不过是玩点爱情游戏而已，把恋爱当作高尔夫与威士忌之间的调剂，他根本不相信白流苏会和他死生契阔、白首偕老。他也曾想起过“地老天荒那一类的话”，但也只是要到了倾城大祸临头的时刻才想起无聊寂寞的心灵要有个着落而已。《倾城之恋》题目就是一个反讽，作者只不过写了一对平凡自私的男女，给他们一点儿小智小慧小乖巧，却不敢把他们推到情感的尖端，因为他们担当不起悲剧的角色。而即使把他们推到情感的尖端又会怎样呢?《金锁记》中的曹七巧，一个青春鲜活的生命，守着死尸般的丈夫，出身卑微，在家庭中没有地位，谁也看不起她，谁也不愿理她。她爱上了丈夫的兄弟姜季泽，多年来守着一个自欺欺人的梦。青春的压抑、情感的禁锢、精神的苦闷，使她的灵魂一点点地扭曲，最终爱情破灭，发现自己唯一爱着的那个人只不过是图她的钱，终于因爱成恨，因恨而变态，变态而疯狂，用黄金的枷劈杀了儿女们的幸福。这是作者所塑造的唯一一个彻底的人物，“我的小说里，除了《金锁记》里的曹七巧，全是些不彻底的人物。”(《自己的文章》)爱得彻底，“《金锁记》里的曹七巧，上帝的天使将为她而流泪，把她的故事编成一支歌，使世人知道爱。”恨得也彻底，彻底得令人毛骨悚然，不寒而栗。“三十年来她戴着黄金的枷，用沉重的枷角劈杀了几个人，没死的也送了半条命。”她是在彻底地劈杀自己的爱。然而张爱玲在小说中不再深入地给我们展开爱恨交织惊心动魄的过程，而且在某种程度上有意识地消解，如七巧对儿子长白变态的爱，本来可以作深入地展开，但作者笔端却表现出明显的游离。对于张爱玲来说，现实中彻底的爱、彻底的恨、极端的人物是不存在的，“他们没有悲壮，只有苍凉。悲壮是一种完成，而苍凉则是一种启示。”(《自己的文章》)张爱玲笔下的人物如果推到情感的尖端，多半会自己毁了自己，无法由悲壮完成。爱情的幻灭是曹七巧对生活的所有美好希望的幻灭，多年来她自己欺骗着自己的感情，就只是为了承受这瞬间的幻灭，而作者只寥寥几句话，“她为什么要戳穿他？人生在世，不就是那么一回事？归根结底，什么是真的，什么是假的？”消解了曹七巧所有巨大的人生哀痛。爱情幻灭了，曹七巧绝望麻木地活下来，活得残酷而凄凉。

胡兰成说张爱玲是民国世界的临水照花人，这使我想起那个象征“自恋情结”的希腊诸神中的美少年那喀索斯，他迷恋着自己水中的倒影，忧郁憔悴，终于夭亡。我不敢说同时代的别的作家的作品是否都是其心灵的真实流露，但对于张爱玲来说，其作品大多是其心灵的真实折射。当代一个同样很有才气的青年作家苏童说：“小说是灵魂的逆光。”对于张爱玲来说，她的小说就是她的心灵，从她的小说来看，笼罩在她的心灵上头的浓重的悲观和虚无的情绪，大致是不会错的。在此我无意指责张爱玲的心灵，但我感到一种浓郁的悲凉在时时袭击着我。在张爱玲的小说里，我们无法看到那种惊心动魄血淋淋的具有崇高美的古典式悲剧，但我却看到了一种被消解了的、用淡漠包裹起来的悲剧——现代式的悲剧。这种悲剧的内核是悲观和虚无——现代主义的一个主题。无疑这种悲剧更加弥久而沉重，它笼罩在张爱玲的心灵上，一种近乎无事的压迫，挥之不去、经久不散——这正是张爱玲本人的悲剧。

（写于 1996 年，原载《凌云文学》）

“别生了，母牛啊，生命是短促的。”

——对《百年孤独》的一个隐喻的阐释

奥雷良诺第二与佩特拉·科特斯两人合成了轻狂的一对，他们对别的事概不关心，只想着夜夜睡在一起，“连不该纵欲的日子也不例外”，在床上挑逗欢愉直至天明。他们在床上疯狂地做爱，于是奥雷良诺第二的养殖场里的兔子便大规模地繁殖，天亮时，奥雷良诺第二打开房门一看，院子里的地上铺了一层兔子。他们发现自己的纵欲与牲口的繁殖之间的这种神秘对应，他们兴高采烈，把兔子换成母牛，于是一夜之间，“产下的母牛使他们来不及扩建他们那满得装不下的畜栏和猪圈”。甚至奥雷良诺第二只需把佩特拉·科特斯带到他的养殖场去，让她骑着马在他的土地上兜一圈，就足以让所有烙上她印记的动物“无可挽救地陷于疯狂繁殖的灾难中”。这一令人目眩眼花的繁荣使他心花怒放，只好用古怪的举动来抒发内心的欢乐，他冲着牛群喊：“别生了，母牛啊，生命是短促的。”

这是马尔克斯《百年孤独》第十章中的一个小插曲，这个小插曲包含着多重隐喻。它揭示了我们现代人挥霍的无度和生产的盲目性。科学技术的飞速发展，为现代文明的物质繁荣创造了有利条件。自从凯恩斯提出“消费刺激生产”的著名经济学论断以来，加上高度的商业化，社会物质财富成倍积累，商品生产疯狂增长。由于商业的推波助澜，消费确实在很大程度上刺激着我们的生产，但随之而来的问题是，我们的生产究竟在满足我们什么样的消费呢？商品的疯狂增长促使商品生产者制造出各种预谋挖空心思地诱导人们疯狂地消费、盲目地消费。商品广告是他们的有力手段之一，商品广告及其传媒无所不在地紧紧控制了我们现代人的生活。商品广告表现在话语上的诱导或暴力，极其粗暴地统治着现代人的生活，制造出永无止境的现代人消费的欲望。许多毫无必要和无节制的消费欲望便是由商品广告有预谋地制造出来的，比如，金利来广告：“金利来——男人的世界”，意味着拥有“金利来”便拥有男人的世界。然而对于一个月薪几百元，像我一样的穷教书匠来说，“金利来”完全是奢侈没有必要的，但为了拥有《男人的世界》，我不得不要拥有“金利来”。这就是商品广告的“话语诱导”。这些商品广告充斥着我们生活的每一个空间和时间，狂轰滥炸般使我们被迫接受它们的威逼利诱，根本无法抗拒。在商品广告的这种软硬兼施的双重夹击下，我们现代人对欲望的克制便只好无可奈何地向商品生产者缴械投降。

一个消费的世界，盲目的消费刺激盲目的生产，盲目的生产又反过来刺激盲目的消费，构成了一个恶性循环，便是我们现代人真实的无助的生存状况。那么，接下来的问题是，我们的“精神”在哪里？我们为欲望蒙蔽的“自主性”在哪里？我们现代人如此软弱，被我们自己制造出来的商品牵着鼻子走，我们的一生就为追逐这些商品、占有这些商品。而实际上的情形却是，我们早已被这些我们制造出来的商品所占有、所支配，这就是马克思所说的资本主义时代的“人的异化”。人类挥霍的无度和生产的盲目性就是一种异化，人类精神可悲的物化。

“纵欲”在现代人这里已经不是一个可耻的词汇，而是为人们所津津乐道、所赞美、理所当然的一个词。而在这里，我为了要分析《百年孤独》第十章中的这个小插曲的隐喻意义，无可回避地选择了这一词汇，并要对它做出具体分析，尽管我讨厌它。由于它在文中指的意义是性欲，那么按照现代哲学的观点，如果创造是“人的本质力量的对象化”，而做爱也是一种创造，是“人的本质力量的实现”，那么在这里，这种实现也是异化的，“人的本质力量”在这里是被扭曲的，我们看不到我们真正的“本质力量”，我们丧失了“自主性”。正如奥雷良诺第二的疯狂做爱是出于养殖场的商品生产的需要，也正如马尔克斯在《番石榴飘香》一文中指出的：在马孔多的百年孤独家族中，“霍塞·阿卡迪奥们总是使这个世家延续香火，而奥雷良诺们则不能”。由此可见，这一隐喻的意义是很明显的。

现在要回答的问题是，在一个高度物质化、高度商业化、物欲横流也就是高度异化的世界里，我们现代人的精神在哪里？我们人类的灵性在哪里？回到这个问题我不由得感到悲观。我想起艾略特的《荒原》，想起“那个曾经活着的人已经死了，我们曾经活着现在正在死去”的诗句，想起艾略特的绝望而悲怆。我仿佛看到了后现代浪子们在欲望的海洋里无助地呼喊，继而调笑、游戏、解构、狂欢，消解中心，颠覆传统，解构一切价值体系，包括人本身。

这使我又回头去再一次认真地阅读这一个小插曲。而同样，这个小插曲指的另一重隐喻也告诉我们：解构主义者们似乎可以解构一切，但死亡却是一个无法解构的概念。面对死亡我们谁也无法轻松。死亡的严肃性、死亡的黑色幽默和它无法承担的沉重，足以让所有的后现代主义者们痛苦地喊一声：“别生了，母牛啊，生命是短促的。”这就是我们的希望所在。同样，尽管艾略特揭示了现代人生存的精神荒原状态，但那“以不可凌辱的声音响遍荒漠”的夜莺，仍然为我们指出了自救的希望，那就是“克制、克制，平安、平安”。

是的，当我们的“自主性”被欲望的洪流淹没的时候，我们确实应该痛苦地喊：“别生了，母牛啊，生命是短促的。”就像那只夜莺一样。

（写于 1999 年，原载《邵阳日报》）

抗拒与忧伤

——评马笑泉小说《红蛇男孩》

小马(马笑泉)的短篇小说《红蛇男孩》终于在《湖南文学》上刊出，这是一件值得庆贺的事。《红》是一个有关青春期的故事，同时也是一个揭示忧伤与抗拒的故事。

出生于南方小城的一个卑微工人家庭的少年李平，是一个忧郁、孤僻的男孩。小时候总是做一个奇怪的梦：梦中一条通体透红的蛇与他相遇。这个梦一直伴随着他的成长。父亲从厂里偷回来的一把斧头则是他小时候唯一的玩具。每当卑微的出身地位在他幼小的心灵刻下屈辱的痕迹时，比如因工厂效益不好而导致父亲的粗暴遗弃、因弱小而遭受同学欺侮、情窦初开却产生强烈的自卑等，凝视床底的利斧，他便会产生蠢蠢的报复欲望。他沉默寡言、忧郁孤僻的同时又暴戾凶狠，没有人知道他幼小心灵里在想些什么，也并不关心，这就是他的成长。在小马所钟爱的苏童的小说里，青春的故事总是与屈辱、暴力、性、原始罪恶有关，在小马自己的小说里也不例外。小马试图在短小的篇幅里表现这些内容，比如李平对菊妹子的性冲动、十六岁的行凶杀人等。如果说小说中“红蛇”是

“利比多”的隐性意象，而“斧头”则寄寓着一种罪恶的冲动。这一切无不表明小马对苏童的痴迷，与苏童不同的是，小马不沉迷于故事本身的可描写性，而是试图揭示十六岁少年李平故事的深层意义何在。

20世纪80年代中后期经济通货膨胀，“打工潮”“武侠热”充斥生活。少年李平无可选择地置身于这种生存环境，幼小的心灵一次次刻下屈辱的痕迹，用稚嫩的喉音发出抗拒的怒吼，却被人们的麻木、冷酷漠视。这是一粒被人遗弃的种子，注定要发霉，然后溃烂，这似乎是一个宿命。比如他小时候有一次梦见红蛇，惊恐地哭泣着要和父亲睡，却被粗暴的父亲一巴掌打下床去，这时他才十岁。这个邪恶的社会以其无可选择的冷酷呈现在人们面前。十岁的少年分明看见眼前有一个巨大的黑洞，干涩的喉咙发不出声音，眼里没有了泪水，忧郁孤僻阻隔了他与外界交流的可能，邪恶的种子开始在灵魂的腹地发芽。当他决心以恶抗恶时，床底的利斧“发出刺耳的长啸”。这个故事告诉我们不要漠视那些抗拒的声音，尽管它微弱，甚至充满颤抖。

初恋总是令人忧伤。初恋与每一个少年有关，我们曾经都是少年。与其说小马写了南方少年李平的初恋，不如说在提醒我们记住某些东西，小说中张铃对李平说：“李平，你对我好，我都记得的。”十六岁的李平突然感到热泪盈眶，“他转身向老街走去，沉浸在月光中的老街轻轻晃动，弥漫莫名的哀伤。李平回过头来大声说，你要记我一辈子”。少年时代的月光你还记得吗？这个故事同时告诉我们什么是忧伤。

十六岁的少年李平行凶杀人，远走他乡。小马深情地写道：“如果你在月光之中碰见一个少年轻衫敞开胸刺红蛇，你看见他目光阴沉而又闪动温柔，请你不要惊慌失措，红蛇在月光之下从不作案，从不作案。”类似的少年小说小马已写了几个，但还没有像《红蛇男孩》这样幽冷而充满深情的叙述令我感动。二十二岁的小马在生活中总是表现得敏捷干练，而在小说中则淋漓尽致地倾诉了他不为人知的心灵世界：那里总是充满神秘和感伤，氤氲着冷艳的诗情画意。《红蛇男孩》是他的小说处女作，还不能说是一个很成熟的作品，但我却敢断言，它已经超越了一般的模仿意义，表现了一个可喜的开头。我们有理由相信小马能写出一条自己的路，且拭目以待。

（写于 1999 年，原载《武冈报》）

再谈现实主义文学的创作使命

——以小说《红豆生南国》为例

一

列宁在《党的组织和党的出版物》一文中指出，“自由的写作，不是私利贪欲，也不是名誉地位，而是社会主义思想和对劳动人民的同情。不是为饱食终日的贵妇人服务，不是为百无聊赖、胖得发愁的‘一万个上层分子’服务，而是为千千万万劳动人民，为这些国家的精华、国家的力量、国家的未来服务”。关于这点，毛泽东《在延安文艺座谈会上的讲话》中也反复强调，并进一步指出，这是文艺创作的一个“根本的问题、原则的问题”。

然而如果把20世纪90年代以来的文学创作放在市场经济这个大背景下来考察，那么，无可否认的是，由于市场经济对文学创作的冲击而呈现出了“‘玩文学’的作家——‘炒文学’的批评家——‘出卖文学’的出版家三者构成的一个‘邪恶的方阵’，合力将尚在襁褓期的中国当代文学掐死”这一20世纪90年代以来中国当代文学特定的文学现象。首先是王朔“玩文学”主张地抛出，把文学创作简单地等同于商业性的技术操作，认为写作是“码字儿”，“文学和婊子都是卖的”，这在观念上为文学创作转化为商品生产开了路，已经具有了“后现代”文学观的性质。当作家被从圣坛上拉下来，失去了被人顶礼膜拜的五彩光环之后，伴随着一种价值的深深失落感，现实的生存需要便被无限放大而成了必然。(当然20世纪90年代文学亦不乏精神探索，但其结果是贾平凹的颓废，顾城的疯狂，张承志向哲合忍耶教派、张炜向野地其实也是大地神教的逃避，难有真正意义上的精神的创造)

如果说贾平凹的《废都》的出现，不幸而成了“文人化色情化”的标志，给人的感觉是既想当又立的可笑心理的话，那么紧随其后的莫言的《丰乳肥臀》、池莉的《有了快感你就喊》则明显在书名上制造商品广告式的卖点，至于某些知名或不知名、真名或化名的作家就已经有点恬不知耻、奋不顾身了，如《骚土》《花煞》《朗园》《静巢》等的出现。市场化的黑手制造出一批又一批庸俗无聊、下流低劣的“文化垃圾”，经过出版商的推波助澜而充斥了整个文化市场，成为“地摊文学”的主流。纵观一下这种商业性的文学生产我们看到的只有两样东西：物欲和性欲，无论是作品还是作家的创作目的，作品宣扬的是这两种东西，作家所要满足的也是这两种东西。于是有论者以“精神失语症”一词来概括当前文学创作的局面，指出当前文学创作“人文精神”的丧失。更有论者从诗性的沦丧、真理性的缺席、快感危机三方面的论证，提出了“当前的文学实际上已经死亡”的结论，认为当前文学创作只剩下空洞乏味的“叙事圈套”，令人作呕的窥盗窥淫，以及庸俗肉麻的批评吹捧。进入21世纪以来，这种状况丝毫没有得到改变，反而变本加厉。首先是发育不良贫血的“少年作家”在商业炒作的“催生早产”下炮制出一个又一个的文学泡沫，“美女作家”以色相为卖点的“身体写作”大行其道。然后小资白领无病呻吟的“博客”的兴起，宣泄着都市男女的空虚无聊，滋生出了像木子美、流氓燕等一个个怪胎，而热衷于运动的诗歌小团体不甘于寂寞高举“下半身”的大旗，企图以诗歌“口语化、民间化”的名义把他们因缺乏创造力的空虚腐朽向大众渗透。至于签约书稿的泛滥、网络写手的众声喧哗等则共同构成了中国当代文学这一光怪陆离的丑恶景观。“文学由对虚无的抗争，变成了无可奈何地缴械投降，由对商业主义的虚与委蛇变成了无条件地胁肩谄笑。”

无疑这是令人震惊也是令人悲哀的。于是在这种情况下，摆在我们面前急于使我们思考的问题就是：文学的使命到底是什么？

二

当人们还沉迷于“网络文学”的玫瑰色梦幻小资情调的宣泄时，湖南武冈籍青年作家刘奇叶却把他的创作关怀投向了那片生养他的湘西南热土，历时五年创作出了一部旨在表现“当代农村社会传统与变革、文明与愚昧的冲撞所带来的阵痛和沉思、奋进与观望、希望与茫然”的长篇小说《红豆生南国》，以寄寓作者对湘西南这片热土的人和事深深的热爱和眷恋之情。小说始终以湘西南为地域背景，从不同的角度展示了湘西南独有的风韵和湘西南人民的性情和性格，具有浓厚的湖湘文化特色。同时，作品从一定程度上揭示了原有的乡村风情，又涵盖了正在向城市化发展的小城镇及城乡结合的趋势和背景，具有“新”的乡土文学特色。作品以一曲爱与恨、恩与怨、美与丑、真与假的情歌解读改革开放这一时代背景下的乡村男女的情色掌纹，透视人物冷酷与激情的表象，直击现实生活背后的各色人生。故事发生在富有“神奇的土地”之称的湘西南云山脚下，妙龄少女嫣红长得风姿绰约、美丽迷人。她性格开朗、纯情可爱。出于和初恋情人龚一彬、丈夫笑云两个男人的感情纠葛，嫣红离家出走打工，后追随龚一彬在南方都市深圳打拼创业。嫣红尽管在事业上有所收获，但她的爱情却在滚滚红尘中被无情地剥落得支离破碎，尤其当她看到自己无暇顾及的女儿茵茵渐渐堕落时，更是悲痛和忧郁不堪，方才猛然觉醒，反省自我，重梳思绪，回归理性。嫣红这一形象无疑是中国当代文学表现改革开放农民形象这一题材中一个崭新的形象。因为无论是在表现改革开放初期农民形象的高晓声的"陈奂生系列"，还是贾平凹的"商州系列"，这一形象都是以男性为主人公，而在刘奇叶这里却出现了可喜的变化，是以女性为主人公形象。

嫣红这一人物形象的丰富性不仅体现在她渴望摆脱贫困落后，追求物质生活的富足这一时代主题上，同时也表现在她对原始情欲的合理欲求上和对自我价值的苦苦追寻与确证上。

贫困的农村姑娘嫣红，十七八岁的年龄，出于一种原始情欲的冲动，在一个偶然的机会，于湘西南云山脚下那片原始、古朴、封闭的山野里与身为民办教师的有妇之夫龚一彬相遇，发生了不正当的男女关系，并进而产生错觉，把这种关系看作是爱情了。他们一次次地在原始山野里偷情，构成了一幅幅生动的原始风情画。终于，这种关系被龚一彬的老婆发觉，嫣红在乡里人们守旧的舆论中成了"不要脸的婊子"，被迫离家出走，走上了南下打工之路。可以说嫣红的出走并非出于一种自觉行为，在她身上残留的小农经济意识也还很浓重。在她的意识里，用卖掉自己头发换来的钱美餐一顿就很满足。她并不幻想大富大贵，对改革开放不断深化、商品意识不断向社会各个层面纵深渗透的外部世界也毫无觉察。如果不是偷情事件，她的思想观念里，日出而作，日落而息、侍奉男人，为男人生儿育女传宗接代的生命轨迹是天经地义的。她并不是要有意识地去改变这些，也就是说，作为传统女性的因袭，她的自我意识并没有觉醒。她只是追求一些生命的本能欲求的满足。很显然，在这里嫣红与以前文学作品中塑造的改革开放时期的农民形象是有很大的不同的，她并不是一个自觉的形象，只是因改革开放不断向纵深方向发展被动地卷入到这一时代的洪流中，她在深圳龙岗打工过程中目睹各种社会丑恶现象、人与人之间的尔虞我诈，经受各种被利用和被背叛，出于生存的需要，才不自觉地从一个农村姑娘而变成了一个“漂亮，会说话的嫣红小姐”，学会了推销自己，利用自己的姿色笼络客户，把她的“红豆房地产公司”一步步壮大起来。

这一形象的塑造寄寓了刘奇叶对改革开放这一时代主题的新的理解。从嫣红这一形象中我们可以看到，改变农村落后面貌，建设新农村是时代的要求，但是发家致富追求物质上的富足并不是这一主题的全部，也并不是所有农村人的自觉追求。刘奇叶提出的是一个更高更深刻的命题——农村人如何才能获得自我的解放，那些生命的合理欲求如何才能得到实现，在生命的欲求实现上是否有层次的高低。正如嫣红在商业上的成功，却换来了个人情感的失落，对女儿茵茵教育的失败，以及衣锦还乡却遭到乡亲们的排斥所带来的个人身份的无法确证，个人灵魂的无所归依等。

刘奇叶试图通过《红豆生南国》这部小说把握时代命脉、对时代主题作出纵深的理解诠释，却选择了一个女性主人公的形象来承载，是有深刻用意的。我们知道，在有着几千年封建男权传统的封建社会，女性的命运总是令人深深叹惋，因为女性在现实的泥淖中背负着过多因袭的重担，难有自我解放的可能。尤其是普通的劳动妇女，她们在生理上心理上不自觉地充当了男性的附庸。因此，任何一次时代的洪流都是首先把男性推向前台，在男性的巨大阴影下她们难以有突破自身局限的可能。

改变农村落后面貌，建设新农村，实现人的价值和解放，这正是时代的使命所在。正如嫣红最终还是回到了故乡，决心以自己的资产为故乡修“一座红豆新公寓城，让广大贫困居民住上廉价的公寓”并投资成立“红豆教育救助基金会，帮助那些贫困线上挣扎的学子们”。从这样的结局安排中我们可以看到嫣红经过“传统与变革、文明与愚昧的冲撞所带来的阵痛和沉思、奋进与观望、希望与茫然”而终于确证了自己的价值。

显然这是一个内涵丰富而又富有时代意义的形象。

无疑，刘奇叶的小说在“现实主义文学的创作使命是什么”这一问题上给我们交了一个很好的答卷。他的小说不仅深深地植根于生养他的这片湘西南热土，还对这片热土上的劳动人民寄予深深的同情，以博大的人文关怀关注着他们的生存命运并满腔热情地充当他们的代言人，传布他们的忧喜悲欢，为他们指出出路和希望所在。“表达自己对那种浪漫和幻想的礼赞，表达那种对真爱和纯美的歌颂”，“用爱与美作为理想主义的最后一道壕堑，向着日益世俗化、平庸化的社会现实做完全的抗争”。

三

马克思主义理论家、历史学家、文艺批评家梅林在《艺术和无产阶级》一文中指出：“现代艺术有一种极度的悲观主义的特征，而现代无产阶级却有着一种深沉的乐观主义的特征。”普通的劳动大众之所以是“国家的精华、国家的力量、国家的未来”，是因为他们具有革命性，他们有着坚定的信念，深信能够推翻一个旧世界，建立一个新世界。在这种意义上，他们是乐观主义者，他们满怀希望看到了未来，他们的这种希望恰恰是产生于环绕他们周遭的悲惨之中。而一切腐朽的堕落的艺术是发端于资产阶级的圈子里，是一种不可遏止的堕落的反射，是极端悲观主义的，它在悲惨中看不到出路，只是偏于描写这种悲惨。这样的艺术是无法承担起现实主义文学的创作使命的。它们早晚得为人民所唾弃，被抛弃到历史的角落里去的。

德国国际工人运动活动家、国际社会主义妇女运动领袖之一的蔡特金在分析19世纪资产阶级文学艺术时指出，“在这样的时代里，由于人们只看到艺术的一个方面——明显的颓废没落的特征。就忽视了它的另一方面——蓬勃向上的新生活的征兆。这种生活既可以把艺术从颓废没落中拯救出来，又可以给予它广阔发展的前途和健康、高尚的新内容”。

我们现在所处的这个时代正是“蓬勃向上的新生活”，可以给予艺术以“广阔发展的前途和健康、高尚的新内容”。这就需要我们从事文学艺术创作的同志“自由的写作，不是私利贪欲，也不是名誉地位，而是社会主义思想和对劳动人民的同情，是为千千万万劳动人民，为这些国家的精华、国家的力量、国家的未来服务”。只有这样，我们的艺术才能无愧于时代和人民，才能焕发永恒的艺术魅力。

尽管刘奇叶的小说还不够成熟，语言还有些粗糙，但在“文艺为劳动人民服务”这个问题上，刘奇叶这样做了，在创作实践上体现了良好的创作势头。

（写于 2006 年，原载《创作与评论》）

批判的价值迷失

——从《兄弟（下）》看余华之失

读完了余华的“传奇故事”《兄弟》下部，不免有些失望。说老实话，我不喜欢《兄弟》的叙述语言，这种带有“传奇故事”腔调的语言：浅白的讽刺、小市民的庸俗趣味、平铺直叙的白描，既不刻画博大深沉的悲伤，也不揭示欢愉畅快的美好。我现在开始怀疑新时期文学的先锋性，只是形式上模仿西方现代主义文学的昙花一现，并没有产生真正原创性的经典作品：既无形式的突破，也无题材的发现。余华以“先锋性”走上文坛，也许是时代的急剧变动没有给他提供进一步“先锋”探索的心境，继《活着》《许三观卖血记》叙事模式成功转型之后，《兄弟》的语言可以说是越来越粗糙，越来越缺乏现代小说语言内在的张力和质感。尽管行文并不拖沓，节奏明快，能够引起一定程度的阅读快感，但这种“传奇故事”式的语言不是现代小说语言的进步而是倒退。

语言和叙事形式的平淡无奇暂且不说了吧，说说小说的几个人物。李光头这个人物显然是余华着力刻画出来寄寓他对“文革”和改革开放两个时代的思考，如果单从政治的层面而言，李光头的贫穷与暴发并没有什么历史的必然逻辑，不能说“文革”必然导致李光头的贫穷，也不能说改革开放必然造就李光头的暴发。这个人物的复杂显示出作者进行历史判断时自身价值取向的迷茫。从政治正确的角度，作者对“文革”时期“精神狂热、本能压抑”做了否定，但这种否定的参照坐标却是对李光头的粗痞、蛮横、暴力等与现代文明背道而驰的行为的欣赏。当李光头暴发后穷奢极欲陷入极度精神空虚，丧失了“爱的能力”后，作者试图从其初恋爱情的失败去寻找其行为的合理性，结果赔上了自己一直寄予美好理想的林红，林红的美丽、坚持理想、忠贞爱情，没有屈服于权力的逼迫(烟鬼厂长的性骚扰)，却失身于资本的引诱，寡廉鲜耻地接受了李光头对其“你完全像个荡妇”的评价，最后在与李光头的纵欲狂欢中迷失了自我，堕落成经营色情洗浴场所的“林姐”。而这陡然的转变，作者试图从本能释放的角度去得到行为逻辑合理的解释，恰恰是对自己要否定的这个“伦理颠覆、浮躁纵欲和众生万象的时代”的否定之否定。作者因此陷入了否定与肯定的两难境地，进入了否定批判的悖论，从而在批判中价值迷失，使批判呈现出浅白的讽刺、小市民的庸俗趣味，如为了否定“文革”时期的本能压抑，作者多次渲染李光头少年时期在厕所偷看林红的事件。使缺乏阅读经验的读者不免走入歧途，将对本能合理欲望的肯定等同于偷窥的龌龊下作，这只是迎合了小市民审美趣味。小说中真正具有悲剧性的是宋钢，但“文革”时期的宋钢作为李光头的陪衬却被处理得扁平单薄，除了重情重义外基本乏善可陈。故事充满了落难的“才子佳人”式的气息，看不到独立人格灵魂的碰撞与闪光。而宋钢在改革开放后的种种行为，除了以自杀解脱精神和病痛的双重折磨外，基本上是滑稽可笑的。一个不愿放下自尊，为了心爱的女人去求李光头的人，却为了生存去推销“增强丸”、丰乳霜，弄得不男不女，这是同一个人吗？这种精神操守的半路投降，除了强化对现实的批判，对宋钢这个人物的塑造是没有什么帮助的。这个人物的塑造在我看来是失败的。行为缺乏内在逻辑的典型性，因而其悲剧也缺乏深沉的悲剧力量。总的来说，小说的三个主人公，无论是李光头，还是宋钢、林红并没有给人提供文学形象的强烈的艺术感染力，引起读者深沉持久的感动和思考。而作为知识分子的“刘作家”和“赵诗人”，被作者漫画成两个小丑，这固然是现实“官商学”铁三角的真实写照，但也反映了精神操守的整体沦陷，而“群众”只是灰暗底色的代名词，那么作家精神高标赖以寄托的土壤基础在哪里？失去了精神高标的作家成了无本之源、无根之木。又一次走上了《废都》“废墟废人”的老套路，反而把宋钢解读成“外星人”的隐喻，这不禁要让人对当代作家精神创造的能力持悲观审慎的怀疑态度。

现在再说说作者对历史和现实的思考。作者说：“连结这两个时代的纽带就是这兄弟两人（指宋钢和李光头），他们的生活在裂变中裂变，他们的悲喜在爆发中爆发，他们的命运和这两个时代一样天翻地覆，最终他们必须恩怨交集地自食其果。”这“自食其果”的价值坐标在哪里呢？作者并没有给我们揭示出来。失去了价值坐标的李光头难免成为无依无靠的“孤儿”。历史的运行自有其博大深沉的逻辑，如果我们把握不了历史的内在逻辑，我们就应该揭示出历史过程中人性的深沉美好，揭示出人类精神操守的可贵刚健。显然作者没有找到价值取向的制高点，对历史的思考只停留在粗浅的表面，因而价值判断迷失在语言的浅白讽刺中，对人物的把握也呈现出模糊暧昧的态度。

（写于 2012 年，原载《湖南电大报》）

楼、月为何能“善终”？

——乱读《金瓶梅》之一

《金瓶梅》是一部长期被误解和犯禁忌的伟大小说，表现“罪与罚”领先西方几百年。我们今天这个时代应该是最能理解这部小说的时代。

潘金莲有学历有才艺有美貌有心机，还有健康的体魄超常的性欲，用小说的话说是“好风月”，在我们这个时代无论如何都是上帝的宠儿、天生的尤物、娱乐的顶流，奈何生错了时代，即使如此优秀，在她的时代只能承受“心比天高，命如纸薄”出身低贱的命运。

用古人的儒家观念看，她是个十恶不赦的淫妇，但作者用自然主义的手法，又不得不承认客观永恒的人性，这种矛盾要随着几百年的社会观念变迁，到资本主义、消费主义、市民文化（相对于士大夫文化）成为世界主流的时代才能得以理解。

西门豪府是一个生存和利益的角斗场。各路女人来历不一，但无一例外地费尽心机展开角斗，最终胜出的吴月娘和孟玉楼，用作者的话说是“楼月善良终有寿，瓶梅淫佚早归泉”，但这里的“善良”是很难从某一方面而言的，如果单从道德这种主观的评价看，作为正面形象的吴月娘也被张竹坡评价为“丑绝不堪”，虽然张竹坡的看法过于主观片面，但也说明道德评价是不靠谱的，不同的读者有不同的主观认识。如果代入一下的话，今天的读者更会说，在一群凶猛的肉食动物面前，你跟我讲“善良”，那我只能“呵呵”了。那么，对于吴月娘和孟玉楼这两个“善终”的人应该怎么来看呢？在那个人欲横流、有钱能使鬼推磨的时代，恐怕还是得从金钱方面看问题。

显然，主观上，作者对这两个人物还是寄寓了自己的道德期许的，在那个尔虞我诈的角斗场尽量突出她们为人处世的德行，但细心而苛求的读者会发现这并不是她们的理想人格，因此对小说中的几个女人的评价历来争论不休、聚讼纷纷。从经济基础上来看，西门庆的六个妻妾来历各异，但又是等级分明的。吴月娘官家之女，李娇儿妓女从良，孟玉楼富孀改嫁，孙雪娥丫鬟扶正，潘金莲勾搭成奸、色艺冠群，李瓶儿勾搭成奸、财色双收。首先吴月娘既是千户之女又是正头娘子，陪嫁虽然说不上多么丰厚，但政治和经济上保证了她的地位，再加上后来又贪得了李瓶儿和陈敬济寄放的财产，为她善终提供了经济基础。孟玉楼改嫁西门庆，本来就是西门庆看中她的财产，被媒婆两方瞒骗，骗孟玉楼说是可以做正头娘子，而对西门庆又瞒报了孟玉楼的年龄，实际大西门庆好几岁，嫁过去后又不能满足西门庆的淫欲，被冷落一边，但她的为人处世和财产保证了她的安全，最后改嫁李衙内，尽管遭受陈敬济的勒索，但李衙内并不听信而嫌弃她，恐怕也主要还是因为她资产颇丰。在那个金钱至上的时代，作为野心家，连对钱财并不十分看重的潘金莲也对她寒酸的生母潘姥姥心生厌弃，更不用说认为只要自己有钱“就使强奸了姮娥，和奸了织女，拐了许飞琼，盗了西王母的女儿，也不减我泼天的富贵”的西门庆了，所以最富有的李瓶儿自然是西门庆的最爱。李瓶儿死后，西门庆为她大办丧事也是因为她的钱财做保证。李瓶儿也是因为多金大方赢得府中大小的人心和西门庆对她的宠爱，才与前期判若两人恪守“妇道”，至于其钱财的来路大可不论，这也许就是资本的原始积累和洗白后的区别。结局最惨的自然是丫鬟扶正的孙雪娥，本来就是奴仆什么都没有，最后又被卖与娼家自缢身亡，其结局比妓女出身的李娇儿都惨，李娇儿爱钱成性“弃旧迎新，见钱眼开”，毫无道德，西门庆死后立马偷钱跑人另觅高枝，她妈妈说：“你我院中人家，弃旧迎新为本，趋炎附势为强。”确实是最底层生活带给她的清醒认识。这种人无法用道德去判断，所以她们活得滋润，完全是金钱带来的结果。至于下人之妻宋惠莲、王六儿等都是求财而来，只是一个有点儿廉耻一个全无心肝之别，庞春梅另当别论，她是潘金莲野心的延续。

作者用清醒而冷峻的笔调描写各色人等的生存状态，本着众生平等、因果不爽的视角，主观上相信有一种超越金钱的道德力量，客观上又不得不承认经济基础决定一切，没有一种可以超越金钱的独立的道德力量。所以道德评价始终是《金瓶梅》人物评价的一个困境，一千个读者对书中人物有一千个不同认识。

但是，如果没有道德，文学存在的价值又在哪里呢？

（写于 2024 年 1 月）

情节安排之败笔

——乱读《金瓶梅》之二

《金瓶梅》情节之败笔，一为周守备娶庞春梅，二为韩爱姐殉陈敬济，三为小厮玳安承西门庆家业。

周守备（后升统制）形象基本上算正面的，“有词一篇，单道周统制果然是一员好将才，当此之时，中原荡志，志欲吞胡。但见：四方盗起如屯峰，狼烟烈焰熏天红。将军一怒天下安，腥膻扫尽夷从风。公事忘私愿已久，此身许国不知有。金戈抑日酬战征，麒麟图画功为首。雁门关外秋风烈，铁衣披张卧寒月。汗马卒勤二十年，赢得斑斑鬓如雪。天子明见万里余，几番劳勩来旌书。肘悬金印大如斗，无负堂堂七尺躯”。写得荡气回肠，读者给予了极高的评价。

周守备抗击金人入侵战死沙场以身殉国，作者写道：“出师未捷身先丧，落日江流不胜悲。”寄托了作者满腔英雄情结和家国之思。然而，情节安排周守备自娶淫妇庞春梅后倍加宠爱，听庞春梅说奸夫陈敬济是其兄弟，又通情达理，不仅允许将其收留府中，还为其娶亲谋取功名。自己军务繁忙在外，丝毫不起疑心加以防范，以致陈敬济与庞春梅继续他们在西门府就结下的奸情。这样一个忠于职守的将军，作者给他安排庞春梅如此不堪的内室，是出于何意？若是反衬春梅之淫则无助于守备之正面形象，因为人以群分、物以类聚，守备跟春梅这样的人搭在一起，显得作者有点硬凑，有损守备英名，至少守备有失察之责。

陈敬济下流无耻更有甚于西门庆，先是与老丈人西门庆的小妾潘金莲偷情，被逐出西门府后放浪嫖赌，把妓女冯金宝弄到家中，家暴逼死夫人西门大姐，穷困潦倒后为了生存与地痞侯林儿、道士金宗明奸宿鸡奸充当同性“老婆”，被庞春梅解救后又不顾春梅已是守备夫人，继续两人奸情毫无顾忌。但作者给他安排了韩爱姐这个人物对他一见钟情以身相许，陈敬济被周守备属下张胜杀死在庞春梅床上后韩爱姐悲痛欲绝几欲殉情，书中写到韩爱姐去陈敬济坟上烧纸一节。

这韩爱姐下了轿子，到坟前点着纸袋，道了万福，叫声：“亲郎我的哥哥！奴实指望和你同谐到老，谁想今日死了！”放声大哭，哭得昏晕倒了，头撞于地下，就死过去了。

后虽经救活，“韩二再三叫她嫁人，爱姐割发毁目，出家为尼，誓不再配他人”。张竹坡评曰：“艾能灸病，故用之针灸奸夫淫妇也。”指出作者用爱姐的守贞与前文那些奸夫淫妇作对比，但如此情节安排实没来由，纯粹是对一种道德观念的简单解读，因为陈敬济所作所为实乃咎由自取毫无课同情的，爱姐给他守贞，不能引起读者情感共鸣。韩爱姐本是妓女从良，这种可怜的女人既有深情想过正常的日子，理当有个好的结局。

小厮玳安虽然着墨不多，但是是贯穿全书的一个人物，是西门庆作恶和西门家兴衰的见证。他深得西门庆亲信，贴身跟随。西门庆所有作恶他都参与，小小年纪早已耳濡目染各种恶习，比如第六十八回《应伯爵戏衔玉臂玳安儿密访蜂媒》他调戏蜂媒文嫂。

玳安道：“房子倒不打紧，且留着那驴子和你早晚作伴儿也罢了。别的罢了，我见它常时落下来好个大鞭子。”语涉淫邪，一点不亚于西门庆。

又说："我的马走得快，你步行……你也上马，咱两个叠骑着吧。"文嫂儿道："怪小短命儿……街上人看着，怪刺刺的。"

总之玳安小小年纪就学会调风弄月，占人便宜。当文嫂为西门庆偷奸林太太拉皮条得到西门庆赏银时，玳安又敲诈勒索她。

玳安道："文嫂，随你罢了，我只要你一两银子，也是我叫你一场，你休要独吃。"

第七十八回《林太太鸳帏再战如意儿茎露独尝》一章中写西门庆与下人之妻贲四老婆偷情后，他等西门庆走后也跟贲四老婆来了一次，"他与平安儿打了两大壶酒，就在老婆屋里吃到有二更时分，平安在铺子里歇了，他就和老婆在屋里睡了一宿"。

那时他大概十四五岁，固然是青春期性欲的解决，但也可见得是"近墨者黑"的无耻：趁火打劫，进行性敲诈。当他与贲四老婆奸宿后，贲四老婆害怕与西门庆的奸情被人知道，他又出主意要贲四老婆去给潘金莲送礼，先堵住最妒的潘金莲口，可见他心机了得，做坏事已经得心应手、游刃有余。

由于忠心，西门庆死后他跟随吴月娘不起趁火打劫之心，吴月娘在他二十岁时为他配婚丫鬟小玉。后西门庆之子孝哥出家为僧，月娘又将玳安收为义子继承了家产，人称呼为"西门小员外"。

如此安排莫非预示玳安是又一个西门庆否？但月娘七十岁善终，可见玳安并没有像西门庆一样纵欲作恶，否则家败身亡，月娘也难得善终。难道是玳安吸取了经验教训？一个人从小学坏，要改岂是容易，何况有万贯家财为作恶提供了条件。这与前面的情节又显得逻辑难以自洽，总之是草草一笔，力有不逮也，实不如前半部分情节构思之匠心独运。

（写于 2024 年）

春梅怀的谁的种？

——乱读《金瓶梅》之三

《金瓶梅》第九十四回，写陈敬济被逐出西门府后输了官司，走投无路做了道士，又与老相好妓女冯金宝鬼混。守备府亲随张胜的小舅子、人称“坐地虎”刘二敲诈冯金宝房钱时，把陈敬济也打了一顿，并用一条绳子将他和冯金宝押到了守备府。周守备升厅审理，以陈敬济道士身份不守清规、宿娼饮酒、骚扰地方、行止有亏为罪名，判处打二十棍。正要打时，张胜抱着周守备与夫人庞春梅所生的半岁小衙内站在月台上观看。

奇怪的是，“那小衙内看见打敬济，便在怀里拦不住，扑着要敬济抱。张胜恐怕守备看见，忙走过来。那小衙内亦发大哭起来，直哭到后边春梅跟前”。

这一情节本是为庞春梅和奸夫陈敬济重逢设计的，但看到这段描写，我们从血缘亲近的角度不由得会做出猜测：小衙内如此亲近陈敬济，可能与他有血缘关系。但陈敬济和周守备、庞春梅都没有任何亲戚关系，那么小衙内与陈敬济的血缘关系只可能是陈敬济与庞春梅偷情时陈敬济播下的种。

然而，从时间上来推算是否有可能呢？最初，庞春梅与陈敬济发生性关系并不是庞春梅的主动勾引，而是陈敬济与潘金莲偷情被庞春梅撞见，潘金莲为了封口，要求庞春梅同流合污也与陈敬济发生关系，后来三人就形成了这种特殊的性同盟关系。而庞春梅与陈敬济最后一次偷情是第八十六回，写吴月娘识破陈敬济与潘金莲、庞春梅三人的奸情后，托人贩子薛嫂先把庞春梅领出去卖掉。陈敬济得知后找到薛嫂，花了一两银子与庞春梅见面，两人见面当然又是干那事。“两个干讫，一度作别，比时难割难舍。”当时大概是那年的十月份或十一月份，因为前文写到吴月娘发现陈、潘、庞三人奸情时“来时正值十月天气”，下文写到庞春梅被卖后，明确交代十一月廿七日是孟玉楼生日，陈敬济与庞春梅最后一次偷情就发生在十月某日至十一月廿七日这个时间段。

到第二年清明节后，这时潘金莲已经被武松杀死，庞春梅被卖于周守备作妾，不久升了守备夫人。这个时候陈敬济也被赶出西门府，放浪嫖娼，家暴逼死西门大姐，吃了官司，穷困潦倒流落江湖发生的故事虽没有明确的时间记载，但第九十三回交代“那时正值腊月，残冬时分，天降大雪”，这样算来又是一年过去了。等到陈敬济被地头蛇刘二押到守备府受审时，文中交代“春梅在府中，从去岁八月间，已生了个哥儿小衙内。今方半岁光景”。

也就是说，陈敬济流落江湖的那一年八月庞春梅的小衙内出生，按怀孕十个月，再往前推十个月，正好是庞春梅与陈敬济偷情的那一年的十月份，时间上完全吻合。不得不佩服作者构思的巧妙细密和逻辑严谨完整。又第八十八回写潘金莲被武松杀后不久，薛嫂与吴月娘聊起庞春梅的情况，薛嫂说：“奶奶，你不知。她如今有了四五个月身孕了，老爷好不喜欢。”孙雪娥便说：“老淫妇说的没个行款也，她卖与守备多少时，就有了半肚孩子，那守备身边少说也有个几房头，莫就兴起她来，这等大道？”从这里看，怀孕的时间也是上年十月份前后，因为接下来就是清明节了，往前推五个月也是上年十月份。而且孙雪娥也对庞春梅在周守备家受孕提出了疑问。这一伏笔显然是暗示了庞春梅怀的是陈敬济的种而非周守备的。

难怪庞春梅与陈敬济重逢后，碍于有孙雪娥在家，怕她声嚷出来捅破奸情，强忍着不去相认，但是“一面走归房中，摘了冠儿，脱了绣服，倒在床上，便扪心挝被，声疼叫唤起来”。这说明庞春梅看到陈敬济的惨状是真的心疼了，同时因为见到了情郎却不能相认也痛苦不已。后来她设计卖了孙雪娥，扫除了障碍，才派人好不容易找到陈敬济，接到守备府以姐弟名义相认，瞒着军务在外的周守备过着假姐弟真夫妻的生活。陈敬济被守备属下张胜杀死后，“这春梅每日珍馐百味，绫锦衣衫，头上黄的金，白的银，圆的珠，光照的无所不有。只是晚夕难禁独眠孤枕，欲火烧心”。后来周守备也战死沙场，庞春梅与十九岁的家人周义偷情纵欲，整日不出。“朝来暮往，淫欲无度，生出骨蒸痨病症。”“体瘦如柴，而贪淫不已。”终于一泄之后，“淫津流下一洼口，死在周义身上，亡年二十九岁”。

由此可见，庞春梅与陈敬济另有一番感情。本来，她被娶为守备夫人，又为守备生了儿子，满足了守备有后的心愿，过着锦衣玉食、地位尊荣的贵夫人生活，理应感到知足了，况且她以贵夫人身份重游旧家池馆，见证了西门府的破败凄凉，心中应该有所警醒，但她还是对陈敬济念念不忘，“且说春梅自从来吴月娘家赴席之后，因思想陈敬济，不知流落在何处。归到府中，终日只是卧床不起，心中没好气”。(第九十六回) 张竹坡评道：“故此回写重游。然于游自己之故宫与金莲之旧馆，串入敬济，便有无限伤心之处。”“此回作者极写人生聚难而散易，偶有散而复聚，聚而复散，无限悲伤兴感之意。”人生聚散无常、兴衰难料，这还不值得警醒吗？文龙评价庞春梅也说：“故放笔写春梅之不畏人言，不虑物议，不顾羞耻，不为其夫其子留脸面，其淫乱故不在金、瓶二人之下。”

但儿子是她与陈敬济生的，她不会觉得与陈敬济偷情愧对儿子，陈敬济死后她内心空虚，对于她的“淫死”我们也许可以从另一个角度得出合理的解释：她被西门庆收用是不得已，与陈敬济奸情开始出于潘金莲的引诱，而勾引忠直的下人李安未遂，又与周义纵欲狂欢是填补内心因失去陈敬济的情感空虚。只有她自己清楚她怀上了陈敬济的骨肉，所以才对陈敬济一直割舍不下，这也说明她的“淫”并非毫不值得同情了。

只是她与陈敬济的儿子后来如何并没交代，从道德上来说，这个孩子是个孽种；从人道主义来说，这个孩子又是无辜的。这个悖论对于战死沙场的抗金英雄周守备来说显得并不公平，老婆与别人偷情不说，唯一的儿子还是别人的种，“不孝有三，无后为大”。这在封建社会是莫大的侮辱，不知作者这样安排又是出于何意？

（写于 2024 年）

伯爵原来是“好人”

——乱读《金瓶梅》之四

《围城》里面写方鸿渐和李梅亭等一干人去三闾大学任教，路遇一个与仆人勾搭成奸的寡妇，李梅亭起了色心，搭讪献殷勤。

李梅亭四顾少人，对那寡妇道：“你那时候不应该讲你是寡妇单身旅行的，路上坏人多，车子里耳目众多，听了你的话要起邪念的。”那寡妇向李梅亭眼珠一溜，嘴一扯道：“先生真是好人！”

这一情节让方鸿渐、赵辛楣两人作为一个梗取笑了好久。

李梅亭是不是好人我不知道，但他无疑是个文化人，是“国立三闾大学主任”“新闻学研究所所长”。而《金瓶梅》中打秋风乞白食的应伯爵确实还应算个“好人”。应伯爵有小丑而无大恶，给西门庆提供了“情绪价值”，也从西门庆那里得到了一些好处。南开大学孟昭连教授的《金瓶梅人物分类叙论·食客们》一文中对应伯爵有精彩的评析。

首先，应伯爵的插科打诨、溜须拍马的“情商”和口才甚是了得，这是乞食生存的必备技能，对此他有清醒的认识。如他帮妓女李桂姐的兄弟李铭向西门庆说情认错后，教导李铭说：“如何？刚才不是我这般说着，他甚是恼你。他有钱的性儿，随他说几句罢了。常言嗔拳不打笑面。如今时年尚个奉承的，拿着大本钱做买卖，还放三分和气。你若撑硬船儿，谁理你？休说你们！随机应变，全要四水活儿，才得转出钱来。你若撞东墙，别人吃饭饱了，你还忍饿。你答应他几年，还不知他性儿？”

这段话既教导了李铭“人在屋檐下，不得不低头”的市侩逻辑，也教导了李铭“和气生财”的商业逻辑；既是应伯爵为人处世的经验之谈，也是他对当时社会人际关系的总结。他认为像西门庆这样有钱有势的人理所当然应该“性儿大些”，而像自己和李铭这样看着他们脸色吃饭的人，理当作为他们指责、数落、戏耍的对象，而不应该有什么不悦或不好意思，所谓“如今时年尚个奉承”，这是一种互利互惠的“情绪价值”。他认为这一切都是很正常的，是生存技巧，奉承人和被人奉承都是由彼此的社会地位决定的，谈不上什么人格和道德问题。

对于这种庸俗的生存哲学，我们当然可以从道德上去进行批判，但是作为在体制内讨生活的人谁又有资格说自己比应伯爵更高尚呢？

应伯爵由于情商高、会说话、会来事，常与西门庆戏谑嘲骂让人开心，他善于提供情绪价值，确实是西门庆最喜欢的铁杆哥们。他们之间的交情是“一起同过窗，一起嫖过娼，一起扛过枪”的。但应伯爵有个特点，除了耍耍嘴皮子调戏调戏妇女外，小说中并没有写他如何嫖娼，也没做过什么害人的坏事，相反热心帮助他人的事倒还做过一两件，比如帮常峙节向西门庆借钱、帮李铭向西门庆说情等。第二十回《应伯爵山洞戏春娇潘金莲花园调爱婿》，写西门庆与妓女李桂姐在花园雪洞中干事，应伯爵去找西门庆，“推门进来，看见西门庆把桂姐扛着腿子正干得好”。桂姐道：“去吧，应怪花子！”伯爵道：“我去吧？我且亲个嘴着。”于是按着桂姐亲了一个嘴，才走出来……西门庆道：“怪狗才，还不带上门哩。”

这时桂姐还压在西门庆身下呢，这说明应伯爵和好哥们西门庆之间是亲密无间的，应伯爵也经常陪西门庆去嫖娼吃喝，但他自己不嫖，不是他不想嫖，而是没有钱。像李桂姐这种高级妓女不是谁都能嫖得起的，他只是过过干瘾占点小便宜而已。他虽然在外面跟西门庆混吃混喝、提篮子，时不时从西门庆那里弄点好处回去，但他主要还是为了养家糊口，不像其他人纵欲滥淫。

比如第六十七回，写应伯爵老婆生了孩子，他厚着脸皮去找西门庆借钱，先是自嘲一番："紧自家中没钱，昨日俺房下那个，平白又捅出个孩儿来。""平白""捅出"两个词真是形象，把他的愁苦一表无疑，与西门庆千方百计想要生儿子形成鲜明对比。既要向人借钱，先得贬低自己，不能把自己轻易就得了个儿子的优越感表露出来。接着叫苦连天，西门庆骂道："傻狗才，生了儿子倒不好，如何反恼？"于是两哥们又拿伯爵老婆春花儿开了一通玩笑，才进入正题，说："……家中一窝子人口要吃穿，巴劫的魂也没了……"可见应伯爵还是有家庭责任感的。而且也努力在西门庆面前保持着自己的自尊，毕竟是一起玩耍的铁哥们嘛，也谈不上要格外怎么贬低自己，这一番表现只是人情世故的正常表现。当西门庆给了他五十两银子后，他也在家里置办了酒席，请西门庆一家到家里热闹了一回，表示礼尚往来，是应尽的礼节。

西门庆死后，也是他召集了"十兄弟"中谢希大、常峙节等七人，说："你我相交一场，当时也曾吃过他的，也曾用过他的，也曾使过他的，也曾借过他的，今日他死了，莫非推不知道？"提议每人出了一钱银子，办了一桌祭礼，做了一篇祭文去祭奠西门庆亡灵。他不像吴典恩、云理守等人受过西门庆大恩反而在西门庆死后欺负吴月娘孤儿寡母，企图谋财害命。也不像下人来保、韩道国等人在西门庆死后就中饱私囊、变脸欺主。

由此可见，应伯爵是个浑人，是个帮闲，是个灰色的老油条，但并不十分市侩，虽然油腻不堪，但还有做人的底线。我们大凡有点阅历，都知道要生活还是要清高往往身不由己。那么，应伯爵是不是好人呢？我也不知道。但至少不是李梅亭李教授那样的"好人"。应伯爵的种种丑态至少比今日很多衣食不愁却寡廉鲜耻、道德败坏、主动出卖灵魂、出卖祖国的文化人要好那么一点点。然而是不是有应伯爵这种人就很正常呢？应伯爵这种人当然是越少越好。而铲除产生应伯爵这种人的社会土壤才是真正的好。

（写于 2024 年）

“达达”声中有“密码”

——乱读《金瓶梅》之五

西门庆有个非常特别的爱好，就是每次床战难解难分时，喜欢对手叫“达达”。据有心人统计，《金瓶梅》中叫“达达”有57次之多，除1处是用来称呼“鞑靼”、两处是其他情况外，其余54次是西门庆床战时性对象叫的，有丫鬟春梅、奶妈如意儿、管家来旺媳妇宋惠莲、伙计韩道国媳妇王六儿、贲四老婆等下人，还有妓女李桂姐、郑爱月儿等，他的妻妾包括孟玉楼、潘金莲、李瓶儿，甚至正妻吴月娘也被他要求叫“达达”。西门庆的性对象每次叫“达达”来表达性满足和性臣服时，就让他特别受用，越战越勇。

但床笫之私叫“达达”最开始是来自潘金莲，而且是潘金莲主动叫的，不是西门庆要求的。第八回《盼情郎佳人占鬼卦，烧夫灵和尚听淫声》写到潘金莲和西门庆毒杀武大郎后，大郎尸骨未寒，两人就在灵堂苟且。

只听得妇人口里喘声呼叫：“达达，你只顾拍打到几时？只怕和尚来听见。饶了奴，快些丢了吧。”

那么，“达达”是什么意思呢？台湾里仁书局出版的梅节校注本《金瓶梅》词话本注释是：“达达，父亲。这里用作女人对男人的昵称。”这个注释显然简单粗疏，因为它无法解释后面西门庆与正妻吴月娘交欢时主动要求吴月娘叫“达达”，吴月娘不肯。其他注本也基本如此，只是进一步明确了是“枕席间女对男的昵称”。第二十一回写西门庆被吴月娘雪夜烧香为夫祈祷的贤惠感动，与月娘交欢，高潮来临时，“西门庆情急，低声求月娘叫达达；月娘亦低声睥帏睨枕，态有余妍，口呼亲亲不绝”。注意，这里是“低声求”。显然，吴月娘也动了情，但她并不迎合西门庆叫“达达”，只是叫“亲亲”不绝，这里并没有淫秽，只是夫妻间的正常互动。而第七十五回写与孟玉楼行房时，孟玉楼身体不舒服，应该是没有多少性兴奋的，但也叫道：“达达，你省可往里边去，奴这两日好不腰酸。”而其他地方有西门庆要求叫的，也有不作交代的。对于这种床上密戏的昵称应该是因人而异的，而小说中却写不同性伴的昵称无一例外地惊人一致，这到底是当时的社会风气还是西门庆个人喜欢这种称呼呢？

床上的事属于绝对隐私，不可能有第三人知道，作者只是用一种全知视角写出，怎么可能成为一种社会风气不约而同呢？比如有现代著名作家在日记里记他与夫人行房的暗号是“洗脚”，说明每个人的性昵称是绝对隐秘而不同的。而除了《金瓶梅》里面有这种细节的刻画外，其他世情小说里应该也没有。如果其他地方有，梅节本应该注释得更详细。这与我们现在年轻人称自己的男朋友为“爸爸”、《白鹿原》中田小娥喊鹿子霖“他大”是完全不同的，这也许是因为《金瓶梅》里面的“达达”太著名了，后世受影响渐渐流行了起来。

这种事应该是床第之私，不可能成为社会风俗。那么，这里可能隐藏着作者的身份信息。应该是作者有这种特殊的嗜好，所以才把这一性昵称作为细节进行刻画写进书里并反复强调：我就是作者，但你们绝对想不到我是谁。因为这是我的绝对隐私。《金瓶梅》的作者是谁到现在都还是一个谜，这是由于作者在书中刻意抹去任何有可能暴露自己身份信息的内容。当然，这一细节也有可能是作者凭空编造的，然而，为何偏偏是“达达”而不是“哥哥”“乖乖”“皇上”或其他的呢？诚然，西门府的日常生活中所有人都是称呼西门庆为“爹”的，但为什么到了床上不称“爹爹”而称“达达”呢？爹爹和达达不是同一个意思吗？

而关于《金瓶梅》的作者，最初的说法是嘉靖大名士王世贞，但现在的研究成果基本上可以否定这一说法了。按历史学家吴晗的研究，《金瓶梅》成书年代是在万历十年到三十年间，当然作者也就不可能是嘉靖朝的人了。关于《金瓶梅》的作者，后世的研究也提出了多种假说，有李先芳、谢榛、徐渭、汤显祖、冯梦龙、沈德符、丁惟宁等人选不断被提出，另外包括只知字号未坐实某人的已达50余人。各假说在拥有一些支持者的同时，又几乎都面对着强有力的驳论。

那么，从这一特殊的嗜好来看，作者不可能是个古板的道学先生，应该是有丰富的人生经历和独特的人生体验甚至病态的人。本人猜想徐渭的可能性最大，其次是冯梦龙。徐渭不仅是书画艺术家、戏曲家也是小说家，一生跨正德、嘉靖、隆庆、万历四朝，历经坎坷曲折，自号“南腔北调人”，他一生有过百日丧父、幼年失母、青年逝妻、困顿科场、辗转幕途、畏祸致狂、杀妻下狱等曲折复杂的经历。性格放诞狂傲，自负与自卑交织，内心充满孤寂与绝望，一度悲观厌世，忧惧发狂，九次自杀，他写了一篇文辞愤激的《自为墓志铭》，而后拔下壁柱上的铁钉击入耳窍，流血如迸，医治数月才痊愈。后又用椎击肾囊，也未死。他晚年还怀疑妻子与人私通，把妻子杀了，因此下狱论死。后出狱，又娶了几任妻子，但都以休妻告终。他是一个天才与精神病兼而有之的人物。张竹坡说：“作《金瓶梅》者，必曾于患难穷愁、人情世故，一一经历过，入世最深，方能为众角色摹神了。”徐渭一生遭际与此吻合。已经有专家从多方面的研究得出了徐渭是《金瓶梅》作者的结论。对于冯梦龙，我们可以去看看通俗小说“三言二拍”中的“三言”也许能找到“达达”的蛛丝马迹。

总之，“达达”这一性昵称包含了作者的特殊爱好和身份“密码”，以其绝对的隐私性成了作者在小说中肆意书写的密码，体现了作者不用担心暴露自己身份而肆意书写的强烈快感。在这“达达”声中，作者也算是对封建伦理道德的虚伪腐朽（其腐如西门庆李瓶儿死状糜烂恶臭）、金钱至上的罪恶猖狂（其狂如潘金莲死状暴力血腥）、性压抑和思想禁锢的黑暗苦闷（其闷如庞春梅死状恣意宣泄）狠狠地“抄”了一回，大大（达达）地出了一口“鸟”气。

当然，我这只是毫无根据的猜想，姑妄言之罢了，当不得真的。

（写于 2024 年）

资本、权力两相衡

——乱读《金瓶梅》之六

《金瓶梅》的主题到底是什么，历来众说纷纭、莫衷一是。我这里不谈《金瓶梅》作者想表现什么（所指），而谈谈能表现什么（能指）。资本作为一种政治力量登上历史舞台，相对于封建权力来说是具有进步性的。作为资本象征的西门庆在追逐女人这件事上主要表现为引诱而非暴力，如第二十二回写他勾引仆妇宋蕙莲。

西门庆便一手搂过脖子，就亲了个嘴，口中喃喃讷讷说道："我的儿，你若依了我，头面衣服，随你拣着用。"

"喃喃讷讷"一词形象地描写了西门庆的急色丑态，但他主要的手段不是暴力强迫而是用物质引诱。当宋蕙莲推开他手，拒绝他的求欢后，西门庆马上回到上房，叫丫鬟玉箫送了一匹蓝缎子到宋蕙莲屋里，说送给蕙莲做裙子穿，打动了她的虚荣心，两人约定去花园山洞里行事。

西门庆追逐女人的资本是"潘驴邓小闲"，潘是指潘安的貌，有帅气的外表；驴是驴大的行货，指原始本能；邓是邓通，传说有巨富的钱财；小是能放下身段，指能对女人低声下气、甜言蜜语；闲是有闲工夫能陪女人打发时间。这五个条件无疑对女人都是很有吸引力的，其引诱性令人无法抗拒，西门庆用这五个条件勾引女人几乎屡试不爽。

而作为封建权力的象征，小说中的大小官僚，其特征都是专横的、强暴的，如梁中书、殷天锡等。写李瓶儿，交代李瓶儿原先在权臣蔡京的女婿梁中书府中为妾，蔡京女儿专横跋扈，对梁中书小妾稍看不惯就打死，埋在后花园。这一虚写，向人描述了草菅人命阴森森的梁中书府，与西门府形成对比。西门府虽然荒淫成性，但基本上是以金钱为诱饵摆平一切关系。而面对妻妾的争风吃醋，西门庆有时也要甜言蜜语哄一哄。再如太守恶少“殷太岁”殷天锡为非作歹胆大包天，明知吴月娘是官家娘子，也毫无顾忌敢于强暴，对老百姓就可想而知了。被月娘拼死反抗，吴大舅及时解救后，“后面殷天锡气不舍，率领二三十闲汉，各执腰刀短棍，赶下山来”。可见权力的专横跋扈、任性妄为是何等的程度。

资本与权力在本质上是相通的，都是暴力的、血腥的。尽管资本更多的是鼓励人的本能欲望，利用人性的虚荣、追求享乐等特点，引诱人们过度消费、纵欲滥淫。但它们更多的时候是相互勾结在一起发挥恶的一面，而不是展现各自的合理面、进步面。如第十八回写西门庆因提督杨戬倒台受到牵连要被治罪，去贿赂蔡京相府，通过蔡京之子蔡攸的关系给受理案子的右相李邦彦送了五百两金银，“邦彦见五百两金银，只买一个名字，如何不做份上？即令左右抬书案过来，取笔将文卷上西门庆名字改作贾廉”，这一方面揭露了权力给人治罪与脱罪都很任性，同时草菅人命，大笔一挥，一个叫“贾廉”的人就无辜遭殃；另一方面也表现了资本与权力的相互勾结，构成了压榨民众的双重枷锁。如西门庆得知武松来寻仇后，“忙叫心腹家人来保、来旺，身边带着银两，连夜将官吏都买嘱了”。可见资本的暴力是隐性的，虽然不直接出面而是用金钱摆平权力，让权力充当打手，但实际上与权力是一丘之貉。

宋蕙莲自缢前看穿了资本的本质，当面怒骂西门庆：“你好人儿，你瞒着我干的好勾当儿！还说什么孩子不孩子！你原来就是弄死人的刽子手，把人活埋惯了，害死人还看出殡的！”西门庆其实就是逼死宋蕙莲的“刽子手”，是把人“活埋”还看出殡的。

那么，以晚明的实际情况而论，腐朽的封建权力（皇权及官权、父权、夫权）专横到了什么程度呢？以土地兼并为例，万历初年有的大地主拥田多到七万顷，粮至二万石。据万历六年全国田数七百零一万三千九百七十六顷计算，这一个大地主的田数就占全国田数的百分之一。又如皇庄，嘉靖初年达数十所，占地至三万七千多顷。景王、潞王、福王“三王”的王庄就多达十数万顷。土地兼并的情况其实就是今天房地产的情况。

而以捐税为例，“榷税一节，病民滋甚。山右僻在西隅，行商寥寥。所有额派税银四万二千五百两，铺垫等银五千七百余两，皆分派于各州府”。（《石隐园藏稿》卷五《嵩祝陛辞疏》）而且粟菽税、布丝税、沽酒市脂税、羸特骞卫税，各种苛捐杂税名目繁多。“明之百姓，税加之，兵加之，刑加之，役加之，水旱灾祲加之，官吏之渔食加之，豪强之吞并加之，是百姓一而所以加之者七也。”（《壮悔堂文集·正百姓》）如此巧立名目，盘剥压榨，人们当然期待一种更加进步的政治力量出现。至于毫无人权可言的人身依附关系、人口买卖在小说中随处可见。

而作为进步政治力量出现的资本又是怎样的呢？他们“惯习骄吝，互尚荒佚，以欢宴放饮为豁达，以珍味艳色为盛礼。”（《博平县志》卷四《人道》六《民风解》）“里中无老少，辄习浮薄，见敦厚俭朴者窘且笑之。逐末营利，填衢溢巷，货杂水陆，淫巧恣异……胥隶之徒亦华侈相高，日用服食，拟于市宦。”（《郓城县志》卷七《风俗》）整个社会风气在他们的影响下道德败坏、崇奢纵欲、糜烂不堪，此种现象今天的读者已经司空见惯。

作为取得政权（家权）的资本，西门庆同样也摆平不了妻妾成群，争风吃醋的内部矛盾，借助胡僧药维持着繁荣强悍的外表，并向外不断进行性资源掠夺，其内在的虚弱其实已经无法平衡妻妾们的明争暗斗，只等有朝一日树倒猢狲散了。

资本与权力，“两害相衡取其轻”。而在晚明，资本与权力的勾结更多地体现为资本对权力的依附，当资本成为权力的附庸时，封建权力主导下的意识形态强调道德和克制欲望的一面，又为大多数保守的知识分子所接受，新的思想遭到了压制和批判。

批评家文龙说：“批书者，总以玉楼为作者自况……”作为冷眼旁观的知识分子象征的孟玉楼，开始是只想嫁于商人妇不想嫁给官宦人家的，后经历西门府的明争暗斗，见证了西门府的由盛到衰，最后改嫁官家李公子“红袖添香夜读书”助夫考取功名而获得了幸福，这一结局安排不能不耐人寻味！

由此可见，《金瓶梅》主题表现了晚明时期的社会现实和觉醒、进步的知识分子如李贽等，面对资本与权力的选择时，犹豫不决、彷徨苦闷的心态。

如李贽强调每个人生而平等，“人但率性而为，勿以过高视圣人所为可也。尧舜与途人一，圣人与凡人一”（《明灯道古录》），认为人应该率性地活着，不要过高地看待那些所谓的圣人。尧舜与走在路上的普通人并没有什么不一样，认为圣人与普通人一样都有私欲；并强调私欲，“夫私者人之心也。人必有私而后其心乃见，若无私则无心矣”（《藏书》），认为人性是自私的，充满了欲望，要尊重个人依照着自己的个性自由发展，他说：“夫道者，路也，不止一途；性者，心所生也，亦非止一种已也。”（《焚书卷三·杂述》）他的这些思想与资产阶级革命的思想是相暗合的。

同时他又对官商勾结、道德败坏的现象进行了猛烈抨击：“名为山人，而心同商贾；口谈道德，而志在穿窬。”（《焚书卷二·又与焦弱侯》）“本为富贵，而外矫词以为不愿，实欲托此以为荣身之梯，又兼采道德仁义之事以自盖。”（《焚书·与焦弱侯》）揭露了既要当婊子还要立牌坊的社会现实的虚假丑恶。

张竹坡说：“《金瓶梅》何为而有此书也哉？曰：此仁人志士、孝子悌弟不得于时，上不能问诸天，下不能告诸人，悲愤鸣邑，而作秽言以泄其愤也。”揭示了作者上下无告、两难抉择、悲愤鸣邑、彷徨苦闷的矛盾心态，这正是小说要表现的主题，也是表现人物时呈现各种矛盾冲突、欣赏与批判情感交织、表现手法惊世骇俗，但又能得到合理解释的原因。

（写于 2024 年）

故事、现实两茫然

——乱读《金瓶梅》之七

读《红楼梦》可追求爱情理想，读《三国演义》可学习政治权谋，读《水浒传》当崇尚江湖义气，读《西游记》可展开神怪想象。此四者不分年段，无时不可读，唯读《金瓶梅词话》只可供对照反省，非有一定阅历不可读也。对照现实，古人并不更加缺德无耻，饮食男女、生老病死，自古如斯，唯其兴衰难料世情冷暖，方见人生无常千古之悲。读《金瓶梅》而能无爱无恨不知所由，庶几觉悟乎？

若在本朝，潘金莲可能是个著名歌唱家或者著名演员，至于其私生活，对于圈外人而言属于隐私。李瓶儿可能成为企业家，也许还会做慈善。庞春梅绝对是手段一流的女领导，杀伐果断、沉稳过人。她的死或许会被判定为殉职。

作为资产阶级个人奋斗的先驱，金、瓶、梅等确实是生错了时代，在那个时代她们是不幸的，有值得同情的一面。但是她们的精神不死，她们的革命后来人层出不穷。她们的奋斗精神和自私自利、荒淫无耻又让人无法进行简单评判。

应伯爵是个浑人，是个帮闲，是个灰色的老油条。体制内讨生活、以陪领导打牌为荣的人若自认为比应伯爵高尚，其人乃习焉不察不知反省。今日崇尚享乐、金钱至上的人对西门庆之盛不生艳羡，其人必虚伪；对西门庆之丧不生恐惧，其人必无心肝。读《金瓶梅》唯对照自省，始有以同情理解之心，才能明小说“以淫戒淫”之旨。

潘金莲千恶万恶，唯争宠嫉妒不成其恶。“不妒”乃“七出”之一，用今天的观念来看，是封建道德对一夫多妻制度下女性的要求，以维护妻妾成群家庭状况的内部稳定。今人犹持“不妒”论调，不过是观念陈腐罢了。一夫多妻制被时代抛弃，与之相应的道德观念也随之瓦解。作为经典的文学形象，对潘金莲的塑造本从道德入手，然道德观念随着时代的变化而变化，因之对其解读也呈现常读常新的特点，这正是文学经典之魅力所在。

读《金瓶梅》，始而脸红怒骂，既而沉思反省，终究不免同情理解。然察之当世，更有甚于斯者，如西方政要之“萝莉岛”休闲当无语也，很多不为我们所知的事，单纯限制了你的想象。故文学审美或审丑，须拉开与当世之距离才能看得真切。灯下翻书读故事，谁知已是书中人。没有放之四海而皆准的人性，只有永恒不变的动物性。

读《金瓶梅》当避免“破窗效应”。小说对人性的刻画总的基调是灰暗的绝望的，但也并非没有好人，如吴月娘、孟玉楼。因作者将之置于丑陋的环境中，我们便以此二人为丑，求全责备，则世间无一好人矣。

陈敬济流落江湖，为了生存先后被乞丐行霸侯林儿、恶棍道士金宗明充当发泄性欲的同性“老婆”。这一方面表现了陈敬济的下流无耻，另一方面也反映了底层人们性资源的缺乏，影射了晚明的社会现实。所以陈敬济（陈经济）无论是作为“性禁忌”还是“商品经济”的隐喻，作者对其皆持完全批判态度。然而，当时封建社会发展到末期，虚伪腐朽的程朱理学受到王阳明“心学”、李贽“童心说”的强烈冲击，商品经济高度发展，享乐之风盛行。一方面，是上至皇帝、士大夫阶层穷奢极欲、荒淫无道、男风盛行，下至市民阶层见钱眼开、寡廉鲜耻；另一方面，是土地兼并严重、统治者层层盘剥，农民阶层流离失所、难以生存。整个社会思想混乱、贫富悬殊、道德沦丧，旧的道德已经败坏，新的道德尚未建立。小说所写人物、情节实为当时发生、司空见惯之事实，非为作者凭空虚构捏造，作者当时面对这些光怪陆离的现象既无力进行道德评价，只实录而已。

《金瓶梅》就是一面断色戒淫之“风月宝鉴”，照见小说中的故事和现实生活，小说故事离奇，现实生活更离奇。病入膏肓之人，唯正反相照，方得新生。否则轮回于“兽生道”，永世不得超生矣。

《金瓶梅》让人看清世间万象，思考人生不平等之缘由，这恐怕是它被历代列为“禁书”之主要原因。禁《金瓶梅》非因淫也，乃是“民可使由之，不可使知之”专制愚民惯性使然。

东吴弄珠客谓《金瓶梅》“以淫戒淫”，张竹坡虽明确指出“《金瓶梅》非淫书”，然对书中女子亦以“淫妇”称之，文龙亦认为《金瓶梅》实有淫秽内容。然以今日见怪不怪之眼光看来，《金瓶梅》性描写非淫也，实乃正常之性生活，当以平常心看待，“食色，性也”。试想两人床笫之欢，若非作者以文学手法展现于世人面前，以其私密性谁谓之淫耶？西门庆之淫当在“过分”二字，以其过分追逐女人为性淫，则贾宝玉之过分滥情亦情淫也，出于动物本能的好色，又有何本质区别？潘金莲之淫乃在违背道德偷情，然从实际看来，西门庆于自己妻妾尚不能满足，为何要到外面渔色呢？建立在男权基础上的道德岂必要遵守否？潘金莲对西门庆之性索取喂过量胡僧药致其死亡，亦不过是对西门庆在葡萄架下的性惩罚之反弹，此二人之间的性游戏又岂是外人以一“淫”字能足道哉？作者以自然主义手法写出，实可知在性事上人类与动物并无分别。潘氏之道德有亏在背叛武大，然武大与金莲之婚姻实无道德可言，金莲只是被张大户作为一件物品转手送人，非分之艳福不可妄取，武大亦有责焉。由此可见，《金瓶梅》非淫书也，以“淫”字为其定性，实“淫者见其淫”耳!

潘金莲和西门庆相互拿捏，构成了他们之间的另类“爱情”，这种爱情首先是情欲的动物性的，同时又有性情上的合拍：不甘平庸，胆大妄为，贪欢无度。他们一起谋害了武大，一方面是奸夫淫妇偷情苟合，另一方面也是一见钟情郎才女貌患难与共，从这一点来说，他们之间的关系又高出其他妻妾。他们之间既是不对等的，不对等体现在西门庆的经济能力和家庭地位上；同时又是渴望对等的，这种对等体现在潘金莲的性索取和各自偷欢上，因此他们之间是一种“非主流”的畸恋。

张竹坡对《金瓶梅》诸女人之苛评态度，毕竟太年轻，道德感太强，且以“忠孝”为道德之根本。未若东吴弄珠客言：“读《金瓶梅》而能生怜悯心，菩萨也。”以其阅历深者也。

在西门府中，潘金莲言语粗俗好打骂人，除了报复丫鬟秋菊告密外，其他只是性欲得不到满足的表现。而她实际上是一个文艺女青年，对爱情还有一些浪漫的幻想，好以诗词小曲儿表达情意，先对西门庆是如此，后对陈敬济亦是如此。

从小说构思而言，《红楼梦》显得有点芜杂，而《金瓶梅》更胜一筹。《金瓶梅》用说书的口吻讲一个旁观的故事，以人物的性事为主线，近乎零度叙事、客观呈现。《红楼梦》则显得有点才子编故事的刻意，又是石头历风尘，又是神游太虚幻境，如果没有一些确实不便明言的“真事隐”于其中，这种刻意编造就显得有点不自然了。从视角而言，《金瓶梅》是一种众生平等的视角，所有人物既有动物性，也有人性；而《红楼梦》的审美理想是林黛玉，鲁迅在《文学与出汗》一文中一针见血地指出“贾府的焦大也不会爱上林妹妹”，没有一种可以超越于尘俗的审美理想，超越尘俗的理想只是虚无缥缈的“一缕香魂”，而我们大多数人只是在尘世出

“臭汗”的乞食者。

《金瓶梅》性描写惊世骇俗，以人物的性事为主线结构全篇匠心独运，但这样的小说有此一部足矣，后世不可学也，凡学者皆画虎不成反类犬，如贾平凹之《废都》。

前有殷天锡殷衙内为非作歹，后有李公子也称“衙内”，让读者心中为之一紧，暗为孟玉楼担心，然李衙内待玉楼如得知己，两人琴瑟和鸣，竟得善终，可见作者紧扣读者心理，用笔构思之妙。

潘金莲的四条人命。毒杀武大一是出于强烈的求生欲，一方面对婚姻绝望的她，把西门庆的出现当作唯一的希望，她要紧紧抓住他，不能失去他，为此不惜铤而走险；二是害怕武松知道她的奸情不会放过自己，干脆杀人灭口；三是由于王婆的教唆壮胆。淫死西门庆出于无知，她并不知道胡僧药的具体用法，纵欲的西门庆“始作俑者，其无后乎”？西门庆自作自受、死有余辜。搬弄是非逼死宋蕙莲只是同类相斥，缺乏同情心，非她直接害死。驯猫吓死官哥儿出于嫉妒，可见其用心歹毒，此罪不可饶恕。然西门府这样的角斗场，谁也不是善类，李瓶儿也有防备不严大意之责。

从人性来说，对潘金莲无须过多批判，批判也改变不了人性。像潘金莲这样的女人，今天何止万千？潘金莲的故事只是一个遇人不淑的故事，遇张大户如此，遇西门庆更是如此。谁一辈子不会遇上几个渣男呢？只是我们今天的社会能够给潘金莲纠错的机会，而当时的社会不能，这才是潘金莲的悲剧。

张竹坡认为吴月娘是小说中最奸险最可恶的人，那是因为他太年轻，眼里容不得沙子，见不得半点虚伪。其实小说中最丑恶的人是王婆：形容丑陋，言语粗俗，心肠歹毒，拉皮条当“马百六”、买卖人口、敲诈勒索、教唆犯罪，坏事做绝。她的出场是在西门庆初遇潘金莲两人正眉目传情时，她自然而然地冒了出来，仿佛这种人是天然存在的一样。然后就是写她挑唆潘金莲偷情、为西门庆牵线搭桥、教唆潘金莲毒杀武大，后来又纵容儿子王潮强奸潘金莲，如此恶人，死有余辜。如果说其他人多少有点人味，此人半点人味都没有。其最可恶处就是教唆犯罪，恶之尤也。王婆这一形象隐喻黑暗时代的本质特征：教唆犯罪。

而产生王婆子这种恶人的黑暗社会最大的问题就是缺乏法治。虽然也有律法，但律法遭到金钱的肆意践踏。右相李邦彦收了500两金银帮西门庆脱罪，西门庆收了1000两银子帮杀人犯苗青说情，让他逍遥法外，霍知县收了100两银子将陈敬济死罪改判，等等。小说中除了严州知府徐葑、东平府尹陈文昭等少数几个官员外，其中大小官吏都是贪赃枉法、权钱勾结、司法腐败，有身居高位贪得无厌的，有本想秉公执法却被金钱摆平的，有主动索贿行贿的，构成了一种道德败坏、罪恶滋生的社会生态。在这样的社会生态里，西门庆从小就学会了吃喝玩乐、流氓成性，而潘金莲等女人则在象征恶社会的王婆子的教唆下长成了一朵朵娇艳动人、心狠手辣的“恶之花”。

西门庆与潘金莲淫、欲互证。潘金莲是欲望得不到满足，西门庆是欲望过于放纵。无西门庆不能挑逗起潘金莲的欲望，无潘金莲西门庆也会放纵而死。这对淫男欲女象征着资本主义的恶与封建主义的恶一起纠缠、彼此渗透、相互争斗的末世图景。

（写于2024年）

第二辑

诗歌评论

孤寂的静夜　孤寂的心灵

——陈敬容《静夜》诗赏析

王尔德说，艺术家的特征不在于他感受自然表现自然的能力，而在于他以活跃的使人意会的诗的原则来驾驭所有的理性和情绪的力量。也就是说，一个真正的艺术家总是赋予自己作品以深浓的理性思考或某种内在情绪，而于作品本身往往并不怎么刻意雕琢。如果一首诗，以平实质朴的文字抒写出深浓可感的内在情绪，给人以艺术的深味，则这无疑是一首好诗。陈敬容的小诗《静夜》以平淡质朴不加雕饰的文字艺术地构筑了一种孤寂如禅的氛围，将那生动可感的如水般的情绪渗透在平实的文字中，给人以艺术的魅力。

静夜

陈敬容

一枕记忆，
白的月色；

风无告地来去，
丝丝的
草的叹息
孤星摇落了
绝望的凝睇；
陌生的人敲叩着陌生的门
在长巷里。
（听我的门上一声沉寂）

这首题为《静夜》的小诗选自《盈盈集》，属于陈敬容早期的诗歌。“孤寂”是诗人早期诗歌的基本主题。虽然这与诗人早年不幸的生活经历有关，但这种对人生孤独的体验并没有使诗人流于颓废，正如诗人郑敏所说，“寂寞会使诗人突然面对赤裸的世界，惊讶地发现每一件平凡的事物忽然都充满了异常的意义。寂寞打开心灵深处的眼睛，一些平日视而不见的东西好像放射出神秘的光，和诗人的生命对话”。《静夜》即这样一首表达了诗人对“孤寂”的独特体验的小诗。该诗首先给我们呈现的是静夜那种静谧单调而孤寂的氛围。只寥寥数字，写了“记忆”“月色”“风”“草”。记忆“枕”在枕上。然而是“一枕”，一枕万千思绪，记忆却如流水。深夜万籁俱绝，而诗人内心思绪却如鸣泉，静静流淌，鸣声幽然，潺潺不绝。月色是“白的”，色调单一，却给人以无限宁静和恬淡之感。“风无告地来去”，静悄悄的，实写动然则是静，以动衬静，因为“无告”，缥缥缈缈，似有似无。而草则在叹息，却是“丝丝”的“草的叹息”。这是怎样一种淡雅古朴的氛围啊！不写虫声风籁却写草的叹息，草的拟人化，其实是诗人内心的叹息吧！我们仿佛看到一个月光如水、万籁俱寂的静夜，诗人枕卧，独对无限静谧，思绪犹如鸣泉，悄然流淌，淙淙不止。她是在思念远方的亲友呢？还是在感悟生命的真谛？往事如过眼云烟，荣辱似流水清风。一种淡雅古朴的氛围油然而生，一幅色调单纯的图画展现在眼前。

然而在这淡雅单调的氛围中，却有孤星的绝望，却有“陌生的人敲叩着陌生的门”，而诗人自己却只有“一声沉寂”。这是一个孤寂的心灵，孤寂但不感伤；这是一种如水般忧愁的情绪，淡淡的无处排遣，却也并不烦闷。“孤星摇落了，绝望的凝睇”，静静的夜空，一颗孤星长久地等待，而终于不得不带着“绝望的凝睇”坠落，似去又依依。凝睇者，斜着眼看，有无限幽怨否？孤星的等待可是诗人的等待？而悠长寂寥的小巷里，却传来“陌生的门”的悠悠敲门声。陌生者，与自己无关也。“吱呀”门开了，听别人的门上一声欣喜，而自己的门上却是“一声沉寂”，别人的欣喜与自己的沉寂是诗人情感的自然流露，由此及彼，由人及己，抒发了诗人淡淡的忧愁，而贯穿全诗的情绪正是这种淡淡的忧愁，前面“一枕记忆”“白色月色”、风的无告、草的叹息，无不渗透着诗人内心的忧郁与孤寂。然而全诗却无一字写“愁”，忧愁的情绪、孤寂的心灵就那样跃然纸上，生动可感，可谓“不着一字，尽得风流”。

作为中国现代派“九叶派”诗人成员的陈敬容虽具有“九叶派”诗人的共同特征：他们深受西方现代主义诗歌的陶冶，力求突破传统的主观抒情的方式，追求现实性、象征性与哲理性的结合，探索诗歌表达的“戏剧性”（主要指诗歌的情思展开以及语言表现都要有矛盾张力，而不是直抒胸臆），让诗歌更深入地表现现代人的思维方式和内心生活的复杂性，强调诗人对社会、历史现象的独特体验。同时陈敬容也很注重对中国古典诗歌的意象和意境的提炼，使自己的诗歌体现出既有继承传统的意境美，又有现代人复杂难言的心绪的独特韵味。一首小诗，不过数行，初读似觉平淡，觉得没写什么，实则蕴含着深浓的味道，愈嚼愈浓，实是这首小诗的独特魅力。以上词语平实质朴、毫无雕饰之处，然而正体现了诗人匠心独运、驾驭情绪的能力。于文字之间挥洒自如，就像丹青大师，寥寥数笔，水墨淋漓，而精气神具备，故王国维曰：“淡语皆有味，浅语皆有致。”用来评价这首小诗也是很恰当的。我们可以用与该诗同题同时代的诗作比较。成仿吾的《静夜》是“死一般的静夜……我全身的热血……不住地低声流颤……我听见了大自然的音乐，徐徐的，清清的”，内涵不深；郭子雄“请领略这般的夜静，这般的更深，这般的月色坠地也竟无声，请静些，休这般轻狂，你听风瑟瑟掀动了窗外的白杨”，韵味不足；戴望舒“你哭泣嘤嘤地不停，我心头反复地不宁，这烦忧是从何处生，使你坠泪，又使我伤心”，感情太露，过于感伤。只有陈敬容这首小诗看似平淡，实则精致隽永。在陈敬容的诗歌中，我们既能读出她如李清照般女性细腻的对苦难的咀嚼，也能读出如王维般“晚年唯好静，万事不关心”的禅味。当然更为重要的是，我们读到了属于陈敬容个人独特的孤独和绝望（“孤星摇落了，绝望的凝睇”），以及于这孤独绝望中的“焦灼的渴意”——对独立人格和生命价值的焦渴。这种孤独绝望是“自己为众的人生理想得不到实现和肯定，而又不能转向为己的人生标准或放弃自己的个性和追求以与流俗合而为一的价值冲突”。

陈敬容还有一首《夜歌》：“我的心在夜里徘徊，夜伴着我，我伴着不可知的悲哀。一张不可见的琴上，响着另一个世界的奇幻的丧乐……谁在这时候幽幽哭泣？”这首诗那骚动不安的心灵、那烦闷的情绪同样可感，但其味道似不及《静夜》，因为她急于诉说，流于直露。只有《静夜》真正给人以含蓄隽永的美，给人以“欲说还休”的体验，给人以愈嚼愈浓的深味。这种深味寓于平淡的文字、单调质朴的意境，给人以“不可说”的情趣，似有饱经沧桑的感觉。而这种情绪诗人在另一首小诗《断章》中明明白白地告诉我们：“我爱长长的静静的日子，白昼的阳光，夜晚的灯，我爱单色纸笔，单色衣，我爱单色的和寥落的生。”单色的和寥落的情绪是一种韵味隽永的情绪，是人生体验的最高境界，是一种道家的心情和体验。只有经过了无限沧桑，看透了社会的黑暗和人生的无谓，心情平静如水才能体味到，以道家的心情入诗——诗自然具有无限质朴的味道。

陈敬容的一生，从1917年9月2日出生到1989年11月8日去世，可以说是在“孤寂”中度过。早年因不满封建家庭的桎梏和粗暴父亲的暴力逃出家庭，她只身一人，跋涉千里，来到了北平，从此便与家庭断绝了来往。她没有经济来源，生活靠师友接济，常常居无定所，有时借住在学校，有时寄居友人家；也住过客店般的女子公寓和女青年会。欢乐与痛苦、自由与忧愁常交织在她的心头，创作的欲望也在她的头脑中日益强烈。她的第一首诗发表在清华大学的1932年校刊上，那时她还不满15岁，“七七”事变后，她同诗人沙蕾到了重庆，约半年后转赴兰州。在兰州，她举目无亲，冷漠而孤独地度过了四年时光。四年间，她在“荒凉的西北高原上做了一场荒凉的梦”。离开了社会、朋友和同志，远离了文艺生活的漩涡，做饭、看孩子——简单而又繁重的家务劳动，吞没了她青春的岁月，即便偶有所作，也未曾发表。她经历了多次不幸的婚姻，从事过多种不同的工作，最终独自带着小孩生活和工作，直到1973年因病退休。“文革”前，她住在北京一个四合院里，十年浩劫中，她被迫离开了这个四合院，住到北京正南方向的一座寺庙——法源寺。那时的法源寺还没有修葺，一幅破落、凋零的惨景，院子里来往的人很少。她的房子又冷又黑。火炉燃得不旺，仿佛冰窖一般。房子里没有自来水，也没有厕所、下水道，每天要提几大桶水。她的手粗糙得如同常年在农村劳动的老农的手，并且所有的骨节都突出增大。她靠着为数不多的退休金打发日子。1989年11月8日，她在北京悄然病逝。她的一生，平凡而简朴。“陈敬容活着的时候，不愿给别人添麻烦，独自一人，在都市的一角，过着平静的自得其乐的生活。死后也不要惊动更多的人，一个人带着她的诗和情，静悄悄地走向另一个世界。”(孙瑞珍《二十世纪中国著名女作家传》)就是这样一个“孤寂”的灵魂，以其不朽的浸透了生命意识的诗作，传达了中国现代女性对人格独立和灵魂不屈的追求。

（写于1993年，原载《凌云文学》）

写诗的小马

——马笑泉诗歌《果核》及其他

在小马(马笑泉)的诗歌里，我们最常见的词汇是“果核”“灯”“少女”“土地”“冬天”“石头”“斧头”等，小马就是以这些词汇构筑了属于他个人的封闭的话语系统，每次阅读小马的诗歌，我都试图去把握文字表层下潜伏着的意义，我徒劳地从小马的语言系统中演绎出符号，从而使之对应小马的心灵，但每次都被小马否定了。诚然，在语言系统中，意义总是从一个能指转换成另一个能指，绝无可能完全把握它。语言只是一种密码，而每一次解码都是再一次编码，但我想这一次我准备撇开小马，用我的话语来对小马的诗歌做一次阅读，这并不是毫无意义的。因为，我只能把小马形诸文字的诗歌看作一个静止的语言系统来进行破译。而要面对面地与他谈诗，跟上他的意识的流动却完全不可能，这对我来说也不公平。

任何词汇，只要我们给它以适当的语境，就会呈现出丰富的能指。在小马的诗歌里，“果核”自有它表层的意思，指谓一种孕育，一种生根发芽开花结果的可能。但小马写道:“我钟爱这小小果核！这小小石头里温暖的果核/以手之莲花握拢又放开/熠熠生辉的果核/顶礼膜拜的果核!不希望它发芽成长然后死去。”(《果核》) 此诗的第一节，小马就显示了他心灵的矛盾。但我们基本上还可以说他的“果核”指谓的是孕育。然而接下来小马就告诉我们:“一个冬天将结束而我要去远方/冷风还会割裂怀抱的温室/小小果核/托付给眼前黑色沉静的土地/然后拍马离去/我没有再回头/看看一阵雷电将如何惨白地响起。”在此，果核的意义从“孕育”转换成“家园”，而在第三节中，你又可以从中窥见“爱情”或“诞生”的指谓:“而一场遥远的雨终于来临/一场雨湿润我干渴已久的笔/土地和石头/在预感的梦中石头开裂/果核飞离/在回来的路上/我看见一个少女披着白绸掠过/简单而美丽! 我不知道她诞生于何处/要去向何方。”而同时，你也可以说这首诗表达的是一个从孕育到沉潜到诞生的过程。如果不是文字到此结束，我们真不知道小马的意识将继续滑向何处。对他来说，似乎意识的流动可以从文字的流动中找到对应，而诗歌就是要抓住这种流动。我之所以从小马所有的文字中拈出这首题为《果核》的诗来作为进入小马心灵的切入点，并不仅仅因为这首诗在标题上突出了“果核”这一词汇，更重要的是，因为我觉得从这首诗中可以演绎出他诗歌的几个基本主题，那就是:孕育、家园、爱情。尽管小马的文字会衍生出其他的许多意义，使我们产生对他的误读，但这并不是全部的情况。如《点一盏灯》，我说他指谓的是信仰，你也许会觉得我武断。但结尾几句意思是明白的:“凝视一盏灯燃烧在白昼/在微微某刻/大悟于亮度与另一种亮度的差异/领会存在核心的秘密/从此你才会真正点一盏灯/真正守一盏灯。”“灯”与黑暗有关,“灯”照亮黑暗，这使我们想起光明、想起希望。但“灯”也可以燃烧在白昼,“灯”的亮度仍然可以照亮白昼。这就不再是表层意义的“灯”。能指的意义同样也可以是信仰。当然你也可以说他指谓的是“存在之光”，但小马没有读过海德格尔，这里我无意拔高他的诗歌的内涵。小马的诗歌里，所指往往被暂时地搁置起来，当然能指也不是无限的，就如“冬天”“石头”“少女”等。我曾经与小马谈论过有关他诗歌指向的问题。小马说他要表达的是一种“焦灼到无言，而且尖锐”。无疑，他的诗歌是直指当下生存之境的。小马选择“果核”“石头”“斧头”“冬天”这些坚硬的词汇，希望刺痛人心，进入生存的本质。但还做得远远不够。而且，他深受后朦胧派诗人西川、王家新的影响，可以看出有些词汇是从王家新那里借来的，不是他个人的。但总的来说，小马的词汇是属于他个人的，里面有诗的本质的声音。

小马写诗，也写散文和小说，小马的文字是不成问题的，技巧也是娴熟的，他力图驾驭的不是语言而是意识，因此他“焦灼到无言”，常常笔下枯涩。但近来小马显得有些浮躁，连连在《邵阳日报》等报刊上发表一些浅显的文字，大都与山水有关，表层的描写加上技巧的点缀，符合人们的日常阅读；他在试图开放他的语言系统，急于引起社会对他的关注。我不知道小马是否在放弃一些什么，总之，对于一个真正的个人化的诗歌写作者来说，这是一种危险的倾向，我更喜欢的是小马和我私下里交流的文字。在这里，我只是想提醒读者，那不是真正的小马，真正的小马是属于那些未发表的文字的，属于那些“个人的写作”。

（写于 1999 年，原载《凌云文学》）

“风雪夜归人”意象及其象征意义

——《逢雪宿芙蓉山主人》主题思想探析

刘长卿，字文房，宣城（今属安徽）人。年轻时在嵩山读书，天宝年间进士，“以诗驰名上元、宝应间”（《唐诗纪事》），擅长近体，尤工五言。曾任监察御史长洲县尉，由于“刚而犯上”（高仲武《中兴间气集》）曾两次被贬，初从长洲尉贬为岭南南巴尉，后从鄂岳转运留后贬为睦州司马，官止随州刺史，故人称“刘随州”，有《刘随州集》十一卷名世，包括诗十卷、文一卷，多写宦游失意的感慨和山水隐逸之情，也有反映离乱之作，风格冲淡含蓄、清雅洗练。

“日暮苍山远，天寒白屋贫。柴门闻犬吠，风雪夜归人。”这首《逢雪宿芙蓉山主人》是《刘随州集》开宗明卷第一首。作于诗人贬谪湘楚之时，写的是一位行途上的旅客，在天寒日暮之时顶风冒雪寻找投宿的情况。该诗标题《逢雪宿芙蓉山主人》中的“芙蓉山”显然不是实指，因为今山东、福建、湖南、广东等地均有芙蓉山，诗中所咏芙蓉山所在不详。“芙蓉山”既非实指，那么“主人”（指人家）也应该是虚拟，诗中所写意境、情事也非一时一地之实况。因此，该诗主题也应作虚解，不必落实对应，这就是下文所要揭示的象征意义。诚如大多数论者所指出的，这首绝句的语言艺术是值得称道的，仅20字就写了日暮、苍山、天寒、白屋、柴门、犬吠、风雪和归人等八事，给我们呈现出一幅阔远、苍茫、绝寂的意境，情境如画。“造境幽远，含意委曲”“给人以涵泳不尽的艺术享受”。然我认为，“涵泳不尽”不是表现在语言艺术和意境的营构上。写羁旅之苦而意境堪称上乘的不乏佳作，如马致远《天净沙·秋思》。这首诗能千古流传、久诵不衰的一个重要原因，我认为是，也向来是，被历来论者所忽略了的这首诗中“风雪夜归人”作为一个意象存在的独立的价值。

正如论者所指出的，刘长卿这首诗，它最突出处应是“风雪夜”，意境就是从“夜”这个中心词生发开去。“夜”作为全诗的脉络，“天寒”和“风雪”则加深这“夜”的寒意。夜，是客观现实的寒夜，也是诗人内心孕育的寒夜。这里论者把全诗理解的重点放在全诗结尾“风雪夜归人”这一句，这无疑是一个发现。但我认为，还没有完全说到点子上。

从全诗来看，着眼点应落在一个“归”字。“归”在不同的人那里，因不同的经历、不同的心绪是有着不同的内涵的，如在陶渊明那里是“晨兴理荒秽，带月荷锄归”（《归田园居》），王维是“斜光照墟落，穷巷牛羊归”（《渭川田家》），崔颢是“杀人辽水上，走马渔阳归”（《古游侠呈军中诸将》），李白是“日暮醉酒归，白马骄且驰”（《古风》），白居易是“君臣相顾尽沾衣，东望都门信马归”（《长恨歌》），而杜甫是“血污游魂归不得”（《哀江头》），贺知章是“少小离家老大回”（《回乡偶书》）。以上写“归”，因诗人经历、体验和心绪的不同，皆有着不同的具体内涵，而在“风雪夜归人”一句中，“风雪夜”加强了“归”的氛围和内涵，而“人”使得“归”有了具体承载的形象，整个地连起来，使得“风雪夜归人”一句获得了作为一个意象独立存在的价值和意义，至于此处“人”是指主人还是客人已显得无关紧要了。而且从全诗来看，首二句对起，“远”写荒僻，“贫”写凄苦，给我们提供了两个方面的审美经验。至于写日暮、苍山、天寒和白屋则都是为了烘托这一“归”字，由“日暮”而想到“归”在古诗文中比比皆是，如“日之夕兮，牛羊下括”（《诗经·君子于役》），“日暮乡关何处是，烟波江上使人愁”（崔颢《黄鹤楼》），“夕阳西下，断肠人在天涯”（马致远《天净沙·秋思》）。刘长卿自己的诗中也不乏其他的例子，如：“片帆何处去，匹马独归迟。惆怅江南北，青山欲暮时。”（《瓜洲道中送李端公南渡后，归扬州道中寄》）在这里，我们没有必要去强化这些具体景物描写的意义，而应看它们作为营构整个意境的物象的意义。而意境的营构又是为烘托出“风雪夜归人”这一意象作铺垫，因“柴门闻犬吠”一句，使得这一意象最终“闪亮”，我们已经可以淡化诗中景物描写的具体印象。这样，“风雪夜归人”作为一个意象就被强化出来，具有了独立存在的价值和意义。且刘长卿的“风雪夜归人”与柳宗元的“孤舟独钓”、李太白的“举杯邀月”一样，能够给人以鲜明的印象，让人有丰富的想象和联想，并自然地把它和作者的某种生平遭际和人生感受挂钩。如果说这首诗，“直赋实事，然令落魄者读之，直足凄绝千古”（唐汝询《唐诗解》）的话，那么无疑得力于这一意象的最终“闪亮”之功。

刘长卿五绝《逢雪宿芙蓉山主人》给我们凝练成一个“风雪夜归人”的意象，并使该诗主题获得了象征的意义。揭示该诗主题的象征意义，我们有必要先分析一下“归”。很显然，“归”与“流亡”有关。著名前卫文艺批评家、学者朱大可指出，历史的推动者大概可分四类：逃者、流者、亡者、遁者。出于对现存体制和意识形态的反抗及对自由的向往，这些人构成了一个对抗的庞大的逃亡谱系。逃者，是主动背弃现存体制所给予的一切，并企图开创一种新的意识形态的人，如老子、陶渊明；遁者，是厌恶过去的人，借助逃遁从旧境遇里抽身引退，他是自我和世界的双重解放者：首先改变他自己的状态，随后也改变了世界的状态，如谭嗣同；亡者，是逃亡谱系的主体，是以足为家的人民，在黝黑的双足上生长和衰老，度过有限的岁月，他们服从来自向导的指令；而流者，通常是由那些思想者构成，是逃亡谱系中最特殊的一种——保持着与“祖国”的心灵和肉体的普遍关系。他们是中国古代优秀士人的主体，如孔子、屈原、李白、杜甫、苏轼、林则徐等。他们以祖国为存在的全部依据，并在这个逻辑上向祖国以外出走，然后企望着祖国第二次召回和接纳。如屈原“曼余目以流观兮，冀壹反之何时，鸟飞反故乡，狐死必首丘”（《哀郢》），“悔相道之不察兮，延伫乎吾将反”（《离骚》）。流者（通常称流亡者）的特点是他们往往被迫远离祖国、丧失家园，通常表现为贬谪。而当他们决心“刚而犯上”时也就是开始了对自我精神的放逐，从此踏上了一条流放的不归之路。而且他们也清醒地意识到这点：“余将董道而不豫兮，固将重昏而终身”（屈原《涉江》），“亦余心之所善兮，虽九死其犹未悔”“宁溘死以流亡兮，余不忍为此态也”（屈原《离骚》），“苟利国家生死以，岂因祸福避趋之”（林则徐诗）。而且他们坚信，祖国是不可变更的，它是永恒的风景和舞台。可变更的仅仅是流者从祖国那里获得的意识形态关怀的总量，知识分子（士）的使命在于：通过扩大流者自身对祖国的关怀去敦促祖国对流者的回收，并在这种双向的关怀中重建传统国家秩序。其实，祖国把流者流放出去，意即对他们违背这个国家的意志的惩罚：把流者永久地驱逐出他们的乐园，而流者们清醒地意识到这点，并强迫自己坚信可以等待的信念，等待便是他们遥遥无期的精神放逐。

屈原是中国古代优秀士人中流亡者的典范，他的悲剧在于最终未能得到祖国的召回，因为那个作为不可变更的风景和舞台存在的祖国的沦丧，屈原选择了以自沉的方式为他的遥遥无期的精神放逐的苦役寻求了解脱，这最终使得“流亡”获得了悲壮的美学意义。刘长卿先后两次流放，流放地又是湘楚之地，相同的经历和行程，这无疑不能不使他与屈原产生精神上的感应。其贬谪湘楚时所作皆有见及，如“往事那堪问，此心徒自劳，独余湘水上，千载闻离骚”（《南楚怀古》），“稚子能吴语，新文怨楚辞。怜君不得意，容发老南枝”（《初贬南巴至鄱阳，题李嘉祐江亭》）

等。而屈原的悲剧使他反省，那坚信的信念开始动摇，他在《长沙过贾谊宅》中沉思自我放逐的意义并发出明知故问："汉文有道恩犹薄，湘水无情吊岂知。寂寂江山摇落处，怜君何事到天涯！"可是，"流放"只能是一个坚信的过程，是不能发出疑问的，这样，刘长卿陷入了更深的"流/归"矛盾痛苦之中："东道若逢相识问，青袍今已误儒生。"（《别严士元》）要解脱这种矛盾痛苦，对于刘长卿来说，是不能选择自沉的方式的，自沉需要坚信的勇气。他只能消解，只能把"风雪夜归人"放到一个阔远、苍茫、绝寂的大背景之中去，"风雪"使得白茫茫一片大地真干净，"夜"使得久经流亡而疲惫不堪的流者起了归感，而"柴门""犬吠"的亲切温暖最终促使流者寻求一个短暂世俗的"归"。

然而，我们可以看到那条向前延伸的不归路永无归期，这样，"风雪夜归人"象征的美学意义便凸显出来，而且熠熠生辉、光耀千古。

（写于2006年，原载《文学教育》）

明如清溪　奇如松石

——张千山诗联赏析

千山先生的诗歌是其人格精神的写照，秉承诗教传统，心系苍生社稷。格调高昂，清新明朗；情感细腻，真挚动人。所选诗联，或吟咏家乡风物，如《沁园春·绿洲绥宁》《咏黄桑铁杉林》《游黄桑六鹅洞》等；或歌颂亲情友情，如《清明祭父》《己丑盛夏访吾师傅治同先生》等；或记述工作行迹，如《戊子中秋白云诗会》《感怀邵阳文艺家抗震救灾六记》《靖州行》等；或感怀时代风云，如《抗震救灾有感三章》《欢度国庆四十周年》《赞神舟七号飞天成功》等；或针砭时代弊病，如《参加邵阳市县处级党政正职述廉评议大会有感》等。题材广泛，视野开阔，无不体现其作为一名优秀公务员，所具有的深厚文化底蕴和人文精神。“兴、观、群、怨”而不失“温柔敦厚”。

千山先生的诗联艺术，可用三字概括。

一曰“真”。真情真事，情之所至，兴之所随，全是油然而生，并无半点做作。所思所感，真情流露，真挚感人。如《清明祭父》“清明又到父坟前，衷肠无尽诉无言”一句，一个“无尽”，一个“无言”，发自肺腑的忆父之情，感人心脾。《己丑端阳水府即兴》追悼屈原，“怀古江天远，思君楼阁空”。这种跨越千年的精神感应，是自然而然的，能够引起中华儿女的广泛共鸣，因为屈原作为一种爱国主义精神已经融入了中华儿女的血脉里，而千山先生作为一个公务员，心忧社稷，心系民生，“长太息以掩涕兮，哀民生之多艰”的民本情怀，更是体现在他对时代风云的关注，与时代脉搏的协同。如《抗震救灾有感三章》，他感慨“多少同胞生作死？驰援无翼只伤悲”；《欢度国庆四十周年》，他高歌“国有雄豪施惠政，庆无祸患乱边疆”；个人的忧乐完全与时代的脉搏协同律动，真正具有了传统文人士大夫“先天下之忧而忧，后天下之乐而乐”的优秀的儒家情怀。作为文联主席，他不仅在情感上与人民群众一致，更是在行动上“起而行之”，积极组织邵阳文艺家抗震救灾，“丹青妙手聚文联，真情送画又捐钱”（《邵阳文艺家抗震救灾六记》）。白居易论及诗歌创作，谆谆告诫说：“感人心者，莫先乎情。”只有对人民爱得深、爱得真，真情实意才会像清澈的泉水自然流露出来。而《沿巫水至古商城洪江》则写诗人神会千年各路商的思绪与情怀，“汛期总把佳期误，书业常因货业荒；堪怜汩汩男儿血，垒就心头铁石墙”。这样性情率真而深沉的咏叹，把古今士子的爱情与事业、学业与家业的矛盾以及矛盾中的艰难抉择表达得淋漓痛快而又准确厚重。

二曰“明”。五四以降，白话已兴。旧体诗歌创作已经失去了诗歌创作的主体地位。然作为有着“唐诗宋词”璀璨辉煌的泱泱诗歌大国，旧体诗的魅力仍然难以为人所拒。但当今诗坛旧体创作，失之两种倾向，一是把诗歌当职业，当作专门学问来研究，束于各种教条，如格律、用典等，追求“语不惊人死不休”，过分强调词句，脱离实际生活和真挚情感，或以显示其“贵族化”，重蹈“江西派”之覆辙；或粉饰太平，应制颂圣，再续“台阁体”之滥觞。二是把旧体创作当作无聊遣兴的玩意，无病呻吟，怨天尤人，随心所欲，晦涩难懂。千山的诗歌全然没有这些毛病，其诗清新明朗，格调高昂。不无病呻吟，也不卖弄辞章学问，而是把诗歌作为抒发自己赤子情怀的载体，有感而发，明白如话。如《沁园春·绿洲绥宁》这类赋写一个地方特征的诗歌，很容易被某些诗人写成“寻章摘句”、卖弄学问辞藻的“佶屈聱牙”体。而他则写得清新明朗、意蕴高远。如“仙境绥宁，华夏名区，天下绿洲。览黄桑胜地，本原生态；姑娘佳节，韵续千秋。云雾神坡，超然世外，快意花园快意舟。凭高处，望新城十里，锦绣全收”。相信读者自会识之。他采风古楼茶园，下笔“雾染毛尖秀，云蒸嫩叶华”（《古楼访茶》），感触细腻灵动，表达明丽清爽。其写景记游之作，如《黄桑鸳鸯岛》《咏九溪冲》等篇，多清新可爱，诗中有画，令人读之，心往神驰。其诗如一条清澈的山溪，明朗而不肤浅，实因有源头活水而不失天真烂漫。这“源头活水”就是其爱祖国、爱人民、爱生活、爱大自然的赤子情怀。

三曰“奇”。诗歌作为最高的语言艺术，并非可以随意妄为，不要技巧。只是成熟的诗歌语言，可以如老杜“为人性僻耽佳句，语不惊人死不休”，遣词造句，千锤百炼而不着痕迹；也可以如太白“清水出芙蓉，天然去雕饰”，文章天成，妙手偶得。千山诗歌之“奇”，即指其诗歌技巧，二者兼而有之。千山诗歌语言，奇如米家松石，“看似寻常最奇崛，成如容易却艰辛”。其千锤百炼，“吟安一个字，捻断数茎须”，不肯马虎词句，是他潜心创作的一贯态度，他的诗友理解最多，在这里不述。我们只看他的诗歌语言所呈现出来的诗意，一是平字见奇。如《己丑端阳水府即兴》追悼屈原，“怀古江天远，思君楼阁空”句，一个“空”字，有“白云千载空悠悠”之妙，用词准确而意蕴深远。再如前面提过的“衷肠无尽诉无言”句，一个“无”字，两种内涵，且不避重字，看似寻常，实则颇具匠心，有很强的艺术感染力。二是高度概括。如追悼同乡前贤魏源、蔡锷一联“魏源思想资江水，蔡锷精神雪峰山”（《赞魏源蔡锷联》）。把魏源思想、蔡锷精神用资江水和雪峰山高度概括，信手拈来，妙手偶得，形象生动而内涵丰富，言简意赅，令人吟咏不尽。再如《题赠友人联》：“趣雅琴棋诗书画，品高菊兰松竹梅。”十种事物，高度凝练。三是不避重字，善用叠词。叠词在千山诗联里随处可见，且恰到好处。如“愧到心头常戚戚，亲来眼底泪涟涟”（《清明祭父》），“莽莽群山堆翡翠，幽幽大壑起波澜”（《游黄桑六鹅洞》）等句。再是有意运用重字，构成特殊的表达效果，如“治学、治家、治政、治教，君真健也；同志、同乡、同门、同道，吾共仰之”（《赠吾师傅治同先生联》），高度概括，妙趣横生，给人留下深刻印象。近体不避重字，非大家不可为，初学者不宜学步。四是嵌名联，颇见语言功力。千山联语，嵌名联是一大特色。嵌名联的撰写需要很高的语言技巧，容易失之牵强做作。而千山的嵌名联，形象贴切、自然生动，内容与形式高度统一，成为艺术的完美结合。如《题寨市云雾山联》：“寨影渐溟蒙，一径云梯连天阙；市声皆缥缈，千顷雾海拥楼台。”把渐行渐远的寨影、市声和眼前的云梯、雾海、楼台以及赏景之人超然物外的心态状写得贴切灵动，寨市、云雾嵌合天然，意境优美，堪称联中精品。又如《贺联民苗族瑶族乡成立20周年联》：“写湘黔千年古道传奇，高登普照沧桑，古韵悠悠，苗瑶永奏联心曲；挹雪峰百里风光入画，盛世宏开壮阔，风华处处，党政勤描民乐图。”上联以乐曲拟写人文的古老深厚，下联以画图描摹现实之美丽祥和，将区域人文风物自然融合，用词精当，嵌字精当，格调超迈大气，令人叹服。《敬挽新化白溪龚府陈月英老孺人联》等都属此类上乘之作。五是意境阔大高远。千山诗联常常思接千载，视通万里，构筑时空的深远阔大，给人以无尽的艺术遐思。如写古楼名茶，在描绘茶之形色香气之后，笔锋一转，道出“人间烟火色，曾入帝王家”，杯底之茗，引发思古幽情，一下就使古楼茶的历史文化底蕴得以很好地彰显。《赞神舟七号飞天成功》二章，诗人在豪兴大发，欢歌“今喜炎黄好儿女，旗展苍穹唱大风”之后，向往着华夏儿女信步太空，在新的星球开辟飞船发射基地的明天，高呼“更期黎庶歌仙国，再上新星觅酒泉”。想象瑰丽，眼界高远，气魄豪迈，为同类诗词之罕见。另如“峰连仙界近，水接楚天茫”（《邵东风物二题》）、“白马峰高连广宇，硒泉水暖誉重洋”（《隆回感怀二章》）等句皆意境开阔。

千山先生的诗联创作，其情真如赤子，其格明如清溪，其辞奇如松石。其志趣才情、文化贡献、文学成就，已以其多多创建为大家肯定，不容我妄加评论。我很喜欢宋代黄庭坚《登快阁》中一句诗：“落木千山天远大，澄江一道月分明。”当今著名楹联家邹宗德先生有联赠千山先生曰：“千顷波涛襟海阔，山峰万仞顶天高。”湖湘诗联前辈大家伏家芬老先生更是创作并亲笔书联以志对千山的期待与鼓励：“千顷波涛腾碧海，四时雨露润青山。”这些诗联均嵌有“千山”之名。读千山诗联，心中浮起一些印象，亦如这些诗联之意境。我期盼千山沐四时之雨露，诗联艺术更上层楼，达到千山“远大”、江月“分明”、“海阔”、“天高”之境。“庾信文章老更成，凌云健笔意纵横。”相信先生一定能够做到。

（写于 2011 年，原载《邵阳晚报》）

从近期邵阳诗歌创作看地域性写作自觉

——以李晃、李春龙、张五龙为例

目前有种看法，认为要鼓励当地诗人吟唱自己所生活的土地，以精品力作将当地的历史文化和当代建设凝聚为诗意的形象，搭建地区文化发展的平台，促进本地区整体上的良性发展。认为“伟大的文学作品往往带有出生地的胎记”“真正有智慧的诗人不会忘记自己脚下的土地，在自己特殊的地域环境中创造有特色的诗歌”。地域是作家的具体生活空间，更是他们的感受来源、书写资源和精神根底。文学作品中所表现出来的某个地域的社会现状、生存状态、自然风物、民俗风情、文化传统、语言风格等地方性特点，必定成为创作的标签。在创作中，作家会自觉或不自觉地受地域性影响，从而使作品有形或无形、显性或隐性地带有了地方特色。某一特定的地域，是作家的写作根据地。有了写作根据地，作家的感受、经验与记忆有了实在的来源地，才能有“扎根”式的写作，而不是飘忽和凌空虚蹈的。纵观中外文学史，任何一个具有成熟风格的作家，其作品必然带着鲜明的地域性特点，表现出浓郁的地方特色。具体到诗歌这一文学类型，地域性在诗歌中的彰显自然也不例外，如：昌耀的青海、梅绍静的陕西、雷平阳的云南昭通、北野的西域新疆、江非的平墩湖等，这些带有明显地方特色的诗人，不胜枚举。

本文提出“地域性写作自觉”，强调的是“自觉”。即自觉地意识到个人的存在与地域存在的关系。梁小斌说：“我到青海就有种强烈的地域感，直观的感觉就是雄浑、辽阔、水天一色，我就想当地诗歌写作是不是能够体现这样的雄宏和开阔。”只有当诗人意识到个人的存在，并且在个人的存在与他所生活的地域之间找到神秘的对应，“自觉”才能真正成为诗歌美学意义上的行为。这一地域的宽度广度只存在于诗人的精神对应之中，具体体现可以是宏大的“天下”“家国”，也可以是一个村庄、一条街巷甚至一个“自己的房间”（伍尔芙语），比如徐志摩的“康桥”、戴望舒的“雨巷”。个人认为“诗歌地域性写作自觉”具有以下三个维度。

一、自觉地意识到个体的存在，而且这种存在具有独一无二性。关于“存在”，海德格尔是这样论述的：个体就是世界的存在。在所有的哺乳动物中，只有人类具有意识到其存在的能力。人类通过世界的存在而存在，世界是由于人类的存在而存在。他说：“存在是存在者的存在，存在者存在是该存在者能够对其他存在者实施影响或相互影响的本源，也是能被其他有意识能力的存在者感知、认识、判断、利用的本源。”一句广为传诵的名言是“充满劳绩，人，诗意地栖居在大地上”，也就是说只有当“我”这个主体与世界发生诗意的联系，“我”才存在。那么一切艺术的形式，包括行为艺术，都是我们试图为自己的“在”找到对应。具体到诗歌写作，“人活在自己的语言中，语言是人存在的家”“唯有言说使人成为作为人的生命存在”。只有具有如此形而上的认识，我们才能实现“地域性写作自觉”，从此获得与传统诗歌写作在广度深度上完全不同的广阔天地。

二、意识到个体存在与地域性存在的互为依存。正如没有徐志摩就没有诗学意义上的“康桥”、没有戴望舒就没有“雨巷”一样，反之，苏童所有书写的动力也就只能在他的“香椿树街”上去找寻童年的记忆，离了“香椿树街”他就写不好。一个地域哺育了诗人，诗人必将对这一本体意义上的“地域”以精神性的反哺。在“诗人”与“地域”的关系之中，诗人始终是自由的，他只听命于自己的内心对“地域”进行深情的爱恋，而不是任何功利的目的。诗人必须赋予“地域”以一种理想主义的乌托邦的性质，同时诗人必须正视“地域”所带给诗人的伤害——孤独个人的非理性的情绪体验。

三、诗歌超越地域性，充满对神性的渴望。诗歌必须扎根大地而又仰望星空。诗人雪阳说：“诗人应当像大树一样，他深深扎根在大地上，枝丫却在努力接近天空，根就是地域性，天空就是普遍性。”诗人必须深深地扎根地域中，枝丫则超越地域。艾青说：“为什么我的眼里常含泪水，因为我对这土地爱得深沉。”这是诗人对“地域”的深深眷恋，然而，诗歌仅仅指向爱国主义、乡土性是不够的。不能简单地将地理特征、地表建筑、风俗景致、方言俗语等视为地域性的内涵，而应该真正理解一个地区与个体生命的关系、它所养育的人们的性格与情感、它所承载的历史与文化等广阔的内容。而最终，这些内容还应该是出自内心的、灵魂的和生命的体验。地域性不应该成为写实的陷阱，而应该成为诗歌的一个富有生命力的元素。诗歌必须具有一种超功利性的、对神性的渴望。但这种对“神性”的认识不是对生命的自弃（如海子），而是对生命的热爱。

在近期的邵阳诗歌创作中，我主要选取三位诗人来分析：李晃、李春龙、张五龙。李晃原名李晃鹏，1972年生，隆回人，是邵阳诗人中比较活跃的一位，也可以说是近期邵阳诗歌的领军人物（因为匡国泰离开邵阳，龙章辉改写散文）。著有《饮马江南》《湘西牧羊》等多部诗集，近期出版有《李晃诗选》，本文主要以《李晃诗选》为文本展开分析。在早期的诗歌评论中李晃一直是被以“打工诗人”来归类的，但我以为李晃首先是一个邵阳人，然后是一个邵阳诗人。这一地域上的确认便于我们真正理解李晃的诗歌。正因为李晃是出于谋生的需要从邵阳走出去的诗人，那么“邵阳”这一地域就是他灵魂无法割舍的根，因为那里有他的故土，有他的亲人，有他带着体温的“雪花”。“乘一片雪花回家/爸啊，你默默地背过简单的行李/不说一句话。”（《乘一片雪花回家》）这种“回家”既包含了李晃作为一个打工者的形象，精神眷顾需要故土的确认，同时也包含了出人头地、衣锦还乡的热切渴望。精神上他“以梦为马，独步天下”因为“最美丽的风景尚在天涯”（《以梦为马》），似乎打工的行为是他主动的追求。而实际上，在繁华的都市他无法确认自己的价值，那里是不属于他的“地域”。于是在精神的焦灼中，他气咻咻地把深圳的地王大厦比作自己“高高勃起的器官”“要和深圳这个现代女孩/做一次爱”，因为他“活得不潇洒/活得不自在”（《地王大厦》）。这一时期的李晃还没有真正意识到个人的存在与地域性存在互为依存的重要性，他只是每年如候鸟般在故乡和城市之间往返，在那些思乡的夜晚开始构筑他诗歌美学上模糊的“江南”意象。“为寻找梦中的桃花源/在一个春暖花开的夜晚/摇一艘乌篷船/潜入古典的江南”（《江南》），以“江南”那些古典的文化内涵来构筑一个精神“乌托邦”，抵制现实中身份无法确认的凄惶。然而，“江南”毕竟只是一个宽泛的意象，于他的生存体验并无切肤之痛，他真正的痛是自觉到了他作为“浪子”的形象，意识到自己是“最后一个逃离故乡、自我放逐的过客”（《浪子的悲歌》）。过客是相对“故园”而言的，这是明确地体认到独属于自己的“地域”在哪里。当远离“故园”时，他真正知道了自己的痛在哪里，“我知道，在中国乡村/博大的静谧里，正如/我无法避开迎面而来的忧伤/无法避开嘀嗒而去的内心慌乱”（《暮蝉》）。这不是简单的“乡愁”，在一个交通便利、通信快捷的时代，“乡愁”已经不再成为离乡背井的生存体验，这是一种现代社会里个体存在对“地域”的确认，不管李晃是否意识到这一点，但他终于在无所归依中获得了地域性写作自觉，集中体现在《雪落湘西》。

雪落湘西

黄昏时候，车子逼近衡阳
雪在我离家的晚上飘然而落
——下雪了！这是妹妹发的短信息
雪落满了湘西的山梁

雪必落在父母亲的坟上。
诗人们呵，请容许我再用一次
用了一万遍的诗歌意象——
雪像棉被，盖在父母亲的身上

这时我正在前往福州的路上奔走
父母亲相隔近三十年终于碰头
今后有福了哦。回望湘西
月亮之上升起一缕蓝色的乡愁

这首2007年3月5日写于衡阳汽车西站的短诗是我最喜欢的诗篇。非常干净的语言，起句“车子逼近衡阳”揭示了诗人“在路上”的形象，“妹妹”“父母亲”这都是亲人的形象，“坟”已经预示了生离死别，“用了一万遍的诗歌意象”——“雪像棉被”，但用在这里是最恰当的，因为“盖在父母亲的身上”，父母亲在相隔近三十年后终于在坟里碰头，在诗人看来是“有福”了。短短的几行就几乎把现代人最切肤最温暖的生存体验揭示了出来，这已经不是简单的乡愁，这是我们生存最本质的一些东西，正是这些东西在一次次地指引着我们“回望”——那是生存之根，也是存在的自觉对应。找到个体存在自我体认的李晃，即使是在湘西南乡下看到“落日如它胯下硕大通红的睾丸”的种猪，也“不由自主地停下来，放落行李/站在泥泞的公路边上给它让路/我保持着一个乡绅应有的风度”

(《在乡下给种猪让路》)，这就是李晃诗歌写作的意义所在。

相对于李晃而言，李春龙应该是具有明确的地域性书写的自觉意识的，他一直孜孜不倦地用诗歌的形式构筑他的“大兴村”。李春龙，1976年生，邵东人，出版诗集《白纸黑字的村庄》。关于诗歌写作的动因，他说：“我们这样一个伟大国度，有李白、苏轼、曹雪芹这样的传奇，有唐诗宋词、《红楼梦》这样的经典，往大处说，像自己这样的写作是毫无意义的。但为什么还要写，因为觉得把那些所感所想写出来之后，感动了自己，得到了快乐。如果这种感动和快乐，还能够感染传递给三五个知己，那更是一种莫大的幸福。”李春龙只是单纯地怀着一种“写”的冲动，在“写”的姿势下认识自己的存在，这种存在就是“快乐”和“幸福”。在人类历史长河中，一个人是非常渺小的，在一个有着唐诗宋词的光荣的国度里，“写作是一场绝望的竞赛”(门罗)，但为什么我们还要写作呢？我曾在一篇文章里说，在我们这个充满了变动和不确定性的时代，一个人的写作对于其他不相干的人来说，也许毫无意义，但对于这个关注心灵生活的人来说，却是弥足珍贵的；对于他曾经生活过的这个世界和那些曾经与这个生命有过交往的人来说，也未尝不是一种纪念。叶兆言认为，对于一个真正的作者来说，不存在为什么要写作的问题，而是写什么和怎么写。对于李春龙来说，他的出生地邵东县双凤乡大兴村，就是唯一可以确认自己存在的“地域”，他17岁开始发表作品，曾在《南方周末》《中国校园文学》《扬子江诗刊》《星星诗刊》《湖南日报》等报刊发表过作品，到了2005年，李春龙对诗歌创作有了新的认识，发现自己写了这么多年，没有个性，为写而写，等于没写。从这年开始，他意识到“大兴村”对于自己的独特意义，开始以大兴村为母题，把所有瞬间触动心灵的感悟记下来，于是“大兴村”的人事、炊烟、花花草草、鸡鸣狗叫、枣树、弯弯溪等，总之一切与大兴村有关的事物都是他“言说”的对象。在他的笔下，“大兴村”的事物带有了他情感的印记，如“弯弯溪是条湿毛巾/遗憾的是一到冬天/那北风的力气实在太大了/常常把弯弯溪拧成了/一条干毛巾”(《弯弯溪是条湿毛巾》)等。我对李春龙的诗歌阅读得不多，仅仅来源于《湖南日报》副刊和《邵阳晚报》副刊一些有限的篇什，这些诗作只有一个唯一的主题，就是书写“大兴村”。也许李春龙的大兴村并没有写出与其他村庄不同的地方，但无疑“大兴村”是属于李春龙的，没有李春龙就没有作为诗歌意义上的“大兴村”——这就是李春龙以诗歌的形式参与了对自己家乡的文化建构，这样普普通通的村庄在地球上不计其数，然而一切自然只有经过人类的审美感知，成为“人化的自然”，才真正是属于人类的，这就是李春龙的成功之处。

张五龙(即本文作者笔名，为叙述方便，这里采用第三人称)，1972年生，绥宁人，现居邵阳。其诗歌活动相较于前面两位来说，是很有限的，他几乎就没有在什么公开的诗歌刊物上发表过作品，对张五龙诗歌的分析，并不是说他的诗歌在邵阳有什么地位，对于一个具有地域性诗歌“写作自觉”的诗人来说，压根就没有想过要有什么诗歌的地位。他认为，诗歌就是对生命的关怀和保持个体的差异性。正是这种自觉意识，使得他的诗歌往往能在那些司空见惯而别人熟视无睹的生活场景发现“诗意”，比如《垂钓》这首：

垂钓

一滴
两滴
三滴
缓
缓
地
流进血管的

是冰冷的液体
将我体内的某些欲念
杀死

护士小姐的脚步
晃过匆忙而欢快
小孩子不停地哭叫
他们不明白人们脸上
暧昧的表情
他们还小还要抗争

而我，只静静地
坐成一个垂钓者
钓生命这尾传说中的鱼

此诗写的是生病打点滴的场景却冠以《垂钓》之名，把打点滴描写成一个“垂钓者/钓生命这尾传说中的鱼”。生命就是一场旷日持久的搏斗，到头来也许两手空空，这让我们联想起海明威笔下的“老人与海”，这种联想在别处是没有的。又如坐在马桶上却想写一些诗句，“关于存在和乡愁”，但最后却“把水放得哗哗响/排泄了我所有的思想和欲望”（《我想写诗》），在图书馆看到一排排书架切割成逼仄的空间，“我突然想撒一泡尿/让那些书架在我的尿液里/浸泡发霉垮掉”等，这样的生存体验书写体现了张五龙对“这一个”的独特性的追求。萨特说：“存在就是被感知。”人类只有与这个冰冷的世界建立起诗意的联系，世界才是我们赖以生存的家园。关于“诗意”，我又一次要引用海德格尔在《诗·语言·思》一著中的论述：“诗意并非作为异想天开的无目的的想象、单纯概念与幻想的飞翔去进入非现实的领域。”“诗意让敞开发生。”诗意必定是带着人的生存体验让那些被遮蔽了的世界本质呈现。如果说，李春龙对“地域性诗歌写作”的自觉意识是孜孜不倦地书写他的“大兴村”，那么张五龙的自觉意识体现在他对“城市”的书写，在诸如“武冈”“乐洋路”“宝庆中路”“公园广场”“阳台”“医院”“厕所”等“地域”的体认来确认自我的存在，如“在武冈/汉人的都城/我身份不明/形迹可疑”（《在武冈》），“乐洋路/和往常一样/空气里混合着沙粒/企图剿杀我的眼睛”（《向每一棵街上的树表达敬意》），“走过宝庆中路/乡村只是一个幻想”（《走过宝庆中路》），“透过玻璃窗可以看到对面的医院/整天很忙，各有各的痛苦/烦躁的护士把白衣挂在阳台上”（《生活还在继续》）等，对于张五龙来说，身在“城市”书写“城市”，城市就是我们的生存境遇，所有农业文明的诗歌记忆都将随着农业文明生产方式的消失而转移阵地，城市正在以其无比强大的现代性影响我们的生活，我们无须做矫情的乡村固守或喋喋不休于搞不清内涵的“乡愁”，也不必逃避“城市”时代的到来或沉沦于物质欲望。我们应该正视我们的现实，并承担诗人的苦难，以一种诗歌书写的形式与城市建立起属于自己的诗意的联系。这集中体现在他的《向每一棵街上的树表达敬意》。

向每一棵街上的树表达敬意

走在阳光下，我目光阴郁
心怀叵测，和往常一样

乐洋路。和往常一样
空气里混合着沙粒
企图剿杀我的眼睛

如果一定还要相信一些什么
我现在只能相信我的眼睛

目光所及都是过程：到处都是
脚手架，那些打砸的声音
混乱无序的街道，挤满了长长的送葬的队伍
一个疯子在志愿充当交警，除了懒散的阳光
还有懒散的人们，把麻将从街头
摆到街尾。超市里
竟然传来悠长的佛歌，让我
产生些许感动

特色时代所有的小城都是这样，和往常一样
我知道总有一些事物会被毁弃
又有一些事物会被建起，仅仅需要一个过程

街上那些光秃秃的梧桐
又开始长出嫩叶，它们注视着
从身边经过的一切事物
不动声色，任凭阳光悄悄流走

如果需要，我要向每一棵街上的树表达敬意
和往常一样，心怀叵测，目光阴郁

这首诗里，张五龙“看见”了“街上的树”，并要“向每一棵街上的树表达敬意”。自从北岛喊出“我不相信”，而顾城却意识到“黑夜给了我黑色的眼睛/我却要用它来寻找光明”以来，信还是不信就成了一个问题。而裹挟而来的商业大潮使人们还来不及过多地在这一形而上的问题上纠结，一个形而下的美丽新世界开始了，一切“和往常一样/我知道总有一些事物会被毁弃/又有一些事物会被建起，仅仅需要一个过程”。人们发现所有问题的答案都很简单，最后都归结为“一个过程”。诗人用自己的眼睛“看见”，并只能相信自己的眼睛。但眼睛所见与内心的感知是不统一的，所以“心怀叵测”，对表达敬意只能假设为“如果一定还要相信”“如果需要”。这首诗获得了某种程度上的广度和深度，是诗人对“城市”这一地域的复杂体验及自觉书写。

毫无疑问，诗歌地域性写作自觉是一种文化自觉。文化自觉，是对文化地位作用的深刻认识、对文化发展规律的正确把握、对发展文化历史责任的主动担当。简言之，即对自身文化（本民族文化）的觉醒觉悟。这一概念普遍意义上的理解是费孝通在《论人类学与文化自觉》中的论述：“生活在一定文化中的人对其文化有自知之明，明白它的来历、形成的过程、所具有的特色和它发展的趋向，自知之明是为了加强文化转型的自主能力，取得决定适应新环境、新时代文化选择的自主地位。”费老提出“文化自觉”论主要是针对亨廷顿的“文明冲突论”，提出“各美其美，美人之美，美美与共，天下大同”的十六字箴言。契诃夫说：“黄狗叫，白狗也要叫。”天下大同的理想应该允许这种“众声喧哗”，只有在“众声喧哗”的合唱中实现“各美其美”的诗歌精神，将个人的存在指向个体生命体认的精神性的“地域”，建构一种精神“乌托邦”，才能超越世俗生存的桎梏，获得“天下大同”的美学信仰。邵阳诗歌活动近期既有李晃、李春龙、张五龙等人体现“地域性写作自觉”的实践，也有正在形成的各种“圈子”，有意无意地建构某种具有爆发张力的诗歌群体。

邵阳诗人阵营，市文联主席张千山在《资水蕙风——邵阳女诗人九人集》序言中列举了一长串名字：“在涌现和走出胡光曙、刘宝田、罗长江、黄维一、匡国泰、刘晓平、伍培阳、邓杰、李青松、马萧萧、李晃、莫雅平、谭克修、龙章辉、马笑泉、李春龙、马卓、张泽欧、刘毅翔、林目清、熊烨、邓流沙、杨进汉、张雪珊、卿前鹏等新诗王子的同时，涌现和走出了蓝紫、罗小凤、张蓉和本书中的李丽明、张洪芳、刘卫、肖佳萍、邓叶艳、袁姣素、李文芳、于迎春、刘慧等许多新诗女杰。”但据我所知，这个名单已经难以概括邵阳诗人的总体阵营。近年来，仅聚集在“邵阳本土诗人QQ群”里的诗歌写作和诗歌爱好者就有近100人，另外还有《邵阳诗歌》《邵阳诗人》《邵阳日报》（“湘西南诗会”）等各种诗歌杂志，作为一种确认“地域”身份的诗人聚集地，以及众多不能给我们提供诗歌文本的具有诗歌精神的诗歌爱好者。我这里提倡的“邵阳诗歌地域性写作自觉”的诗人群体范围，主要限于出生在邵阳这一地域，主要生活在邵阳这一地域，并将个体的存在与所生存的地域紧密相连，诗歌的“言说”也指向对这一地域的书写的情况，强调一种本土性。如果不排除出生邵阳而生活在外地的诗人，那么这个名单必将不能遗漏如李跃、黎凛、袁仕咏、邹米、马迟迟、魏先和、蒲申华、素青、肖念涛、黄畅、刘定光、袁叙田、艾华林、杨晓澜等，本土诗人中也不能忽略吕颂文、马晖晖、罗桐木、曾社红、唐陈鹏等人的诗歌创作，当然我们没有必要开列出一长串的名单，这一实践性的成果集中体现在去年《双清报》举办的“邵阳诗人展”推介了100名诗人300余首作品。与此相对照的是武冈文联举办的《都梁风》杂志以“武冈诗群”为栏目对武冈诗人的推出，这应该算是一次较自觉地对诗歌意义上的“武冈”地域的确认。

早在2006年，当时主持《都梁风》诗歌选稿的编委成员熊烨（夫力）跟我谈起推出“武冈诗群”的想法时，我就意识到这是一次诗歌美学上对“地域”的回归，是对当时“诗歌精神”无根状态的一次突围。在《都梁风》的创刊号我和熊烨都发表了诗歌作品，我当时发表的是《在武冈》《我只想自由自在地撒尿》等，揭示自己的无根状态。这一自觉的实践，诗人恩慈对《武冈，有一个活跃的诗歌群落》一文做了述评。文中评论家热切地希望“这群诗人抱紧了生活的土壤和树根，从现实叙写中抒发精神，从而使诗歌能够超越现实，并引导读者获得诗性的解放”。

而从湖南其他地市州来看，在诗歌的地域性写作自觉上，常德诗人已经先走一步，他们提出了“桃花源诗群”的概念，并在这一概念指导下，出版了唐益红、陈小玲、熊福民等多位诗人的诗集，为我们提供了很多有益的文本，由此可见地域性诗歌写作是可能的。

诗歌地域性写作自觉是文化自觉的需要、诗歌自信的需要，也是诗歌运动自身规律的需要。当时代已经渐趋进入文化交融、天下大同的历史性阶段，既建构共同的信仰又保持着个体的差异性就是诗歌“言说”的需要。因为“人活在自己的语言中，语言是人存在的家”。只有这种自觉意识的觉醒，诗歌作为一种精神产品才有可能成为人类与世界发生诗意联系的媒介。与此同时，我们期望看到一个带有“地域性写作自觉”特征的邵阳诗歌群体不断形成。

（写于 2014 年，原载《湘江文艺评论》）

有骨头的诗歌

——读唐陈鹏诗歌

陈鹏的诗歌里有了骨头，这骨头犹如铸铁的锤打，经过时间的淬火，将显露出其精钢的成色。这骨头是硬的，有着传统的质地。“相逢意气为君饮”“王侯皆是平交人”，是少年心事和硬气，是睥睨醉眼，不肯屈服于现实的桀骜不驯。《被缪斯吻过的人》一首是他对诗人应该拥有“骨头”的宣言：“没有人明白他的影子为什么瘦骨嶙峋/没有人明白他的骨头为何能撞出惊雷。”陈鹏的诗歌里，我们无法抽空他的骨头，因为现实这个“肉食市场”如此卑劣无耻，像“一只黑成人心模样的蜘蛛”在“某个遥不可及的青铜铸就的高台上/用世间最喧闹无耻的歌喉做着金光闪闪的合唱”（《蜘蛛踩在我的头顶》）。不公正的现实“只采下都市豪宅中油水滚冒的笑脸向上帝交差/却忘了那憔悴的、变形的、苦涩的、无奈的、瘦骨嶙峋的/笑脸”（《我不会让你感觉到我的多余》）。

骨头里有黏稠浓烈到凝固的血，这是深沉奔涌的爱。在陈鹏看来，血是“生命的哲学”。他爱家人，爱土地，爱雪夜归乡，爱背井离乡的乳名，爱峡谷独居，爱青丝白菜，爱咳出血的古枫，爱街角的独奏，爱深夜写诗的人，爱土与铁的深情，爱大地上一切灵性的生命，充满无言的悲悯。“血液天生就是为了凝固而奔涌的”但“它的凝固却常常被生活握成恐惧”(《信仰如犬》)，在他笔下，爱情变成欺骗的“天坑”，“所有枯黄的爱/都要自己挖坑自己埋”(《爱情天坑》)，苦苦地等待，结果“当我的血泪终于雕开了虫茧，那一年的承诺/就像洪峰下的沙土一样溃灭”(《站在樱花树下等你》)——这是拜金庸俗现实的真实写照。

骨头也是尖锐的。陈鹏因为年轻，血管里流淌着“纵死犹闻侠骨香”的传统的血液，他用自己的骨头向不公的世界做不屈的抗争，“用骨头开花，筋脉窜动着烈火”，他不掩饰他的愤怒，“当我沉默着的时候/胸中藏有一把秦世未灭的火”(《秦火》)。愤怒中，他看见“深山密林里的老妇人的干瘦的眼睛”“将头埋进土里的衣衫褴褛的孩子的眼睛”“在风雪里为衣着光亮的肉囊擦鞋的聋哑人的眼睛”“惨死在暴徒惨白的刀锋下的圆睁着的眼睛”“一个个染血的愤怒的空空的眼眶”(《四点二十八分我穿过这小城》)，读陈鹏的诗歌我感到隐隐的不安，骨头的尖锐有时是一把利器，“正挥舞着一把把锻于肺腑的锋利钢刀怒吼着冲向那嘶哑的命运”(《嘶哑的命运》)。读他的诗歌，我们感觉到那种情感压抑的喷薄——毕竟因为年轻。

陈鹏诗歌用他自己的话说，是要“写出自己溶化于社会洪流淹没于社会洪流的愤慨，是对如我一样的农村子弟、失意青年的一种敲打，也是对面临物质社会信仰溃散的绝地反击”。他的诗歌做到了，但他的表达却是很艺术的，是内容与形式的浑然一体，是没有任何水分的干货，有着优秀诗人般的特质：情感充沛深沉曲折，意象绵密新颖独特。读陈鹏诗歌每每让人眼前一亮，叹服不已。如《信仰如犬》“命运就是未老先衰的母亲，蝎子似的挂在你的脖颈”“信仰胆小如丧家之犬，只敢在无人的寂夜轻吠几声”；《蜘蛛踩在我的头顶》“这是第一只黑成人心模样的蜘蛛/所有被善良忽略掉的细节都化作绒毛扎入它的心脏”；《醉卧江南》“长江是瑶池会上甩落的一杆马鞭/一鞭抽进了楚腰粉嫩的肉里，血水凝集的地方/是江南”;《深夜写诗的人》“窗口呕出的风能把人吹成颤抖的旗帜”;《肉食市场》“肉食市场是这座小城肿胀的膀胱”“每当绞在深夜脖颈上的哭泣从这里溜出/无数颗坚硬的结石便在这泥泞社会的膀胱里滋滋膨胀”等，如此令人惊喜的意象在他诗歌中熠熠闪亮。独特意象的选择使他的诗歌呈现出生铁般幽寒尖锐的金属光泽。他的情感曲折幽深，如泣如诉，诡谲如李贺，忧愤似阮籍，充满了压抑、愤懑、暴烈，自然地倾泻在文字的铿锵节奏中，如:

血液天生就是为了凝固而奔涌的
而它的凝固却常常被生活握成恐惧
涂撒于危耸的城楼、焦渴的田野和人流如织的购物广场
一只大手毫无预兆地跟在你身后
被敲击着的你的步伐是来自泥土还是玻璃后的空壳?
另一只大眼包裹着尘世的厚茧，混混沌沌地躺在你的步履里
它时刻摸索着，在深夜，一次又一次地扯紧了时间的皱纹
它告诉你命运就是未老先衰的母亲，蝎子似的挂在你的脖颈
它告诉你信仰胆小如丧家之犬，只敢在无人的寂夜轻吠几声

——《信仰如犬》

被缪斯吻过的人，连梦都被锈蚀的钢笔占有
他的眼泪是黑色的，沉淀着世间最撕心的苦痛
没有人明白他的影子为什么瘦骨嶙峋
没有人明白他的骨头为何能撞出惊雷
他只会卡紧自己的脊梁，皱着眉
任由溃逃于生活的夕阳将他渐渐掰弯
直到弯成一把插在大地上的镰刀

割草，碎土，为每一朵淡蓝色的灵魂开道

——《被缪斯吻过的人》

四点二十八分，我泪眼蒙眬地穿过这座小城
无知的雨下得很大，狐狸般狡猾的风刮得也够狂野
所有星星都被戴着良知手套的枯手一颗颗抠出来
吃掉了。我抬头看着天，无数个空空的眼眶看着我
我知道这时候我要气宇轩昂地对视着它们——
就像对视那个被樵夫抛弃在深山密林里的老妇人的
干瘦的眼睛一样，就像对视那些将头埋进土里的衣衫褴褛的
孩子的眼睛一样，就像对视那些在风雪里为衣着光亮的肉囊
擦鞋的聋哑人的眼睛一样，就像对视那些惨死在暴徒惨白的刀
锋下的
圆睁着的眼睛一样，我就是要气宇轩昂地对视着他们
就像对视着一个个染血的愤怒的空空的眼眶

——《四点二十八分我穿过这小城》

陈鹏是我阅读过的少有敢如此直面现实的诗人，这种直面不是那种投机取巧、哗众取宠的海派作风，而是用尖锐、血性的骨头对现实的锤打，每一个沉重、郁闷的音符都充满了灵魂的痛，这个90后的少年诗人显示了诗歌的希望。

（写于2014年，原载《苗岭文艺》）

真我、爱情和渴望：一个女人的世界

——海美蓝诗歌解读

《纯诗》微刊执行主编海美蓝女士在微信上发了三首短诗给我，嘱我阅读并置评。她说，今年写的诗题材没有往年的多，我知道这是她对自己要求高，所以精选了这三首给我。阅读之下，我觉得这三首诗颇有一定代表性，揭示了她作为一个女人生活的内容：追求真我，体味爱情和对理想世界的渴望。

《镜像，或戏里戏外》一首，她感慨“已然半生”的人生虚幻得像囚徒一样不自由，被世俗重重围困。但透过镜像，“镜中人却如词似调般分明”，镜像前她幻想“仿如唱戏人那般，咿呀声跌宕。唱尽梦里梦外红尘”。全诗用一种哀伤的语调，描写“必须入戏”的自己如戏子般在扮演别人的角色，找不到属于自己的真我的那种痛苦：“水袖一拂/那半遮的脸蛋儿，清泪滑落。”这种身不由己，也许对于一个女人来说是格外敏感的，因为女人天生就是感性的动物，“美人迟暮”“红颜薄命”等感受才这么深切。西蒙·波伏娃认为，在一个男权的社会里，世俗强加于女人的种种规范，使得女人不是天生的，而是后天的文化造就的。这就构成了一种矛盾：是从女性的内心感受出发做一个真正的女人，还是遵从社会规范扮演一个人们所需要的女人角色？当然这个问题目前是难于回答的。

有人说，爱情是女人唯一的宗教。我想象不出在哪个女人的笔下没有出现过对爱情的向往。海美蓝也不例外，但她笔下的爱情是在千里之外，如山、海般相隔，可望而不可即，能让人咀嚼的只是“爱情的味道”：在陶罐里煎熬，充满苦与涩。我曾与海美蓝简短交流过几句，她认为情诗只是美丽的纸上谎言，那么她要的爱情也许根本就不是在现实中存在过的，她要的只是这种苦涩的“爱情的味道”——这也算是一种特别的爱情观吧，大概有着才情的女人永远都只是活在一种渴望中吧，因为她们过于追求完美，追求一种理想的世界。不过，我觉得对爱情体味出这样的味道，似乎意义不大。

也许《等待一场雨水》就是表达对这一“渴望”的追求，诗歌共三节，前两节通过铺垫，写出了“六月的花事被七月的风风干后，藏在一滴微凉的露水里”“风一吹过，碎碎念铺盖原野，漫上心头漫过焦灼”。第三节才卒章显志，写出“苦涩，如同风中的穗花/冥守着结籽前的契约，等待一场雨水到来”。因“渴”而望“雨水”的到来，这首诗好在隐喻表现，言在此而意在彼，给人想象的空间，抒情灵动，含蓄结制。“稻花的絮语”“麦秆的锋芒”等意象也诗味充足。雨水能不能来呢？诗人无法说出，诗人其实要说的是“等待”。等待把“渴望”无限期地延长，既不让人绝望，又几无实现的可能。也许就如《等待戈多》，永远都在等待，永远都不会来，甚至连等待什么也不知道，只是一种漫无目的的激情。

海美蓝的诗歌我读得很少，她的诗歌总的来说追求语言的空灵凝练、情感的细腻曲折，题材应该也是广泛的，但从这三首诗来看内容是有些小资。我希望通过我的解读能够把握一个小资女人的精神世界，当然，也许这种解读是错误的，但这也是没有办法的事。因为文本既然已经生成，就只能交给读者去评判了——而我恰好充当了这么一个不太理想的读者。

（写于 2015 年）

附作品：

镜像，或戏里戏外

从一朵花开，到入世
一晃，已然半生
明亮带有虚幻，虚幻又像囚徒
被重重围困

她端庄，哀怨，洗尽铅华
镜像朦胧，镜中人
却如词似调般分明

仿如唱戏人那般，咿呀声
跌宕。唱尽梦里梦外红尘
而她必须入戏。演绎
精彩，且戏份恰到

清唱或叹息，仅只托住
入世时刹那间的盛放
水袖一拂
那半遮的脸蛋儿，清泪滑落

苍茫中，还未转身

华丽已黯然退却
戏里戏外，镜像隐约
她依旧在节拍中慢步

爱情的味道

竭尽所思，竟想不出山与海有何关联
山却执意越过海
紧握海绕过山伸出的双手

当写到山与海，千里之外，爱人
这些词语时
回忆录正在陶罐里煎熬

灌进胃里，苦与涩
过滤的液体，一口口咀嚼
爱情的味道
竟蕴含尘世百草精华

等待一场雨水

六月的花事被七月的风风干后
藏在一滴微凉的露水里，沉默。知蝉
声嘶力竭道出灼热退尽后
余温正缓缓涣散漫向秋的边沿

风一吹过，稻花摇晃着絮语
优柔地取代了麦秆的锋芒

碎碎念铺盖田野，漫上心头
漫过焦灼

苦涩，如同风中的穗花
冥守着结籽前的契约，等待
一场雨水到来

正确看待“汪国真现象”对文艺发展的作用

最近，围绕着诗人汪国真先生去世的悼念活动，人们对汪国真诗歌的历史定位出现了大众热捧和专家冷淡两种截然不同的态度，我们称之为“汪国真现象”。

汪国真诗歌曾在20世纪90年代流行于大中学生读者群，当时大中学生阅读汪国真诗歌，可以说盛况空前。1990年汪国真的第一本诗集《年轻的潮》出版，首印15万册，几乎被粉丝们一抢而空。这本诗集后来加印到了60万册，盗版不计其数。4月26日凌晨，汪国真离世，终年59岁。深受其诗影响的70一代，在网络上发起了声势浩大的悼念活动。《人民日报》发表评论员文章《谁来点燃这一代人的青春》，认为："回首往昔，汪国真用或许浅近的笔触慰藉了一代青年人的心灵，那么今天的文化人又该以什么样的精神养分致这一代人的青春？这是汪国真的离世留给我们的深层思考。"

然而，对于这一现象，在知识界和诗歌界却有着截然相反的判断。有从现象分析的，如凤凰网《洞见》连续发表两篇文章：小说家、文化批评家马小盐发表《悼念汪国真的精神误区：青春追忆症与群善表演》，指出人们对汪诗的热捧只是一种青春追忆症与群善表演的需要，认为“汪国真诗歌，不但是无法直面现实、直面历史、直面创伤的社会迫切需要的心灵鸡汤，还是一碗抛洒给大众的喝了即忘的孟婆汤”。《北京晨报》副刊部主任唐山发表《九〇年代的汪国真迷思：幻灭背后是励志》，认为喜欢汪国真诗歌只是理想幻灭背后的精神安慰。

也有从诗歌价值看待汪国真现象的，认为就诗歌而言，“汪国真的写作，对中国当代诗歌唯一的作用就是阻碍”，是“假诗”（诗人欧阳江河）；汪国真“是现行教育体制下的一个作文家而不是诗人”（诗人潘洗尘）；“海子死后，人们需要汪国真这样的哲思小语，就如同需要粉色的口红”，是“一件令人难堪的事情”，汪国真是“肤浅的诗坛流行歌手”（学者朱大可）。实际上汪国真在20世纪90年代取得了巨大的出版成功后，一直被排斥在主流诗歌界外，此后长期处于沉寂状态，直到其去世才又一次引起了人们对其诗歌的关注和讨论。据诗人、批评家唐晓渡回忆，当时他在《诗刊》做编辑，常能看到一个叫作汪国真的年轻人拿着作品到编辑部“请教”，“但大家看过他的作品后，九个编辑里没有一个重视的”，因为汪国真主动避开了当时的“文化热”。他不读尼采、胡塞尔、黑格尔，也不读布罗茨基、帕斯捷尔纳克，他主动避开了政治文化、哲学思想，以及20世纪世界诗歌生态。他就是希望将情感和想象用直白的语言表达出来（澎湃新闻网徐萧《诗歌界为何对汪国真嗤之以鼻？》）。这种普通大众和专家学者对待同一作者的不同态度，引起我们思考“文学何为”的问题，本着实事求是的原则，我们应该正视这一现象存在的合理性。

那么，我们应该如何看待“汪国真现象”对文艺发展的作用呢？我认为，“汪国真现象”是对近年来知识界主流文艺思潮忽视大众对文艺接受作用的一次拨乱反正。按照马克思主义文艺美学观，文艺具有“人民性”。文艺的“人民性”是指那种“根本不变化，或者变化得非常缓慢，然而却深深地打动任何时代的每一个人”的艺术作品的内在精神。马克思说:“人民历来就是什么样的作者‘够资格’和什么样的作者‘不够资格’的唯一判断者。”因而文艺是大众的，不是少数统治阶级的特权。《新民主主义论》中提出了建立“民族的科学的大众的文化”,《在延安文艺座谈会上的讲话》中指出“我们的问题基本上是一个为群众的问题和一个如何为群众的问题”，确立了“文艺为人民服务”的“大众文艺观”。我们认为，文艺大众化包含着文艺理论大众化。要坚持马克思主义文艺理论大众化,“首先要彻底改变其只是少数专家学者‘专利’的学术生态，要使马克思主义经典作家关于文艺问题的立场、观点和方法，从抽象到具体，从深奥到通俗，从被少数人理解和掌握到被广大人民群众理解和掌握，并转化为自觉的审美实践与物质实践”(赵凯《坚持马克思主义文艺理论大众化》)。而近年来，由于知识界对马克思主义文艺观在文艺创作中的指导作用有意无意地淡化，过分强调了文艺的“去政治化”，虽然在市场经济条件下，由于网络技术的运用，人们的文艺创作获得了极大的自由，网络文学创作热情空前高涨，但在浮华式的“繁荣”中，人们看到太多的东西或者是“看不懂”的“愚人节”作品，或者是直接来自床上、来自厕所的“行为艺术”，或者是粉饰、伪造现实的“伪现实主义”盛行、“戏说历史”成为风尚，或者是无意义的“一地鸡毛”之无聊渲染，或者是以丑为美、美丑不分，以听了让人恶心的“娘娘腔”去博取笑声，更有甚者，则是对残忍、猥琐的特殊嗜好，让人不忍卒睹。坦率地说，这种文艺“繁荣”了，轻者是浪费人们的宝贵时间，重者则是谋杀人们的心灵(黄力之《真善美是文艺繁荣的永恒之道》)。

对于这样的文艺现状，列宁早就做过批判，指出:“自由的写作，不是私利贪欲，也不是名誉地位，而是社会主义思想和对劳动人民的同情。不是为饱食终日的贵妇人服务，不是为百无聊赖、胖得发愁的‘一万个上层分子’服务，而是为千千万万劳动人民，为这些国家的精华、国家的力量、国家的未来服务。”(《党的组织和党的出版物》)普通的劳动大众之所以是“国家的精华、国家的力量、国家的未来”是因为他们具有革命性，他们有着坚定的信念，深信能够推翻一个旧世界，建立一个新世界。在这种意义上，他们是乐观主义者，他们满怀希望看到了未来，而“他们这种希望恰恰是产生于环绕他们周遭的悲惨之中”。这就不难理解为什么普通大众能接受《平凡的世界》里主人公的坚强、奋斗和对美好生活的信念。这部杰出的现实主义力作一直传诵不衰，最近拍成电视剧又一次获得很高的收视率；也不难理解20世纪90年代大中学生能接受汪国真诗歌的清新、励志和浅显的哲思而不顾主流文学界对其冷落，因为他们能带给人们以希望而不是欲望，虽然通俗但不低俗。因为正确的文艺观是“用现实主义精神和浪漫主义情怀观照现实生活，用光明驱散黑暗，用美善战胜丑恶，让人们看到美好、看到希望、看到梦想就在前方”。所以“汪国真现象”作为一种客观存在的事实证明，“为大众”的文艺必定会得到大众的热捧，这也给文艺工作者提出了思考：用什么样的文艺思潮指导创作才是最符合客观现实的。

也应该看到汪国真诗歌艺术上的不足对文艺发展的滞缓作用。我们应该明确，汪国真诗歌绝不是中国当代新诗的标杆，汪国真诗歌在艺术创造上并没有为新诗的发展做出较大贡献。其诗意缺乏新的视野、表现手法陈旧、语言缺乏可供反复品味的内在张力、模式化、类型化等，这些都是汪诗客观存在的不足。正如论者指出：“诗歌热”不是也不应是“虚热”(《人民日报》)。不能仅仅因为具有广泛的读者群，而忽略诗歌创作持续向前发展的可能性。在热捧汪国真诗歌的受众中存在着一些非文学判断的因素，比如从众心理、站队心理、以汪诗为标准否定其他优秀诗歌的现象等。对于这些我们也要加以警惕，防止出现非文艺判断因素侵入文艺评价而导致文艺发展的倒退，比如20世纪的农民诗歌大跃进现象。但汪诗的不足只是艺术上的不足，文艺需要发展，最根本的还是向什么方向发展。我们首先必须理清错误思潮，强调“二为”方向，文艺创作才不致出现与人民群众需要脱节、与正确方向背道而驰的虚假的繁荣。

因此，我们应该看到，“汪国真现象”实质上是人民群众精神需求与落后的文艺思潮之间的矛盾。对落后文艺思潮进行拨乱反正将有利于文艺健康、有序、持续地向前发展。承认文艺的大众性，承认大众接受汪国真诗歌的合理性，并不断进行艺术创新，多出精品力作，弘扬和传播社会主义核心价值观，才能更好地提升人民群众的审美观，使我们的文艺创作有希望无欲望、为大众接受而能提升大众的精神需求。因为正如列宁指出的：“艺术属于人民。它必须深深地扎根于广大劳动群众中间。它必须为群众所了解和爱好。它必须从群众的感情、思想和愿望方面把他们团结起来并使他们得到提高。它必须唤醒群众中的艺术家并使之发展。”(冯宪光《文艺人民性是马克思主义文艺理论的核心思想》)

（写于 2015 年，原载《新丝路》）

追求单纯有境界的表达

——熊烨诗歌评析

熊烨，1963年生，笔名夫力，湖南武冈人。1982年开始发表作品，作品曾刊于《人民日报》《羊城晚报》《湖南文学》《草原》《散文诗》等几十家报刊。诗歌收入《湖南青年诗选》《中国网络诗歌选》等十余种选集，出版诗集《悬崖上，一束淡黄的花》。现为中国诗歌学会会员，湖南省诗歌学会常务理事，湖南省作家协会会员。其诗歌一直坚持典雅纯正、晓畅质朴的风格，体现为一种单纯的美学特质。

关于“单纯”，雨果在论莎士比亚时用诗一样的语言论述过，他说：“诗人就是自然。如同自然一样敏锐、微妙、细致，同时又广大无垠。他无所隐晦、无所保留、无所吝啬，他单纯得如灿烂光辉。”“单纯，由于是真实的，因而也就是朴素的。真实的面貌就是朴素。”在雨果看来，“单纯”是一切文学的最高法则。我当然不是说熊烨的诗歌达到了莎士比亚的高度，我是想说，熊烨的诗歌都是出自朴素的真情实感，呈现出一种典雅纯正、晓畅质朴的风格。熊烨自20世纪写诗以来，其诗歌语言带给人们的印象就是一种“平实又不失清雅，沉静而又有着明丽之美”（《人民日报》高级编辑、著名诗人刘虔语）的风格。无论描写祖国壮丽山川还是歌颂英雄、关注底层民生，无论思考历史人生还是思念故园乡土，都秉承着“怨而不怒，哀而不伤”中正平和的儒家传统，力图表达对祖国和人民的热爱，这是一种充满“正能量”的积极向上、昂扬乐观的朴素情感。孔子评价《诗经》时也说：“诗三百，一言以蔽之，曰：思无邪。”诗歌的作用是“正人伦，化风俗”，熊烨诗歌也秉承这一美俗教化的诗歌传统，有着很强的社会责任感，他缅怀革命英雄：“在死亡的阴风中放声大笑”〔《歌乐山诗草（组诗）》〕，站在岳飞像前，他感慨：“一定是风波亭的风太凄凉了/吹过来的那片雨竟是那么冷”（《武穆宫》），歌颂诗人李白“采三湘之水为墨/携吴越之风为情/十六载远游/诗如庐山瀑布/奔腾不息”（《酒神李白》）；祖国河山在他的审美观照下，呈现出一种苍老雄浑的意境，如“渡云/渡仙/可渡过樵夫牧子/无水/无浪/分明听见惊涛拍岸”（《仙人桥》），“时光之水/飞泻而下/游轮缓缓驶出岁月的河流/浓雾深处/两岸青枝摇曳着斑驳的秋色”（《三峡行组诗》），《游关山》和《西夏行》等组诗他赋予祖国壮丽河山以历史苍凉之美；他描写故园风物，往往赋予一种历史人生的思考：“我爱你支离破碎的美/一首飞花溅玉的诗/常常伴着忧伤/在别人的风景中抒情”（《都梁十景新吟》），《父亲》《苦竹山，苦竹山》组诗中他抒写“父亲”“大哥”“大姑”“二哥”“小妹”这些平凡的底层生命，让我们看到植根于普通民众的人性温暖，表达深沉的悲悯情怀，《郭亮村组诗》他热情歌颂村民在悬崖峭壁上开凿被誉为“世界第九大奇迹”的隧道的奋斗精神。他的朗诵诗情感充沛、气势磅礴，歌颂平凡的村支书，为残疾儿童抒发坚强不屈的信念，呼吁社会关爱，引起听众广泛共鸣，具有催人泪下的效果而又能带给人们积极向上的精神，是一种人民群众所喜闻乐见的文学样式。熊烨诗歌强烈的社会关怀和英雄情结，体现出一种单纯明朗的内在的“人民性”，少有顾影自怜、无病呻吟的颓废消极之作，一直坚持着自己清朗刚健的精神追求，体现为一种内在精神的“单纯”。其诗歌艺术风格集中体现在《烧荒》一诗中：

如同一队剽悍的烈马飞驰过黑夜
高扬的鬃毛是奔腾的烈焰
随山脊的曲线一条蠕动的巨蟒
烧红了山烧红了月烧红了山野的风
一团黑色的烟雾一阵黑色的爆裂一个滚烫的声音
烧荒啦——

这首诗诗人以饱满的激情、丰富的想象、节奏铿锵的语言赋予劳动场面以审美情思，抒发了对劳动的热烈歌颂和哲理沉思，集中表达了其典雅纯正、晓畅质朴的艺术风格和清朗刚健、单纯明朗的精神追求。在这个崇尚好逸恶劳、不劳而获的时代，其诗歌不啻一剂清洗灵魂的良药，使我们体会到那些自《诗经》以来久违的美好情感。在他的笔下，劳动就是希望，劳动就是激情，劳动就是人的本质需求：

我们在荒原上播种绿色播种希望播种激情的风云
我们期待着有一天这风云变成滂沱的雨
冲洗出一个崭新的世界长一排参天的大树
何必担心烧荒的火焰燃起我们的头发熏黑我们的面孔
何必担心烧去心中那一份童稚一份天真一份可怜的懦弱
何必担心烧去几片枯叶几条毒蛇几声路人的叹息
来吧！枕着猛烈的火焰走向成熟走向明天
走向自我设计的梦想
让我们在大山的峰巅举起森林似的手臂
用我们的年龄我们的狂热向世界发出
强有力的呐喊

烧荒啦——

烧荒啦——

读着这样的诗歌，你是否觉得热血沸腾，是否觉得一些久违的精神正在回归，是否觉得一种摧枯拉朽的力量正在体内滋生呢？什么都不用说了，这就是单纯带给人的艺术感染力。

熊烨诗歌的第二个特质是真诚。作为县级市武冈市委宣传部主管文宣的副部长，他出于对家乡的热爱，写了大量描写家乡风物的诗篇，如《都梁十景新吟》《渔父亭》《水西门武冈古城墙》等，但他写作这些诗歌并不是为宣传而宣传，而是自觉地选择这些题材。作为农家子弟的熊烨种过田，当过乡财政所所长、副乡长，从基层一点点干起，是一个接地气的诗人，对故土和父老乡亲有着真挚的感情。武冈是一座有着两千多年历史的古城，曾是明代藩王的都城，有“道家六九福地”之誉的胜地云山，历史人文底蕴深厚。在武冈生活过的著名作家鲁之洛、著名诗人罗雨等都曾对武冈做过书写。“都梁十景”是武冈的十处著名景点，如：云山清晓、宣风雪霁、法相洞天、一瀑飞涛、玉兔听经等，明代以来，诗人车以遵、潘应星、潘应斗、邓辅纶等都曾有过歌咏，有着深厚的人文底蕴。熊烨《都梁十景新吟》在前人的基础上，融写景、抒情和沉思于一体，呈现出一种精致、沉着而不失厚重的艺术境界，如：“胜力寺是佛设在云中/拯救心灵的一座诊所/众峰耸翠/莲花作壤/我的肉眼满目朝阳”（《云山清晓》），“宣风楼上，请让我站成宋理宗的模样/挥毫泼墨/煮酒谈诗/然后望城内白茫茫一片/千年风雪”（《宣风雪霁》）。这是对家乡历史文化真诚热爱才能写就的诗篇，也是他艺术追求越来越成熟的诗篇。熊烨对诗歌的真诚还表现在从内心表达冲动出发，发之为诗，不玩文字游戏。他的诗歌秉承郭小川、向敬之以来新诗抒情传统，歌颂社会人生，表达朴素的人民群众的感情，不盲目追赶诗歌潮流。一度朦胧诗滥觞，他拒绝晦涩、矫揉造作；口语诗喧嚣，他排斥口水、浅白无聊。自1982年写诗以来，他一直坚守内心，坚持自己的风格。他不盲目羡慕那些不适合自己精神气质的表现手法，不为了名利失去自我。

追求单纯的美学表达，坚持真诚的写作态度，使得熊烨在日常的修炼中不断地完善自己的精神境界。著名文学评论家、学者谢冕在《我们今天的诗人缺少什么》访谈里，批评当代诗人：“很多诗人自我感觉非常好，觉得自己太了不起，我是开天辟地的，其实不是那回事，他们缺乏思想内涵，缺乏境界，缺乏怀抱，缺乏胸襟，缺乏唐人的趣味。”明确指出有些所谓大诗人“缺乏境界”。文学“境界”说，本是王国维对中国传统诗词进行梳理提出的文学理论，传统诗词因为其完备、成熟的体式，可以就美学上做出境界高下区分，而新诗因为尚在发展中，体式还不完备、成熟，我这里用“境界”一词，不是说熊烨诗歌达到了多高的美学境界，而是取谢冕所说的怀抱、胸襟之意。写诗如做人，所谓大诗人，不是作品的数量大、名气大，而应是为人处世的胸襟怀抱大，现在有些诗人自命不凡，又狭隘脆弱，容不得半点批评。我跟熊烨交往多年，对其诗歌提出过直言不讳的批评，他总是虚心接受而不断追求进步，不浮躁，不虚荣。记得十年前，他出版诗集《悬崖上，一束淡黄的花》时请我写评论，我因为其诗歌尚不成熟而无一字评语，但这么多年来并不影响我们的友情和交往。与熊烨有过交往的人都会认为他是一位温厚谦逊的长者、一位好兄弟，他主持《都梁风》杂志为推出“武冈诗群”任劳任怨，不计个人得失，为武冈文学青年的培养做出了重要贡献。自我精神达到一定境界自然会在诗歌中以美学出之，我相信熊烨坚持真诚的写作态度，追求单纯的美学表达，诗歌写作会越来越成熟，写出更多的精品力作。

（写于2015年，原载《邵阳日报》）

附作品：

烧荒

如同一队剽悍的烈马飞驰过黑夜
高扬的鬃毛是奔腾的烈焰
随山脊的曲线一条蠕动的巨蟒
烧红了山烧红了月烧红了山野的风
一团黑色的烟雾一阵黑色的爆裂一个滚烫的声音
烧荒啦——

于是，夜色中我们的眼睛变得深沉而明亮
于是，所有的瞳孔都惊讶地注目大山上
燃起一个原始而年轻的主题
思绪赤裸着如一群嬉戏的蚂蚱匆匆爬过热原
噼噼啪啪一阵阵竹节爆响我们的激动
仿佛一个婴儿坠出母胎眸子里闪动瞬间的诧异
我们已经收获属于未来属于幻想属于绿色的山野
山野的风
我们一齐燃起烧荒的篝火我们要烧去荆棘烧去杂草烧出一片
属于我们的荒原
我们在荒原上播种绿色播种希望播种激情的风云
我们期待着有一天这风云变成滂沱的雨
冲洗出一个崭新的世界长一排参天的大树
何必担心烧荒的火焰燃起我们的头发熏黑我们的面孔
何必担心烧去心中那一份童稚一份天真一份可怜的懦弱

何必担心烧去几片枯叶几条毒蛇几声路人的叹息
来吧！枕着猛烈的火焰走向成熟走向明天
走向自我设计的梦想
让我们在大山的峰巅举起森林似的手臂
用我们的年龄我们的狂热向世界发出
强有力的呐喊
烧荒啦——
烧荒啦——

清新　别致　奇崛

——《泥鳅》等两首诗歌赏读

最近在网上阅读了一些诗歌。这些诗歌题材广泛、风格多样、表现丰富，大多精致精美。在惯于玩弄手机、被动接受垃圾信息的时代，读到这些诗作，算是给忙碌壅塞的心灵一次放假、一杯回味悠长的下午茶、一缕吹过窗前引人遐思的清风、一种尖锐决绝的灵魂剧痛。试以两首诗分析之：非墨的《泥鳅》、杨孟军的《每一个秋天都像远道而来的故人》。

泥鳅

非墨

为了缝合被犁铧撕裂的土地
泥鳅开始客串手艺高超的裁缝
把干涸的冬天缝合成一片如镜的水田
把破碎的忧伤缝合成一片明丽的春天

然后绣两只白鹭在田野上翩然起舞
绣梳妆打扮的垂柳一脸惺忪和绵柔
绣一树桃花纷纷醉倒，溅起一池妖艳
绣一群鸭子追逐水牛身后苏醒的蝼蛄

泥鳅便一条又一条从时间的指缝滑走
像一节又一节裹着油而又如水的固体
越想使劲捉住却越难以留住
溜走的其实是那渐行渐远的童年

非墨是位学土木工程专业的高级工程师，但我觉得他细腻的情感记忆、清新的诗歌想象与他整天和钢筋水泥、数据图纸打交道形成一种反差，也许正是这种反差揭示着精神世界对于一个人生活的重要性。捉泥鳅这种生活经历，相信每一个出身乡村的人都并不陌生，而且越是童年的记忆越是单纯美好。在这首诗里，诗人歌咏的对象是“泥鳅”，这个基本上很难入诗但与一代乡村少年成长记忆密不可分的物象在诗人笔下，泥鳅的物象之美首先体现在一幅清新自然的风景画，具有水墨淋漓的雅致气韵。“为了缝合被犁铧撕裂的土地”，泥鳅客串了手艺高超的裁缝，“把干涸的冬天缝合成一片如镜的水田/把破碎的忧伤缝合成一片明丽的春天”，田野、白鹭、垂柳、桃花、鸭子、水牛、蝼蛄，这些自然物为这幅风景画增添了生气、色彩和情境，“泥鳅”从物象成为寄托诗人情感的意象。然后，这一意象从风景画自然地向缅怀美好的童年时光过渡，“泥鳅便一条又一条从时间的指缝滑走”，“溜走的其实是那渐行渐远的童年”。读到此处，那种对美好时光的缅怀、对深埋记忆深处朴素情感的叹惋，便令人共鸣，引人遐思。聂鲁达说：“诗歌是一种抚慰，它减轻人的痛苦，指导人如何康复。”生活在现代都市的人们，都不同程度地染上了“怀乡病”，也许人们需要艺术想象打捞起情感记忆的镇静剂以缓解灵魂无依的痛苦，“康复”到自然纯真的人性状态，非墨的诗歌就起到了这种作用。全诗匠心独运却不着半点“作诗”的痕迹，情感真挚，自然出之。能够创造一个意象的诗人是真正的诗人，我觉得非墨是位真正的诗人。其诗多清新、自然的意象，如写对故乡的思念是“吾乡如磁”，写萤火虫的美是“捕捉草丛中星星坠落的碎屑”，写夜色的动感是“夜色像一只百足虫”缓慢地翻山越岭等等都是天真烂漫的诗语，具有很好的表现力。

帕乌斯托夫斯基在其名著《金蔷薇》中说过一段话，他说：“诗歌具有一种惊人的特质。它能使一个字恢复它那原始的处女般的清新。一个损坏得最厉害、说俗了的词，即使对我们已丧失了形象性，只是当作一个语言的外壳留存下来，但一经放到诗歌里，便开始发出光彩、声音和芳香来！”我觉得这段话就是为杨孟军的《每一个秋天都像远道而来的故人》一诗说的。

每一个秋天都像远道而来的故人

杨孟军

露从今夜白
月是故乡明
今夜，白了的不只有露水、月光、草叶
以及朝着故乡，举起的头颅
今夜，霜的白、月的白、衣衫的白
都白不过被秋风打开的
体内的雪的白、情的白、魂的白
白是一种白
白是另一种白

白得没有理由
白得情不自已
白得熟悉、白得陌生
白得每一个秋天
都像远道而来的故人

从事教师职业的诗人杨孟军似乎对用词有着高度的敏感。在这首诗里，诗人抓住一个“白”字，抒写了对“故人”的渴望。诗歌的触点从古诗“露从今夜白，月是故乡明”生发开去，一连用了18个“白”字，既强化了古典诗词中“思乡”的情感内涵：“今夜，霜的白、月的白、衣衫的白/都白不过被秋风打开的/体内的雪的白、情的白、魂的白”，秋天，在古诗词中本来就是最易引起离人感触的季节，何况与“白”联系在一起，使人自然联想起“唯见江心秋月白”那种黯然销魂的意境。又赋予了“白”以新的情感体验：“白得每一个秋天/都像远道而来的故人”。“故人”既是故乡之人，也是故交之人，更是一切与情感有关之人。这首诗主题明朗，抒情节制、内敛、恰到好处。而一个“白”起到了“发出光彩、声音和芳香来”的表达效果，具有“浅语皆有味，淡语皆有致”(王国维语) 简练、隽永的表现力——这是从古典诗词中汲取的营养。

聂鲁达在回答“诗歌到21世纪将是什么模样”时非常肯定地说：“每个时代，都有人宣告诗歌的死亡。然而，诗歌总是表现出离心力和永恒性。它总是显示出生命的活力，迅即复活，似乎是永存的。”因为诗歌来源于创造性，在一个扁平化的时代，追求快节奏的人们的网络浅阅读似乎抛弃了诗歌，于是也有人重弹“诗歌死亡”的老调，其实现实远没有人们预想的那么悲观，只要是真正的诗歌创造总是会打动人心。以上两首诗没有主题晦涩、语言生硬、故弄玄虚的毛病，也不清汤寡水、迎合大众，但在这个深秋的周日下午，慵懒地打开微信，这两首诗就如清茶或烈酒，自然呈现于人们眼前，给人已然粗糙麻木的神经以舒缓或刺激。一切朴素自然的情感、清新奇崛的想象总是会受到读者欢迎的。

（写于 2015 年，原载《都梁风》）

巫风楚韵浸润的炽烈歌唱

——刘毅翔长诗创作的意义

很久没读长诗了。相较于短诗的精致、隽永，也许长诗以其宏阔、深厚更能体现诗人情感炽烈的抒情性。文学史上，一些重要的长诗都是开启一个时代诗歌运动的标志作品，如拜伦的《唐璜》开辟浪漫主义诗风、艾略特的《荒原》为现代主义诗派奠基。读刘毅翔的长篇组诗《在不落山上》，其强烈的抒情风格和近乎神性呓语的书写方式，结合工业社会、互联网时代以来，人们思维、情感的断片式、碎片式、无中心表达——这曾经是后现代主义文艺美学试图揭示的内容——我有一个不太成熟的想法：也许追求人类精神深厚、完整、专注表达的长诗时代即将到来。因为工业社会生产方式带来人与自然的对立、人类精神分裂的恶果已经在日益显现，现代城市生活的各种噪声和垃圾信息、电磁干扰带来的各种精神隐患，使得人们开始厌倦，从而追求精神与情感的专注、完整、宁静、和谐——这曾经是古典美学的审美核心。为了避免这种碎片化、无中心的精神漂泊无依的状态，一向被称为“时代敏感的神经”的诗人们开始寻找自己精神专注的对应物。近期湖南诗人中，张绍民早在几年前就开始了其长达5万字以上的“百科全书式巨诗”的写作，杨林的接龙长诗《春夏秋冬》、陈惠芳以《里耶》为代表的多部长诗创作，为“新乡土派”诗歌的复出做出重要贡献，谭克修提出了“地方主义诗学”，认为诗歌写作应从自我精神完整体验的表达开始，并以“万国城”命名书写城市生活。在这种背景下，新乡土诗派重要成员、邵阳诗人刘毅翔一直以来低调而坚持地书写着，构筑了一个以“绍田村”命名的情感对应，进行属于自己文学专注的情感表达。故乡绍田村是资江河畔、湖南邵阳县九公桥镇一个名不见经传的村庄，但这个村庄对于诗人的情感意义重大。那里既是他出生、成长的胞衣地，也是他从十九岁参军入伍离乡后的情感之所系。从2012年着手书写有关绍田村的系列组诗开始，至今他已写下《梦游绍田村》《在黑夜中》《在梦中》《在路上》《绍田村轶事》《在我的出生地》《在不落山上》等七部系列组诗。其《梦游绍田村》系列长篇组诗曾被选入加拿大魁北克华人作家协会主编的中英文双语版加中十三人诗歌选《一根线的早晨》一书；出版个人诗集《梦中的屋顶》《绍田村轶事》。

长诗《在不落山上》共66章，各章既可独立成篇，又围绕一个共同的情感中心，形成一种赋格复调式的表达，书写了诗人对“不落山”炽烈的爱恋、歌颂和对理想人格、绝对价值精神世界的追求。诗人选取“太阳”“月亮”“凤凰”“蝴蝶”“花草”“蛇”“狼”“虫”“乌鸦”“喜鹊”等繁复的意象，向我们呈现了带有浓郁巫风楚韵的湘西南地域色彩，体现出如屈原《离骚》中抒情主人公的自恋形象。首章《夜宿不落山》，诗人写道：“穿一件用鲜花制作的外衣/在不落山上等你/在曾经用雷电扑杀过凤凰的当口等你/双手牢牢地抓住太阳。”奠定了全诗抒情的基调。“鲜花制作的外衣”让人自然联想起屈原《离骚》中“扈江离与辟芷兮，纫秋兰以为佩”等诗句，这是一个带有精神洁癖的抒情主人公形象。“太阳”在全诗中是个中心意象，“不落山”也许是个真实的地名，也许虚构，但这不重要。重要的是诗人作为抒情主体对“不落山”的情感关系，这种关系里有紧张，有温柔，有哀怨，也有幸福。在诗人类似情诗的表达方式下，这种情感的丰富性引导读者进入到一种如痴似怨、人神交融的艺术境界，体现出一种如神性呓语的风格。接下来，诗人写道：“夜宿不落山上我彻夜难眠/站在捕杀过凤凰的当口/我竟然与太阳若即若离/最终变成一个两性人。”在这里，我们已经没有必要对“太阳”这一古典意象做神学意义上的解构。原始人认为太阳具有能使万物复苏、生长的超自然力量，甚至将其视为丰产的主要赐予者，因此几乎在世界各地都有太阳崇拜。而“两性人”意指阴阳合一、人与自然和谐共生。我们知道，湘西南自古以来就是一个巫风盛行的地域，这里有历史悠久、神秘的梅山文化。在湘西南的深山密林里，各种人与自然的神秘对应已经进入到人们的日常经验，融为一体，无法割离。人们的各种自然崇拜，如古树崇拜、巨石崇拜……这里植被丰富，各种奇花异草、珍禽怪兽，构成一幅幅绚丽的风情民俗图景。古镇古村落中，四处傩坛、巫风遍野。迄今，做道场、杠土地、跳大神、请姑娘、放阴水、过鬼节、收魂、收吓、带腥、起掌等民间习俗和巫术，仍然广为流布；滚刺床、过火槽、上刀梯、踩火犁、吃火炭等巫傩绝技，多有传承；神秘的蛊（巫）术、傩仪、赶尸风俗等，亦时有听闻。刘毅翔选取各种带有自然特征的意象，让我们进入到一个带有巫风楚韵特征、奇幻诡异的艺术世界。

而且，湘西南这块巫风兴盛的土地上山歌繁盛，从生殖崇拜到人神共娱，劳动、节庆，婚丧嫁娶，纯真的情爱、性爱，无不以山歌抒发。从原始先民“楚辞”到流传至今的苗瑶山歌，形成了一种独特的地域文化，也滋养了当地人民情感偏执、炽热、血性的精神气质。在当地，有些闭塞山村的年轻女子突然神灵附体、精神极度亢奋、整天整夜长歌不歇、举止疯疯癫癫，这样的现象时有发生，这些病症用现代医学医治无效，而往往经巫师、师公的巫术奇异治愈。那些山歌多长调、发楚腔，有一种原始蛮荒、神秘独特的韵味，在那些失疯的年轻女子唱来，略带凄怆。这种现象，现在还无法给出一个科学的解释，但大致可认为是一种强烈的情感受到了压抑。地域文化氛围的影响，在刘毅翔的长诗创作中也有所表现，使得其诗歌有很强的音韵节奏感，如在第6章《我有罪吗》，诗人写道："八月眼看就要过去/我的面部神经依然疼痛难忍/我身上所有的五脏六腑/也都在鬼魂的威吓下痛哭受刑……主啊，我有罪吗/我罪孽深重吗/在你转过身来的瞬间/我只有用不落山上那粒火种/将心灵澄清，然后/以伟大的真理向你相赠。"这种直接呼告的强烈的情感表达在刘毅翔的长诗中随处可见，可以直接看到屈原"骚体"诗浓郁抒情风格的传承，把诗人对"故土"的情感在现代社会背景下的多义性、复杂性和李泽厚所说的情本体性书写得淋漓尽致。李泽厚认为，在具有巫史传统的中国，讲究身心合一、天人合一、物质生活精神生命的合一，追求人际情理的和谐均衡，以及上升为"道"的终极性价值追求。在日益机械、疏远、冷漠的陌生人的现代社会和散文世界中，在源自个人日益感触其孤独、迷失、压抑、生活猥琐、漫无意义中，人们可以通过艺术"尽可能地争取去存留人间的温情、温暖和温柔"。

刘毅翔诗歌是一曲献给"故土"的炽烈颂歌，是经巫风楚韵浸润的神性书写，其艺术是可以深入全面鉴赏的。在这里，我主要想谈谈其以"绍田村"为书写对象的长诗的意义。我曾在一篇文章中讨论"诗歌的地域性写作自觉"时说过，某一特定的地域，是作家的写作根据地。有了写作根据地，作家的感受、经验与记忆才会有实在的来源地，才能有"扎根"式的写作，而不是飘忽和凌空虚蹈的。诗歌必须具有一种超功利性的、对神性的渴望。诗人以诗歌的形式参与对自己家乡的文化建构，像"绍田村"这样普普通通的村庄在地球上不计其数，然而一切自然只有经过人类的审美感知，成为"人化的自然"，才真正是属于人类的。回归个体生命的情感体验，这种专注、完整、情感炽烈的表达也许才是刘毅翔长诗创作的意义，是诗人们真正需要的赖以安放灵魂的“精神家园”，我们期待一个长诗时代的到来。

（写于 2015 年，原载《邵阳日报》）

马少侨诗歌对历史的书写及其价值

马少侨(1920—2006),又名远兼,字政交,号啸樵,湖南新化永固镇(今属隆回六都寨)人,当代杰出的苗瑶史专家、楚辞学专家,著有《清代苗民起义》,为英国剑桥大学主编的《剑桥中国史》引用,列入参考书目。原湖南省政协委员、中国民主同盟邵阳市委主委、邵阳市政协副主席。同时也是一位著名诗人,为南社湘集成员,中华诗词学会会员、湖南省诗词协会名誉会长、邵阳市诗词协会原会长。出生于"三代秀才"的书香世家,其祖马莲仙曾任新化县参议员,二叔马非百为大历史学家,专攻秦史。马少侨从小受到很好的家学熏陶,十五岁学诗,十七岁发表作品,十九岁师从"现代著名诗家"湖南大学宗子威教授,加入庾江诗社,与海内名流章士钊、张默君、杨云史、谢玉芝(著名女作家谢冰莹之父)等交往,二十七岁加入"南社湘集",为最年轻的社员。南社是辛亥革命前后的文学团体。社名取"操南音不忘其旧"之意。发起人为同盟会会员陈去病、高旭和柳亚子。1909年11月13日成立,活动中心在上海,社员总数千余人。1923年解体,以后又有新南社和南社湘集、闽集等组织,前后延续三十余年。其诗歌主张，强调作品内容的历史真实性，如高旭认为“大之经纬乾坤，弥纶中外；次之不政宣化，利国福民；下至闾巷之歌谣，贤士之诗赋，亦所以写其人情风俗之态，寄其忠君爱国之忱，文字之用，至为广矣”。出于革命的需要，南社诗人写了不少骂世文和歌体诗（歌行体、歌词体、歌谣体三类）。马少侨诗歌对历史的书写，主要表现为四。

一是真实再现历史场景。如十七岁时创作的《陇上行》，以一个世家公子的民本思想视角，真实地再现当时佃农生活的场景：“六月天正炎，锄禾日当午，戽干陇上溪，龟裂禾根土，摇扇纳凉人，哪晓农家苦。”“什一入官仓，九成付田主。一年辛苦一年劳，家无升斗嘶饥鼠！”描写了佃农劳动的辛苦和遭受苛酷的剥削，对劳动人民的悲惨命运寄予深切同情，对不合理的社会制度予以有力控诉。虽然“什一入官仓，九成付田主”用的是文学手法，与当时佃农交租的具体制度略有不符，但这种对历史场景的描述，从一个十七岁少年的视角来说应该是力求客观、不加粉饰的真实呈现。另外如写于军阀混战时期的《征兵行》表现国民党抓壮丁：“征妇送征夫，相对泪如水。”“独叹出征人，尽是贫家子！”写于抗战时期的《秋草十二首》：“白芦红蓼夹寒流，劫后农村稼未收。民命乱离同草芥，世情颠倒混薰莸。”《资江晚步》：“战垒到今都剩迹，劫灰终古带余腥。”《春日游六岭亭》：“战垒尚余兵气在，闲花已送媚香过。”等表现了战争的巨大破坏和人民生活的痛苦。战争中国民党反动派的反动嘴脸也得到了真实揭露，如《甲申除夕三首》：“伺门豺虎横睛立，镇国将军俯首降。真个民生不如草，武陵鸡犬本荒唐。”表现国民党反动派抗战无作为，卖国求荣，不顾老百姓死活的反动本质。《古意》：“举世皆血肉，犹间增国赋。税吏夜敲门，盆瓮无粒粟……贫家人吃糠，富家狗吃肉。”表现国共战争期间，国民党倒行逆施、鱼肉百姓的真实历史场景。

二是抒发对历史的感慨。马少侨是历史学家，对历史有独到认识，身处历史情境中，往往目光如炬，有很多真知灼见。如《读〈儒法斗争史〉》：

“商韩法制已残篇，孔孟王纲亦化烟。底事顽魂顽到底，青磷鬼火二千年。”这首诗写于1974年，“文化大革命”进入“批林批孔”阶段，大讲“儒法斗争”，诗人对“四人帮”大搞“儒法斗争”的目的持怀疑态度，用反语指出传统文化的顽强生命力，表达了对“文革”极“左”政策破坏传统文化的不满。《奇文》一首更是对“文革”时期颠倒黑白、指鹿为马的思想混乱进行强烈的控诉：“古人论史本荒唐，不及今人撒大谎。只为赵高倾帝制，遂教陈涉护秦皇。袭人贾政称儒孽，宝玉晴雯穿法装。雾里看花舒老眼，燃犀一照又何妨？”对文艺的批评完全用阶级斗争的意识形态，把小说人物袭人、贾政贴上“儒孽”的标签，把宝玉、晴雯看作法家人物，这完全是荒唐的做法。诗人的这一认识在当时的历史条件下，无疑是具有振聋发聩的积极意义的。另外，如《海湾战局书感》：“强权公理无真假，大炮飞机有自由。”抒发了对国际关系上以美国为首的强权政治的不满。对历史的认识，一方面在于马少侨始终坚持人道主义的立场，另一方面也来自他深厚的历史学养，所以置身历史情境中，总是能发出真知灼见。

三是表现时代变迁。马少侨一生经历抗日战争、解放战争、新中国建设、反右、“文革”、改革开放，可以说是一部当代史，作为南社湘籍诗人，他秉承诗歌传统，在诗歌写作中，真实地表现了时代变迁。如《相交行·闻敌后反扫荡战争作》：“倭寇乱中华，志异分途走：或上太行山，红旗桂林阜。或入幽州城，摇尾贱如狗。”写出了乱世中青年知识分子不同命运选择和志趣追求。《娄邵铁路邵阳车站工地月光山战歌》：“始皇鞭石付虚谈，老壮愚公亦等闲。数尽英雄成既往，今朝人物敢移山。”写出了新中国的建设豪情，为一代人的艰难创业留下可歌可泣的一笔。反右斗争中，他被打成“右派”，回乡劳动改造，他写了《回乡生产口号》：“六亿人中寄一身，五千年史渺微尘。何须更为声名累，毁誉由人过此生。”这是一代知识分子坎坷命运的真实写照，也是他们乐观、淡泊的情怀和坚持真理的精神的客观反映。“文革”期间，他被批斗、关押，写了《现到》

四首。改革开放后，既写了对“文革”的反思，也写了纸醉金迷的现实，如《长沙街头偶遇当年闯将》：“相逢一笑泯恩仇，得罢休时且罢休。”认为不要纠缠于历史恩怨，要团结一致向前看，共谋发展进行经济建设。

四是咏史诗。马少侨服膺同乡诗人唐代胡曾，曾撰《唐代咏史诗人胡曾》一文，指出“要评论一家诗的好坏，主要看他能否正确地反映作者所处的时代风尚和对这一风尚所表达的是非观念”。他自己的诗歌也有不少篇幅的咏史诗，以今人的眼光来看历史，表达自己对历史的判断。如《读〈南明野史〉四首》：“江南草创小朝廷，牛鬼蛇神紫绶新。”“牛鬼蛇神”一词就具有很强的时代特征。《读〈桃花扇传奇〉》：“宰相但搜钱塞口，君王只爱月当头。”《读史十二首》：“坑杀儒生排众议，烧残简籍启愚风。”这是用当时主流的价值观对历史进行判断，认为秦始皇统一六国，焚书坑儒、统一文字是“排众议”“启愚风”，有一定的历史时代思想特征，同时也反映了马少侨作为历史学家评判历史人物的客观性。又如《念奴娇·宝庆怀古》咏石达开攻宝庆事，对石的失败，浩然兴叹：“天国兴亡，英雄成败，去浪滔滔逝。将军误矣，卅万天兵一掷。”但作为史学专家的他也清醒地意识到历史评价的变化无常，所以诗人又说：“倩谁评说，今古史官曲笔？”

另外，诗人也写了不少记录历史事件和凭吊之作，如记录第一个教师节、神舟飞天，凭吊胡曾、魏源、蔡锷等。

中国是个历史古国，有着以诗写史的传统，杜甫在“安史之乱”时期所写的一系列反映历史真实的诗歌如“三吏”“三别”，被称为“诗史”。“借古乐府写时事，始于曹公。”（沈德潜《古诗源》卷五）曹操是第一个借乐府旧题来写时事的诗人，如《蒿里行》中所写的“白骨露于野，千里无鸡鸣。生民百遗一，念之断人肠”，表现了当时群雄割据、连年征战给老百姓带来的深重灾难。明代评价这些诗，认为是“汉末实录，直诗史也”（明·钟惺《古诗归》），史学大师陈寅恪以《元白诗笺证稿》倡导诗文证史，可见诗歌与历史关系密切。马少侨诗歌对历史的书写有以下几个方面的价值。

首先，以文学的手法真实地再现了历史场景和时代变迁。

马少侨是一位治学严谨的历史学家，其治学深受马非百影响，重视对史料的甄选，不妄下结论。诗歌虽然是文学，但是马少侨以文学手法对历史场景进行了客观的记录，“不作无谓吹捧之颂，亦不写无稽抨击之词”(曹盛苏《平生一梦诗文选》并序)，表达了他对历史进程的认识。近来受历史虚无主义思潮影响，人们在批判“大跃进”“文革”的同时，对改革开放前三十年经济建设取得的巨大成就，要么一概选择性地无视，要么一笔抹杀。马少侨诗歌中书写了那个时代人们进行经济建设的历史真实，如《娄邵铁路邵阳车站工地月光山战歌》《垦荒》《改河》《水调歌头·移山改河》等，表现了劳动人民战天斗地、移山改河的火热的劳动激情，为历史研究提供了客观的资料。另如《沁园春·初上卡拉OK厅》，诗人伍锡学认为“真正做到既不粉饰现实，也不歪曲现实，而是真实于现实”客观再现历史生活场景，而且艺术上独辟蹊径，融雅语、俚语、俗语、外国语、时髦语于一炉，为诗词创新提供了有益的探索。白居易主张“文章合为时而著，歌诗合为事而作”，马少侨诗歌生动地表现了历史的变迁，具有时代性。

其次，生动形象地表现了身处历史情境中个人的思想感情。

元代杨维祯在《梧溪诗集序》中论杜甫诗说：“世称老杜为‘诗史’，以其所著，备见时事。予谓老杜非直纪事史也，有春秋之法也。其旨直而婉，其辞隐而见。”诗歌毕竟不同于历史，带有个人在历史情境中的主观感情，这正是诗歌的艺术价值所在。如写于抗战时期的《长城谣·闻八路军长城大捷作》一诗：“马饮长城马亦烈，长城窟有英雄血。”“三千弱水横飞越，富士山头旌旗折。秦皇汉武何足说，长城长城今似铁。”非常生动地抒发了作者听到八路军大捷的喜悦之情，表现了强烈的爱国主义精神。六十年后，作者再来纪念抗战胜利时，不仅有国破家亡的沉痛，更有不忘历史教训的反思，写下“胜筹夺得非容易，奇耻无忘要远谋”“已载简编书战犯，尚参靖国拜僵尸”（《抗日战争六十周年书感二首》）等诗句，提醒人们警钟长鸣，不忘国耻，谨防历史悲剧重演。同样的爱国主义情怀在不同的历史情境中有不同的表现。马少侨1958年被打成“右派”后下乡劳动，写下“拖儿带女返家乡，我误虚名梦一场”“亡羊敢信牢能补，投鼠徒悲器亦伤”（《送慧娟回乡生产》），“文革”期间写下“何妨一饱嗟来食，到底难忘痛处疤”（《桃花坪》），“惶惶我似惊弓鸟，话到喉边胆便寒”（《向韶》）等诗句，生动形象地表现了知识分子受到不公正的历史对待，那种精神的痛苦具有很强的艺术感染力，促使我们去反思历史，正确认识历史，评价历史。同时，作者身处历史情境中，对历史进行思考，表现了超凡的勇气和胆识，如《读〈儒法斗争史〉》《杂诗》《奇文》等，这代表了一个时代正直的知识分子的共同心声，得到了历史的检验。这种身处历史情境中个人的思想感情丰富了我们对历史的认识。

最后，信、美并重的艺术追求为旧体诗的创作提供了可能性。

老子说：“信言不美，美言不信。”但马少侨诗歌对历史的书写呈现出信、美并重的艺术特色。“信”指的是其诗歌书写的时代真实性，“美”指的是诗歌传情达意的艺术性。马少侨非常重视诗歌的时代性与艺术性的结合，他在《〈禹问樵诗词选〉序》一文中说：“吾尝谓诗者史也，故必写时代之真情；诗者志也，故必见个我之性格。”认为当代之诗，应有时代气息，不能让人看起来像唐宋诗歌，事实上旧体诗歌在唐宋发展为顶峰，白话为新诗的书写提供了新的路径，现代人写旧体诗还有没有存在的必要呢？马少侨认为现代人写旧体诗还是有可能的，认为“余尝论写诗之要旨，在时代性、个性与艺术性之合一，亦即内容、风格与形式之合一”。（曹盛苏《平生一梦诗文选》并序）旧体诗虽然在形式上已经固化，但不同的时代有不同的内容，诗歌对时代内容的书写“不作无谓吹捧之颂，亦不写无稽抨击之词”，要“能在时代之潮流中摆正自我之位置，既不拾古人牙慧，亦只吐自我之心声”。这就是他对诗歌信、美并重的艺术特色的自觉追求。他的《〈株洲行九首〉并序》可以称得上信、美并重的佳构。

桃花坪

春来无处不桃花，独笑渔郎又泛槎。
尘世纷纷劳病眼，少时了了误才华。
何妨一饱嗟来食，到底难忘痛处疤。
车笠前盟浑莫问，如今苏季已还家。

这首诗写于1977年。诗人赴株洲看望二叔马非百，作《〈株洲行九首〉并序》，《桃花坪》是其一。其时“文革”已经结束，诗人旅行途经隆回桃花坪，途中所见物是人非，有“前度刘郎”之感。起句写旅途所见，处处桃花灿烂，“渔郎”用《桃花源记》捕鱼人的典故，暗指诗人对理想的追求。颔联、颈联写自己的遭遇和心灵的创伤，诗人在注里说明，在隆回有人请他吃饭，但不敢泄露他的身份及他和主人之间的关系，故而发出“何妨一饱嗟来食，到底难忘痛处疤”的感慨，结语用《乐府诗集·越谣歌》：“君乘车，我戴笠，他日相逢下车揖”和苏秦的典故写世态炎凉，欲说还休。全诗沉郁蕴藉，写出了遭遇“十年浩劫”的知识分子的典型心境。马少侨用古体诗这种形式，旧瓶装新酒，为我们提供了旧体诗书写新的时代内容的可能性，并且展示了古体诗抒发情志时那种含蓄深沉、意绪多端的独特魅力。

（写于2015年，原载《新西部》）

“石毓根现象”及对诗词发展的启示

——在石毓根诗词研讨会上的讲话

新邵县诗联协会（白云诗社）为诗人石毓根先生举行诗词作品研讨会，邀我出席。据了解，石毓根先生是新邵县诗联协会一名元老级会员，也是一位长期服务基层、扎根农村的“草根诗人”。他从事诗词创作三十多年来，取得了丰硕的成绩，但为人低调、不事张扬。其诗词成就为身边好友所知，深为钦佩，但诗坛对其却知之甚少。新邵县诗联协会为扩大石毓根先生的影响，激励广大会员向他学习，特举办其作品研讨会。我把这种现象称为“石毓根现象”。

我认为，石毓根先生值得大家学习主要表现在两个方面：一是他在诗词创作道路上的成长经历、个人品质值得大家学习；二是他的诗词作品思想艺术成就值得大家学习。同时，作为一名无职无权的“草根诗人”，为人低调，却得到大家的真心认可；而诗词组织实事求是、积极推介，这种现象对诗词的发展有着很好的推动作用。我试从以下几个方面加以说明。由于时间仓促，不当之处，敬请批评指正。

一、“石毓根现象”的特点

(一) 石毓根先生是一名勤奋的诗人

石毓根先生，1951年 (身份证误为1952) 生，是新邵县爽溪石家村(现潭溪镇大坝村) 人。只有初中文化，是一名农民，从事油漆手工艺。从小热爱传统文化，早年曾自修过中医中级课程，后研习易经八卦，因体弱多病而练习养生功法，坚持修炼四十余年。年届不惑才开始学习格律诗词，先后成为新邵县诗词协会、邵阳市诗词协会、湖南省诗词协会、中华诗词学会会员。曾任邵阳市诗词协会、新邵县诗联协会理事。

刚开始接触格律诗词时，他对格律知识一窍不通，但他不像一般初学者那样狂妄无知，以为格律是束缚，可有可无，写诗可以任意发挥，以致创作出“四不像”的自由体，而是认真学习、虚心求教，从基础做起，把平仄弄通。初学时他进行大量练笔，有时一天都要写十几首，反复练习，熟悉格律、培养语感。他对作品反复修改，力求遣词造句稳妥精当。由于起点低、基础薄，人到中年才开始学习诗词，他恶补传统文化，深信“读书破万卷，下笔如有神”，阅读大量名家作品，从《诗经》《楚辞》到唐宋诸家一路学习下来，手抄口诵，反复涵泳，汲取营养，把历代名家的精神境界内化为自己的文化血脉，这样使得他的作品，雅能入古、俗而称时。

古人告诫我们“业精于勤”“熟能生巧”，这种勤奋和坚持非一朝一夕之功。学贵有恒、勤能补拙，这已是老生常谈，但真能践行者却很少。石毓根先生就是这样的践行者，既重视练笔苦学，又重视阅读打底，二者没有偏废。三十多年来，勤学苦练，持之以恒，竟积累了几千首作品，经过反复斟酌、删减取舍，挑选了近千首佳作，结集为诗词集《误入旧时光》。

(二) 石毓根先生对诗词怀着真诚的热爱

他不是把诗词当作无聊遣兴或者泛泛应酬的工具，而是对诗词怀着真诚的热爱，以诗词来书写深广的社会内容、抒发自己忧国忧民的诗人情怀。这种热爱是来自对优秀传统文化的热爱，他曾经一度由养生而亲近佛教，深感佛法博大精深而又平易近人，认真研读了《金刚》《法华》《楞严》诸经，并得到中国佛教协会佛学家妙华法师开示，从而获得悲天悯人、禅悟空明的大境界。他深痛当今诗词界一些无耻吹捧、虚荣浮躁的风气，拒绝用金钱去换取那些所谓的“奖杯”和“荣誉”。也不是把诗词当作干名取禄的敲门砖，去钻营诗词协会所谓的“名位”，以致在相当长的一段时间内他的诗名不为年轻一代所知。到了古稀之年，诗词组织要为他举办作品研讨会，他一再表示自己的创作不足挂齿，怀着惴惴不安的心情。但他非常乐于创作交流，在微信群里对年轻人作品的得失总是真诚指出、直言不讳，从不虚与委蛇、人云亦云，也从不对协会的权势者违心地吹捧讨好。他曾经对我的习作也提出过宝贵的批评，使我深受教益。这种“无贵无贱、无长无少，道之所存、师之所存”的探讨风气非常可贵，值得大家学习。只有好的学风，才能推动诗词创作不断进步。

(三) 石毓根先生是白云诗社的重要代表之一

新邵县被评为“中华诗词之乡”，拥有1000多名会员，诗词创作蔚然成风、实力强劲，涌现出了一大批重要的诗人，如申先远、谢本皓、周述桂、刘启炼、谢卫民、钟九胜、雷忠、李文林等。石毓根先生从事诗词创作三十年来，先后在《白云诗词》《邵阳诗词》《湖南诗词》《中华诗词》以及其他刊物上发表大量作品。其中，《七律姜太公》等诗发表于《中华诗词》之“刺玫瑰”栏目头条；《纪念魏源》一诗获“魏源杯”全国诗词大赛三等奖；《华阴道怀古》一诗获“华阴道杯”全国诗词大赛二等奖；《纪念刘少奇同志回乡视察公共食堂五十周年》一诗获“刘少奇回乡视察五十周年”全国诗词大赛二等奖第一名；《念奴娇·纪念红军长征胜利六十周年》一词获香港回归中华诗词大赛优秀奖，该奖填补了邵阳地区在本次诗词赛事中的奖项空白，此外，还有其他各种赛事的获奖证书不一一列举。邵阳市诗词协会会员作品“丛书之四十三”为他刊印了诗集

《溪声》。他在诗词创作之余，还在文史方面广泛着力，主编了宝庆石氏第九届、第十届石氏族谱文史三卷《万里沧桑》《千秋贻范》《百代惇风》等书。石毓根先生也代表着新邵县诗词创作的水平，有待评介和推广，有望走出湖南，走向全国。

(四) 石毓根诗词具有多方面的价值

总的来说，我认为石毓根先生是邵阳诗人中的佼佼者，其作品不让前贤而又体现出鲜明的时代特征和个人风格，得到了白云诗社代表诗人如谢卫民、谢本皓、钟九胜、雷忠、李文林等人的一致认可。谢本皓《石毓根先生诗词语言艺术初探》一文对其诗词语言“高品位”“高格调”“通俗、平淡中显神奇”的风格做了评析；雷忠对石毓根七律《纪念中国人民志愿军入朝作战四十周年》一诗做了具体评析，钟九胜分析石毓根《十六字令·采煤工》一词，认为具有“史家的眼光，史家的情感，史家的笔力”；周述桂《腹内有文章集中多锦绣》认为诗人“用悲悯之心，呼唤美好与正义”；谢卫民《述古须翻新意思》、杨友根《一个“新”字了得》对石毓根诗词创新方面做了肯定；周桃香《且将岁月和诗煮，乐做白云一沙鸥》、杨敏亮《自成风骨，何必浮名》两文谈了自己的阅读感受，周桃香认为：“有慷慨、有沉郁、有讽喻也有赞美。情趣高雅、格调清新。抒胸臆，弘大道，扬正气。语言朴实无华，不假雕饰，风格刚健有力，风骨峻上，概括洗练。”这些意见都很中肯，我深表认同，下不赘述。确实，石毓根诗词具有多方面的价值，我认为，其诗词艺术主要有以下几个特色。我以《误入旧时光》为例，举例尽量不与前述论者雷同。

1.接地气，有鲜活的生活气息。他的作品多从生活场景入手，给人以形象感。如《即景》：“云鸢雨线过山溪，翠竹青松挂彩霓。一叶芭蕉撑小伞，惊呼此处有天梯。”写得清新脱俗。写农家快乐：“一夜春风吹野户，老牛产下双胞犊。但闻孙子唤爷爷，快去点场欢喜剧。”这既是写实，也具有艺术形象感。写空巢老人：“葫芦棚结白金瓜，皱面蓬头乐掉牙。瓢碗郎当砧板响，松毛着火煮朝霞。”通过对场景的描写，来揭示空巢老人的生活，寄予作者的情感。写扶贫干部到农村访贫，抓住细节来写：“村头巷陌作排查，精准扶贫暖到家。问我春培罗汉果，夏来喜放几多花。”通过非常切实的问话，既写出了生活感，也写出了扶贫干部对贫困户的关心落到了实处，没有走过场。同时，他的作品从生活入手，加以议论生发，揭示深刻内涵，如：《咏老花眼》：“紫陌红尘聚散频，云山雾水为谁春。世间色相原无定，眼底何须太认真。”《咏卷尺》：“镇日贪闲蜷缩藏，前程万里未思量。每凭旧眼观新物，鼓舌摇唇论短长。”在真实可感的形象的基础上，给人深入思考的启迪。这种手法在他的作品中占有相当大的比重，尽量避免了空洞无物。

2.雅俗共赏，俗不伤雅。朱自清《论雅俗共赏》认为，“雅俗共赏”虽然是以雅化的标准为主，“共赏”者却以俗人为主。固然，这在雅方得降低一些，在俗方也得提高一些，要“俗不伤雅”才成。石毓根诗词接地气，通常以口语入诗，平白如话，通俗易懂。但并不是一味求俗，而是俗不伤雅，雅俗共赏，相得益彰。如写落花“伤春黛玉葬铅华，龚氏西郊落第车。架下有翁翻自喜，一枝一叶一雏瓜。”其本意并不在落花，而是要写农人的生活乐趣。所以，前两句用典，使作品典雅有意蕴，后两句反弹琵琶，写农人生活，这就做到了雅俗共赏。另如《溪居》：“松竹和云槛外稠，呼晴唤雨雀声啁。花飞溪浪戏鹅掌，鼓点石桥过水牛。数卷图书容我读，一场名利任他求。荧屏浅播催眠曲，不向卢生借枕头。”写景清新形象，议论平易自然，用典恰到好处。他的写景诗典雅雄奇，以《游崀山五律四首》为代表，其中《渡天一巷》一首：“混沌吐魔球，神鞭开石户。九泉忘俗尘，一线观天宇。凛冽白驹风，淋漓苍狗乳。魂销巷陌回，胎骨轻如羽。”无论遣词炼字、想象议论，在我见过的写天一巷的同类作品中当属翘楚，其成功之处就在于雅俗共赏。

3.题材广泛，佳作纷呈。题材广泛本不应作为一个特别值得称道的艺术特色，比起东鳞西爪全无着力点，还不如在某一类题材上重点下功夫，写出精品力作。但题材广泛无疑是石毓根诗词的一个显著特征，他对题材的广泛书写，主要体现了他对社会人生的多方关注，寄托了他忧国忧民、直陈时弊的情怀，且每类题材都有佳作。除前述所举山水、田园、咏物之外，他的咏怀诗《夜吟》："百改心安句自怜，推窗月静一村眠。梦中犹听荆妻呓，青菜黄瓜诗价钱。"感慨良多。咏史诗《介之推》："虎穴龙潭患难同，论功行赏却藏弓。文公纵有酬羹意，一炬求贤计太穷。"见解不凡。论诗绝句《读贺铸词》："驱温逐李笔为鞭，占尽风流梅子天。铁马冰河来入梦，东山侠气吼龙泉。"形象贴切。感事诗《求医》："百姓求医贫血症，官家觅药减肥方。但凭指下三分脉，参透人间炎与凉。"对比强烈。悯农诗："完粮纳税总争先，翻把农民眼看偏。款款条条劳动法，浑无一字说耕田。"直面现实，直陈时弊。酬赠诗《怀张锦文先生》："片言诲我感终生，雁去鱼来万里情。柏子同参夫子庙，鸥盟曾结玉皇城。墨留蓬荜生光彩，诗到江南戛玉声。一别京师南北辙，梦中犹恨笛长鸣。"情真意切，律法谨严。纪念诗《纪念魏源》："旷世才华一代稀，雄韬伟略运邦机。便民变古而观古，逐寇师夷以制夷。诗觅刀丛多杰作，雷鸣笔底发新思。忠魂凭吊楚天阔，万国衣冠探古微。"高度概括，句法讲究。颂赞诗《以身试非的传染病专家姜素椿教授》："白衣天使替天巡，抗体难求验自身。非典但惊老骨硬，孰知骨里有精神。"颇具匠心，一扫"老干体"之"假、大、空"；《满江红·荆棘鸟之歌献给衡阳一一·三灭火消防诸烈士》："天上人间，留一曲，穿云贯石。栖片羽，岂求佳木，但披荆棘。沥血长鸣惊世俗，展喉不索弥天值。倡奉献，教翠雀黄莺，开茅塞。衡阳火，情报急。龙虎跃，珠玑射。看浓烟滚处，走檐飞壁。心系苍生肝胆照，身先士卒头颅掷。歌与血，都化作乾坤，千秋碧。"典雅雄浑。此外，禅悟诗、和韵诗、时事诗、讽刺诗等，题材广泛，体裁多样；律绝古风，各体兼备；佳作迭出，亮点纷呈。石毓根先生对题材的广泛书写，为我们立体地呈现时代生活的多个方面，写出了生活的深广度。

通观《误入旧时光》全集，佳作比例远多于泛泛之作。不足之处是少数作品流于浅白直露、个别语言欠锤炼、题材大的突破较少，有待深入挖掘等。

二、“石毓根现象”对诗词发展的启示

这里我要说说举办石毓根诗词研讨会的意义。我觉得认真研读石毓根先生，可以给我们多方面的启示。首先，石毓根先生对诗词创作孜孜以求的勤奋精神值得我们好好学习。勤奋是创作的前提，勤奋出天才。尽管“诗有别才”“文章本天成，妙手偶得之”，李杜苏辛那样的天才不世出，但历代群星璀璨，大多数都靠苦吟、勤奋，像陆游这样的大诗人都创作了作品近万首。没有一定量的积累，就难有质的突破。现在有些人眼高手低、懒于练笔，终其一生也拿不出一部像样的诗集，却自认为水平很高，看不起别人的创作。有的人仅仅因为在某个赛事中获了个奖，就引以为傲，却拿不出自己为人公认的代表作。这些都是非常不好的现象。

其次，诗品即人品，作诗先做人。“繁荣文艺创作、推动文艺创新，必须有大批德艺双馨的文艺名家。要把文艺队伍建设摆在更加突出的重要位置，努力造就一批有影响的各领域文艺领军人物，建设一支宏大的文艺人才队伍。”文艺工作者要有“高尚的人格修为，有‘铁肩担道义’的社会责任感”，要“讲品位，重艺德，为历史存正气，为世人弘美德，为自身留清名”。从石毓根先生身上，我们可以学习他淡泊名利、对诗词创作怀着真诚热爱的精神。

诗词事业的发展需要实事求是的良好学风。会员交流要加强批评与自我批评，真诚指出作品的得失。“学然后知不足”，广大会员要互相学习，“不耻相师”、取长补短，力戒虚荣、潜心创作，闻过则喜、戒骄戒躁，怀着谦虚谨慎、实事求是的态度，向传统学习，向生活学习，努力创作出

能站得住的“思想精深、艺术精湛、制作精良”的精品力作。

诗词组织要热心为广大会员服务，及时发掘、扶持创作人才。文艺的发展，每一个阶段都有杰出者，也有大量的垫脚石。从我们邵阳来说，我觉得有三类人值得关注。一类是为诗词事业默默奉献、甘为人梯的诗词工作者，如申先远、谢本皓、周述桂、沈汉文、朱振宙、杨运焰、张维德、谢道溪、罗寿庭、袁公湘、蒙海涛、何放吟、萧伟群、吴泽民、夏启平、刘博华、向立平等；一类是取得一定创作实绩、有实力的诗人，如刘宝田、张正清、朱亮辉、刘陆武、谢卫民、钟九胜、吴本忠、伍玉求、龚刚、胡贵程、费世明、王洪斌、陈湘迪、钟曙光、陈冠雄等；还有一类是有创作潜力的诗人，如朱小武、罗琦、蒋金龙、罗红英、李红霞、宁端其、李滔、欧阳日初、刘期贵、杨自重、朱云峰、刘伦武、萧凤菊、张梦、李珠平、陶沔、肖宇亮、宋阳玲、陈政昌、毛四清、刘勇之、马方旭、谢鹏主、雷忠、李文林、李首珍、杨敏亮、周桃香等。以上仅在我个人阅读范围内，还有更多有待发掘，不一一尽述。各级诗词协会可以定期组织研讨会，总结得失，促其提高，形成创作、欣赏与研讨的良好学风。

有高原才能有高峰，文艺高峰必须以“德艺双馨”为标准。我希望通过石毓根先生诗词研讨促进广大会员不断学习，不断提高诗词鉴赏和创作整体水平，形成邵阳诗词的高原并产生高峰，从中产生无愧于时代、无愧于人民的杰出诗人。这就是“石毓根现象”对诗词发展的启示。

（写于 2021 年，原载《湘江文艺评论》）

第三辑

影视评论

“老炮儿”的警示意义

——电影《老炮儿》观感

看完电影《老炮儿》，想与大家分享一下，刷刷存在感。

网上的评论先不说了。如果说《让子弹飞》还比较隐讳地表达了对“乌托邦”的向往，那么《老炮儿》则比较明显地表现阶级斗争了。我注意到一个细节，故事结尾，“官二代”谭小飞流下了悔恨的泪水，“炮二代”张晓波也开了酒吧干上正当的营生。这当然是一个皆大欢喜的浪漫主义手法的结尾，然而现实却并非如此。

阶级斗争客观上是一直存在的，但阶级斗争学说却是不合时宜的。前几年，思想的斗争体现在网络上，现实的斗争体现在群体冲突上。

不要鄙视张学军的“规矩”

“老炮儿”张学军有他们那个阶层的“规矩”。也许他们在这个社会上生存不占有任何经济资源、政治资源、教育资源等，他们唯一的社会资源就是“义气”——这是产生流氓无产者的天然土壤。但请不要鄙视张学军的“规矩”，这个规矩既是文化传统的因袭——用张学军的话说就是“老祖宗留下来的”——也是一切社会不公的必然结果，这个“规矩”是张学军们最后的救命稻草。

张学军的“理”是什么

“老炮儿”张学军是讲规矩的，其规矩的核心是“讲理”，即使“拟架”也只是讲个理。张学军的“理”是什么呢？警察与小贩眼罩儿起了冲突，执法的警察给了眼罩儿一耳光，“讲理”的张学军认为眼罩儿违法抗法应该按法律办，但警察给眼罩儿一耳光，眼罩儿也应该还警察一耳光。警察自认理亏，但对这种处理表示犹豫。张学军的这个“理”就是“己所不欲，勿施于人”。官二代谭小飞的马仔给了张学军一耳光，张学军后来还了他一耳光。张学军认为：不能只是你们打别人耳光而不许别人打你们耳光，没有这个“理”。

暴力是被迫的，但不是必然的

从个人感情来说，我是反感暴力对抗的阶级斗争的，影片在这点上也拿捏得极有分寸，并不认为暴力对抗是天然合理的。但张学军们的暴力对抗是被迫的，起初，张学军约架只是想讲讲理，但后来谭小飞们把他一步步往暴力对抗的路上逼，使他卖掉了唯一的房产沦为彻底的流氓无产者，决心死磕到底，这只是“官逼民反”的原始版本。但最终导演还是让他心脏病发作，倒在冰湖上，隐去了暴力冲突的画面。暴力虽然是落后的，但产生暴力的原因却需要分析。

对抗的代际传承

“官二代”和“炮二代”的对抗可以代际传承吗？按照马克思主义存在决定意识的观点，代际传承是很有可能的。张晓波起初是极不满意父亲张学军的，看不起在对抗中张学军打打杀杀的落后行为。但只要作为“炮二代”的张晓波们改变现状的上升通道被堵死，阶层固化的后果就会促使张晓波父子达成谅解，站在同一阵线，毕竟这是父子亲情，也是阶级感情。断言马克思主义的“意识形态论”过时还为时尚早。

我们这个社会还能变得更好吗

回答这个问题，还得回到开头提到的那个细节，取决于“官二代”的悔悟程度和社会制度能否给“炮二代”提供合法经营的良性空间和正常的改变命运的上升通道，而不致使他们再次沦为一无所有的流氓无产者。当然，影片最后展示：“炮二代”张晓波收敛了戾气，学会了宽和，走上了合法经营的良性轨道。但“官二代”呢？是否也学会了同情，学会了妥协呢？

（写于 2016 年）

反腐，每一个人的灵魂都要痛

——从《人民的名义》“祁同伟”形象说开去

随着电视剧《人民的名义》的热播，“反腐”这个热点话题又一次引爆了舆论场。我认为《人民的名义》作为一部批判现实主义作品，对当下人性、体制和官场生态的揭露都达到了一个相当深刻的程度。但该剧中作为贪腐黑恶典型的一个反面人物祁同伟却以其巨大的争议性吸引了人们的眼球。不断有网文出来为其叫屈、寄予同情。观点无外乎：祁同伟曾是缉毒英雄，因遭受体制不公正对待才走上官商勾结，贪腐黑恶的犯罪道路；祁同伟出身寒门，面对阶层固化，不惜铤而走险，追求“胜天半子”；祁同伟企图出人头地的私欲存在于我们每个人心中，我们每个人心中都藏着一个“祁同伟”。既然每个人都可能是祁同伟，兔死狐悲，那我们当然要同情了。于是，议论纷纷，大放悲情。真是吃瓜的不嫌事大。

最近这类文章看多了，我不禁开始为我们吃瓜群众的糊涂感到担忧了。

我想说的是，祁同伟，你让那些同受体制之害，老实本分仍不改初衷的人情何以堪？你这样的人都能得到同情，那些不肯同流合污的正直之士不就亏大了吗？面对几十年来肆无忌惮的腐败，善良正直的人们相信“天道报应”，我们常说：不是不报，时候未到。现在“时候”到了，被几篇似是而非的网文蛊惑，我们吃瓜群众又开始同情起腐败分子来了，我们的同情心是不是有点泛滥了呢？是谁在抛出“贪官同情论”兴风作浪，企图转移人们痛恨贪腐的视线？体制不公竟然成了同情贪腐的理由，其实，对腐败分子的同情才是对正直之士的最大的不公平。

有人认为，社会阶层固化严重，底层人要走上高层很难，而要通过阳光渠道上升，几无可能，故体制之弊，主要责任在上层，出身寒门没有背景的祁同伟，要进入体制上升，须用非常手段，他是被体制之恶逼良为娼了。这种论调是近年来非常流行的论调，仿佛体制是个筐，什么都可以往里装。出现贪腐了固然怪体制，被电信诈骗了也怪体制。平心而论，任何时代体制都不可能是完美的。但一些约定俗成的基本判断应该有，人应该走正路，不能走邪路。一个社会的完美不是取决于制度的完美，而是取决于有多少人坚持内心的底线。邪可以压正，正也可以胜邪。面对诱惑，正邪一念在于选择。祁同伟面对体制的不公，我们姑且不论古代“不为五斗米折腰”的精神操守，就拿剧中人物来论，陈岩石因战争年代为扛炸药包虚报了年龄，以致因年龄超过解决不了部级待遇，他难道不委屈？易学习、王大路为李达康顶雷难道不委屈？易学习勤政为民、兢兢业业却得不到升迁，他难道不委屈？唯独他祁同伟缉毒英雄受到不公正对待就委屈了，就有理由走邪路了？正邪不两立，我们同情了祁同伟，将何以面对陈岩石、易学习？孔子说：以德报怨，何以报德？对祁同伟滥施同情，该用什么态度来对待那些正直不阿之士？我们同情了祁同伟，那躺在医院的陈海不就成了“傻瓜”吗？

退一步讲，祁同伟是因为“五斗米”得不到保障吗？他是欲壑难填，死不悔改，才一条道走到黑。确实，祁同伟是立了功，但他就应该躺在功劳簿上吗？甚至同流合污、纵容体制之恶？我丝毫没有为体制之恶辩护的意思，正如剧中揭示我们的体制存在严重弊端，到了非改变不可的地步，这已经是共识。体制的不完善需要我们去不断改变，但绝不意味着我们可以以此为托词钻体制的空子，同流合污，结党营私。不能用人性之恶对抗体制之恶。

一个社会不完美，绝不能成为大家都一起烂下去的理由，同情祁同伟实质是同情每个人内心的私欲，不管体制多么完美，我们的私欲都可以找到体制的漏洞释放出来。这就是我们常说的：我不敢保证自己不贪，只是没有贪的机会。再完美的体制我们的私欲也蠢蠢欲动在寻找机会。反腐，什么是本什么是标，不很清楚吗？反腐，标本兼治才是正途。反腐，应从不同情祁同伟开始，不同情祁同伟就是不同情我们内心深处的私欲。反腐，其实我们每个人的灵魂都要痛。

有人说，体制也好，反腐也罢，这都是上层精英的事。但如果普通群众都充满了贪欲，这个社会就烂到底了。那些腐败分子哪个不是“从群众中来，到群众中去”？（这个话在这里有些讽刺）哪个贪官不也曾是普通群众呢？是他带着贪欲走上了为官腐败之路还是体制之弊教会了他如何腐败呢？贪欲应该是内因，体制弊端才是外因吧？同情祁同伟其实就是在纵容全社会腐败。正如剧中揭露，一个社会到了连小学生“小皮球”都知道如何腐败的程度，可见腐败是多么深入人心，这想想都让人感到害怕。

反腐，并不只是惩治贪官。我们普通群众不能置身事外，重要的事情说三遍：我们每个人的灵魂都要痛，要痛，要痛，要扪心自问，摒弃我们内心的贪欲，走法治建设的正道。

（写于 2017 年）

思想与艺术应当兼美

——电影《长津湖》观感

热播的电影《长津湖》既叫好也叫座，影片运用了极具震撼效果的大场面大制作，表现的战争场面真实可感，异常惨烈、打动人心。歌颂英雄和在战争中学会战争的主题明确，现实意义非常突出，对网络舆论资本控制下近来甚嚣尘上诋毁抗美援朝的历史虚无主义思潮作了有力回应，但在叫好之余冷静评价，其艺术上还存在一些瑕疵也不能不提，以期提高创作水平和鉴赏水平，创作出更多思想性艺术性兼美的主旋律正能量作品。

首先，人物形象不够突出，主角伍千里形象显得单薄扁平。战争场面中的人物没有鲜明特征，让人分不清。一些情节显得煽情老套，如雷爹牺牲时唱的沂蒙小调过于文艺气息。台词无金句、个别台词文艺腔、表现人物个性不强烈。

其次，情节张弛节奏处理还不够理想，近三个半小时时长从头打到尾，表现手法单一，给人审美疲劳。战斗英雄个像和群像的关系处理不够。试图表现很多个“点”，但都蜻蜓点水、处理仓促，没有特别突出。

比如对战争决策的艰难、美军的狂妄、零下40摄氏度极端气候条件下作战的惨烈，对伍百里牺牲这一暗线的处理、对红围巾和小战士遗物的处理等。

同时，这场战役的一些历史真实情况和特殊意义没有更好地表现出来。这场战役区别于其他战役的特色不够明显，如零下40摄氏度气候下超出人类想象的战争异常惨烈，甚至枪管都冻弯了，细节没有得到很好的表现。这场战役的特殊意义是志愿军明知不可为而为之，被迫接受的一场保家卫国、敢于对抗世界头号军事强国的立国之战，以巨大的伤亡代价获得的击溃战而非歼灭战胜利，为此后至今赢得了几十年珍贵的和平。它区别于其他战役最重要的一点，不是军事装备实力较量的胜利，甚至也不是政治上道义支持的胜利，而是中国人民志愿军挑战极端气候生存极限和打破美军不可战胜神话的死战意志的伟大胜利。

作为文艺作品的战争是一种审美，该片战争美学的风格个性化还有待加强，缺乏区别于其他战争片的独特视角。审美不完全等同现实。比如人们喜看港产黑道片、赌侠片，并不等于人们喜爱流氓，而是喜欢导演审视这些群体的独特视角和复杂感受，并创造了人物个性化、细节典型化的流氓美学。同样，我们观看战争片并不是要崇尚战争、赞美战争，而是因为导演审视战争带给人们的复杂深入思考。

总之，该片是一部思想性正确、现实性及时，但艺术性还有待提高的影片，其票房说明了这是一部坚持“人民性”导向的正确文艺观指引的，只是在艺术性方面需要不断提高的好片。

单位“光影铸魂”电影党课教育活动组织观看了该片，看完影片，我的灵魂受到深深震撼和洗礼，赋诗一首，向英雄的人民志愿军致敬!

观电影《长津湖》有感

长津风雪已无声，湖畔当年血洗平。
铁甲狼师矜剩勇，单衣子弟迫疲征。
寒能销骨冰雕旅，战不轻言大国名。
鄙薄人心恩享久，是非成败匹夫争。

（写于 2021 年，原载《邵阳日报》）

第四辑

美术评论

艺术应体现“人民性”

——评陈白水的版画艺术

当陈白水先生将他的画册《文心雕龙——陈白水版画艺术》一书呈现在我的面前，我翻看着他创作的一幅幅精美的版画时就不由得深深喜欢上了他的版画艺术。

我之所以被陈白水的版画艺术深深吸引，不是因为有著名工笔画家陈白一作序，称其版画艺术有邵阳“宝古佬”的创新精神，也不是因为有著名评论家钱海源的评论，称其版画为“山沟里飞出来的金凤凰”，而是因其版画艺术内在的深沉的人民性。

我这里说的“人民”是按李卜克内西在《艺术》一文中的论述来理解的：“人民，即其成分在社会发展不同时期极其复杂的社会上被奴役的群众。”艺术的“人民性”是指的那种“根本不变化，或者变化得非常缓慢，然而却深深地打动任何时代的每一个人”的艺术作品的内在精神。这种内在精神是永恒的，是“尽管它多半不受时间限制和根本不去追求成为轰动一时的要闻，因为它把主要注意力放在永恒性东西上面”的那种朴素的美。如凡·高的《向日葵》、米勒的《拾稻穗者》、罗中立的《父亲》

等，无不体现了这种朴素的美。

陈白水版画艺术的“人民性”，一是体现在作品的描写对象上。其作品的主要描写对象是农民、农村的生活图景以及大自然。陈白水在《关于我的版画》一文中自称：“我的作品基本上没有超出我生活过的农村，没有超出我生活的湘西南，没有超出我常常出没的瑶山。”但这种把农村作为艺术描写的客体，不是出于把农民、农村作为同情、怜悯、启蒙的对象，也不是艺术家建构精神乌托邦式的“世外桃源”般的美化。而是由于陈白水长期生活在湘西南基层农村，在农村劳作，在农村思考，与农村有着血肉相连的精神同质同源。秉承着自《诗经》以来的歌颂“劳动人民”的美学传统，在陈白水作为艺术家既融于其中，又超乎其外的艺术审美观照下所呈现出来的“一种令人神往、诗性意味很足的大自然的情景交融的艺术境界”（钱海源《山沟里飞出来的金凤凰》）。在他的笔下，农村生活是欢乐祥和而又静谧悠远的。如《瑶女系列》，无论是赛呼啦圈的村女还是上学去的学童，其内在精神是欢乐向上、充满阳光的。而《烤糍粑》一幅，作者在创作手记里深情地写道：“在湘西南的山村，夫妻俩带上几个厚厚的糍粑，无论是坡上挖苞谷地，还是在深山里砍柴火，饿了，烤上两三个糍粑，夫妻俩吃饱了肚子，也品尝了爱情的甜蜜。”这简直就是《诗经》里的“思无邪”之传统，展示了一种淳朴而合乎自然的人情、人性的美。而《水塘系列》中那种“没有喧哗，没有尘埃”的静谧悠远，激发起人们对于大自然本身之美的沉思。卡尔·考茨基说：“艺术一旦失去同自然的经常联系就会死亡。”艺术对自然的观照所包含着的“人民性”就是艺术家创作激情的根本来源，“欣赏陈白水的版画，犹如品读一首首赞美生活和大自然的抒情诗”。（钱海源《山沟里飞出来的金凤凰》）

二是体现在其作品对民族文化的继承上。几乎所有评论陈白水版画艺术的论者，包括陈白一、钱海源等都无一例外地注意到了陈白水版画创作对隆回“滩头年画”的继承。“滩头年画”是自唐宋以来形成，于明清时期具有鲜明的地方特色和风格，与苏州桃花坞、天津杨柳青为中心的两大流派齐名的民间版画艺术形式。其主要特点是构图上饱满简洁，大多对称呼应，大与小、疏与密、虚与实、动与静的处理十分得体，画面统一而不零乱，集中而不堆砌，使人感觉十分舒适。其造型古拙、幽默，变形大胆洗练，神态优美生动。代表作如《老鼠嫁女》《门神》等。陈白水的大量作品，如获“全国第11届美展金奖”的《瑶女出嫁》和其他一批作品，都是融入了滩头年画的传统元素而创作的。并且也是这批作品引起较大反响，提升了他的艺术生命力。什么是人民性？简单地说，就是广大劳动人民喜闻乐见的东西。“人类历史都是贯穿着这样一个人民性，即真正代表人类的是劳动人民。”因为来自民间的东西，其情感对象、情感内容以及情感形式体现的传统“基础本体”所蕴含的民族文化精神，有着巨大的潜在性和可能性，是出自劳动者之手的艺术品，历经千百年而生生不息。那种平易而睿智，虽出自民间，却蕴含着中华民族最基本，也最深刻的文化内涵。而“在许多语言里‘民族的’和‘人民的’这两个词语是同义词，或者说几乎是同义词”（葛兰西《关于“民族—人民的”概念》）。陈白水的版画正是吸收了滩头年画的特点，吸取来自民间的营养，才“让人感到很亲切”，才具有永恒的朴素的美。同时，他“大量使用红、黄、蓝三原色来制造一种响亮的节奏律动”，使其作品充满一种格外张扬的强烈的视觉冲击力，“格外灿烂，充满阳光，格外温暖和透彻”。“在展墙不管放在什么位置，都会扑面而来，你都会被他的作品感动。”（朱训德语）红、黄、蓝这三种色调基本上是中华民族的传统色调，如对联红、龙袍黄、印花蓝等，在民间有着长久的生命力，其大红大绿，充满喜庆喧哗的乐观强劲精神，通俗而不庸俗，为人民群众喜闻乐见而充满恒久悠远的内在精神。

三是体现在其作品的制作过程中。版画与其他画种不同的是，不仅是构图的艺术，同时其版上制作过程也是一种二度创作，而且是一个非常艰苦的过程。版画不同于其他画种的那些特殊的版味和肌理效果，都是在板上的二度创作中取得的，因而，版画的制作是创作作品的最重要的一个环节。陈白水的版画制作方式，采取的是最拙、最原始、最手工的制作方式。其主要采取的是木刻、纸版镂印和吹塑造纸版三种制作方式。

其早期的木刻无论是黑白或油印套色都是传统的制作，没有什么好的视觉效果，已经不能适应时代的审美需求。很快他就放弃了木刻而采用纸版镂印的凹版制作。而凹版制作在套色上非常麻烦，以《瑶女出嫁》为例，在整体构图完成后，采用剪纸的基本方式，但剪纸一般是凸版，刻的一般是凹版，将画面的主体人物作为凹版，刻出来之后，按照事先设计的色彩配置印刷出主版。主版印刷出来之后，分版的印刷比较麻烦，一般分人物单个做版印刷，每一个人物上有多少装饰色就要刻制多少版，所以分版印刷时花的时间就特别多。但这种方式制作出来的作品，版味、装饰味都很好，具有强烈的剪纸风味，很民俗，同时又克服了剪纸的那种色彩单调的缺点。他用这种方式制作出来的《2008版老鼠嫁女》《瑶女出嫁》《瑶女闲趣·赛铁圈》《瑶女闲趣·赛呼啦圈》《瑶女赶街》《通红的山果》《秋天·采山果的母子》《夕阳牵牛归》《采杨梅的女人》等都得到版画界的认同，而且具有较好的集国画、油画、民间剪纸艺术于一体的特殊的视觉表现效果。

但是这种制作过程需要非常细致、耐心，忍受过程中的单调乏味。这种不厌其烦地反复制作套色的艰苦劳动，陈白水并没有把它看作是一种机械的工作，而是忍受着长久的寂寞，把他的感情和心灵投放进去，把他的内心世界倾注进去，“除了忍受物资匮乏外，还需经受这种精神上的痛苦，而这种痛苦是体力劳动者或一般脑力劳动者在自己的工作中所体验不到的”。(季米特洛夫《走哪条路？》) 按普列汉诺夫的说法，艺术起源于劳动。在艰苦的劳动过程中，用一种审美的眼光来观照自己的劳动，这是人类进行艺术创作的本质意义所在，是真正根植于人民群众的最广泛的人民性。正是这种劳动，使得古代的工匠们建造了那些精妙绝伦的建筑和创造了那些恢宏灿烂的壁画、雕塑，而不是现代商业社会脱离劳动人民感情的高高在上的艺术家们。

四是体现在其创作观念上。李卜克内西说，具有人民性的艺术家“通过神话、具有宗教情节的作品（抒情的、赞美的、戏剧的），通过祈祷仪式，通过诗歌、音乐以及造型艺术——绘画、雕塑、建筑表现出来，它关心爱情、自然、生和死、游历、战争等，但也注意社会问题、家族问题、家庭问题”。在《关于我的版画》一文里，陈白水认为，一个艺术家、一个画家，要出好的作品，与他的思想、与他的观念和文化底蕴是融为一体的。在陈白水的版画艺术世界里，爱情、生死、自然、劳动等是基本的主题。这些正是根植于人民的“深深地打动任何时代的每一个人”的永恒性的东西。

陈白水长期生活在湘西南的基层农村，饱含着对时代生活的热爱情怀，怀着“对生活和大自然的艺术创作冲动，在生活和大自然中发现美，挖掘美”，在生活和大自然中获取艺术创作的灵感。劳动人民那坚韧不拔、隐忍负重而又乐观向上的精神激发了他封闭自卑的内心的火焰。

在他看来，“那秋葵在阳光下，就像一团团火焰沸腾着，跳跃着。那节奏，那旋律，总让我想起凡·高那一颗沸腾的心……”（陈白水《〈葵·秋实〉创作手记》）他用明朗、欢快的色彩来热情地歌颂农村劳动人民的生活，富有民俗气息，又有时代感，如《瑶女系列》。毫无半点现代艺术的矫揉造作、空虚无聊和歇斯底里，如某些行为艺术家的搞怪、装神弄鬼。而是呈现出一种“无飘忽、轻薄之感，总给人以深厚、含蓄与沉重”（《创作手记》）的和谐优美，激发欣赏者对生活的热爱和沉思。同时，出于对生活的热爱，其作品在一种浮华的后面，“总有凄凉、寂寞的另一面”（《创作手记》）。这是作者对“死亡”的永恒之叹。

其对待“死亡”这一永恒主题的态度，不是体现为惊骇、抗拒的以

《拉奥孔》为代表的西方美学传统，而是体现为自魏晋玄学以来的静观沉思的东方美学传统。在《最后的辉煌》的创作手记里，他写道：“每一棵向日葵，都把自己的果实献给了人们，只留下躯干，也将消亡，但仍然给人留下了最后的辉煌。”而试图赋予“向日葵”这一自凡·高以来的经典意象以新的诠释。在《晚安，吊脚楼》的手记中说：“晚安，吊脚楼。你是过去，你是老者。你曾有辉煌，你也曾有沧桑，但无论怎样，我们都会向你告别，就像最后一缕晚霞，祝你晚安。”还有以怀念为主题的《窗》《门》等等，透视出对逝去的传统岁月、对大自然的变迁所表现出来的一种凄婉和沉重及感伤，这也是人类对自身个体生命短暂的感叹。

苏联马列主义文艺理论家季米特洛夫在《论文学、艺术和文化》一文中说：“艺术要为人民、为真理、为社会主义服务。”无疑，艺术既不是为在社会上占少数的统治阶级的意识形态服务，也不是为了作为在几个人的文艺沙龙上炫耀的资本，而应该为最广大的劳动人民服务，揭示人类宇宙恒久的命题，体现永远的“人民性”。

以上是我对陈白水版画艺术的粗浅印象，显然是无法深入抵达艺术家那丰富深沉的内心世界的，但我们有理由相信，凡是好的艺术一定是属于人民的，是经得起时间检验的。

（写于2009年，原载《创作与评论》）

简练的笔墨意趣　深广的人文情怀

——回楚佳“乡里乡亲”组画赏析

回楚佳先生是以卖画为生的职业书画家，但这次他放弃了繁复的专业技法和市场化的题材，以长于笔墨意趣的“文人画”风格描摹故乡山水、人物、情事，创作了一组画作，命名为“乡里乡亲”，这完全是出于审美创造的内在冲动和画家的社会责任感。这组画作在中国国家画院展出，获得行业内外高度认可和一致好评。

这组画作共46幅，以简练的笔法、淡雅的意趣书写了丰富深厚的人文内涵，涉及审美观照下和谐的自然生态、乡村生活记忆以及现实的社会问题如留守儿童、空巢老人等，是一组接地气，能引起普遍情感共鸣、“看得懂”、记得住的精品力作。每幅画作出于表达主题的需要，配以一行或数行题款，起到画龙点睛的作用，借鉴丰子恺漫画简练达意之妙而更多一些含蓄蕴藉的文人雅趣。如《有深谷藏幽》一幅，画家自题款：“有深谷藏幽，有松风送爽，有良田绕舍，这不就是日出而作日落而息、神仙过的日子嘛。”很有文学色彩，恰到好处地把人们对画面的直观感受引向亲近自然、回归原生态的审美思考。

简练淡雅的笔墨意趣和丰富深厚的人文关怀是回楚佳“乡里乡亲”水墨组画的基本特征。其“画以载道”主要体现在以下四个方面。

人与自然和谐相处的生态文明。在画家的笔下，自然山水既具有传统文人静观、禅意、意绪悠远的隐逸之趣，又赋予现代人回归自然，与自然和谐相处的神往。画家用线条白描、黑白烘托展现故乡梯田令人震撼的生态之美，表达了对农业社会青山绿水的缅怀，作者题款：“耕耕田，种种地，喝的山泉水，吸的好空气，听听鸟叫，看看鸡飞狗跳，谁说没味？”激发起欣赏者无比神往的“乡愁”，尤其是在城市化进程中生态问题日益严重的今天，人们渴望人与自然和谐相处，人与人之间和谐相处，于是画家通过那些饱含情思的山水、田园、动物规劝人们要保护环境，“留得青山在，不怕没柴烧”（《留得青山在》），画家笔下的自然山水静谧、和谐，是人类赖以生存的物质和精神家园；要爱护动物，《嘘，小声点》一幅，作者刻画了两个充满童稚的小孩趴在树上，探看枝杈上鸟窝里的两只小鸟，不忍心打搅她们睡觉，《水深牛牯好洗澡》一幅写牧童和牛亲密相伴，悠然自得；《稻谷一天天熟了》《打谷忙》《种好万顷田》等作品赋予人类生存的哲学思考。农业是人类生存的基础，市场经济背景下对农业的忽视引起各种社会问题，如食品安全问题，越来越促使人们思考人类生存的本质是什么，当我们吃着转基因、喝着毒牛奶、爱着充气娃娃，这人还能算是人吗？城市发展的根本目的就是要让人活得舒心，吃得放心，有山有水有自然。这一切大概还得回到农业文明中汲取营养，建设人类宜居的生态文明。而对于普通人来说，“天地有大美而不言”，亲近自然，寄情山水，是克服各种“城市病”困扰的良方，“唯江上之清风，与山间之明月，耳得之而成声，目遇之而成色，是造物主之无尽藏也”。仔细思考一下，我们忙碌的人生似乎并不需要拥有那么多，只要拥有这人所共享的自然就行了。因此尊重自然、和谐发展的生态文明建设适在其时，回楚佳先生也通过自己的画作表达了这一积极的思考。

宁静简朴的乡村生活记忆。回楚佳先生出生于湖南隆回北部一个叫白马山的小山村，因此他自号“白马山人”，那是一个瑶族聚居地，当地瑶族以挑花刺绣知名，又称“花瑶”。“花瑶”勤劳善良的品质、真挚热烈的爱情以及歌唱生活的“呜哇”山歌等浓郁的少数民族风情给回楚佳的艺术创作留下了美好的乡村情感记忆。比如人与人之间的情感，人与动物的情感，人与自然的情感。在画家笔下，父母情、姐弟情、老伴情、发小情，通过一个个具体的生活场景唤醒了我们沉睡的情感记忆。比如童年时爸爸抱着过外婆桥，妈妈背着翻山越岭，帮姐姐梳头发等等，这些生活场景既熟悉又已经很久远了，这里面都蕴含着简单淳朴的人性人情，温暖着我们对美好人生的向往。而越是童年的记忆越是纯真美好，越能打动观众的心，因此作者在选材上是别具匠心，很有典型意义的。作者选取了“老水牛”这一典型意象来表达人与动物的情感，在农耕时代，牛是人类朝夕相处的伙伴，是不可或缺的家庭成员，牛对人类的贡献贯穿了整个农耕时代，人对牛的情感体现在所有原始图腾和神话传说里，这种情感不是今天生活在城市里的人们喂养宠物的空虚寂寞所能比拟的。在回楚佳的画笔下，水牛既憨厚温顺又倔强可爱，《两个牛脾气》《莫拉莫拉》《老伙计，累了吧》等作品都是这样人与动物和谐相处的温馨画面。乡村生活也许物资贫乏，但在画家的情感记忆里，却有着丰富的精神生活，除了在紧张的农忙时节劳作、翻山越岭去上学外，小孩子们在炎热的夏天玩水嬉戏，在院子前打闹过招、跳马，跟奶奶去赶场，设置简陋的乒乓球台打乒乓球，即使在物资匮乏的条件下，也有着对美好未来的憧憬：长大了我要飞出这山窝窝。孩子们的童年也充满了欢乐和追求：“高台跳水算个啥”“条件不好功夫好”这些模拟儿童语言的题材表达了作者对乡村少年精神世界的认同。这些承载着情感记忆的生动画面简直就是走出乡村一代人共同的童年记忆。回楚佳笔下的乡村展现了令人神往的田园牧歌，是我们走向城市化共同的精神家园，也是我们记住“乡愁”的深厚来源。

对社会问题的委婉批评。石涛论画有句名言："笔墨当随时代。"虽然说的是水墨技法当随着时代需要而创新，但水墨画的内容题材也不能仅限于自然山水、文人雅趣，也应关注时代变迁，表现社会生活内容。回楚佳先生构思"乡里乡亲"组画时，强烈的社会责任感自然也使他无法回避当今农村普遍存在的社会问题：留守儿童、空巢老人、农田抛荒等。《不知我这把老骨头还能种几年》一幅借坚守农业的老人形象表达了对农村青壮劳动力缺失、农田抛荒现象严重的担忧。但作者在关注这些社会问题时不是直接简单地批评，使作品漫画化，而是捕捉生活中的情感瞬间，使作品具有写实而不失恒久审美意蕴的动人力量。如《大人们都很忙》一幅，画面上一个儿童与小狗相依为伴，题款一行字揭示了小孩的内心世界："大人们都很忙，没人陪我玩。狗狗当保镖，我是山大王，小的们听好了，待本王长大后，带你们下山看风光。"这是一个孤单却并不孤独的充满童真的美好心灵，是"合乎自然的人性"。在这样一个急剧变动的时代，一代农民工为了谋生也许不得不抛家舍子外出打工，但农村的家始终是他们情感之所系，外出前先要赶紧砍几担柴放屋里，免得老人家没柴烧（《又要去打工》），而老人家呢，嘱托儿女："崽啊，放心吧，屋里有老爹。"饱经风霜的老人脸上充满了安详理解，这是亲人之间的心意相通，也是人们勤劳奋斗追求生活富足的最终出发点。也委婉地表达了画家对留守儿童、空巢老人等社会现象的态度：社会发展不能以牺牲亲人之间的情感为代价。也可看出作者崇尚家庭伦理和对"金钱至上"价值观的摈弃、对"以农为本"传统价值观的固守。正如画家点出："有粮无钱没屁事，有钱无粮饿死人。"（《兵马未动粮草先行》）话糙理不糙。

大巧若拙的水墨技法。回楚佳先生的画作是画给普通的乡里乡亲看的，所以他摒弃了那些复杂的水墨技法，但并不是不要技法，而是极平淡而达天真，寓深厚于拙朴。他善用白描表现人物内心情感，如《不知我这把老骨头还能种几年》《崽啊，放心吧》《姐，你带我来这干啥》等作品，都抓住了人物的眼神来表现，这些眼神蕴含着丰富的情感内涵，具有摄人心魄的力量。久久凝视，你会与画中人物产生灵魂的对话，读懂人物的内心世界。回楚佳的画风明朗，线条表现有力，特别是对梯田的表现，几乎纯用线条，于黑白间把梯田那规整而富于变化、宁静和谐的美充分展现出来，进而为农民的辛勤劳作和勤劳俭朴自足的品质唱一曲深情的赞歌，这也许就是西方美学理论所说的“有意味的形式”，极具收藏价值。其构图气象萧疏、烟云清旷、毫锋颖脱、墨法精微，虚实藏露相得益彰，气韵流动而清新耐读，图画和文字和谐统一，以传统水墨笔法功力进行深厚丰富的人文关怀，给观者呈现了一场精美的视觉盛宴，进而让我们读懂人生、思考世界、关注当下而寄托永恒。

回楚佳深广的人文关怀来自他作为艺术家的赤子之心和深厚的文学素养，也是他对故土家园乡里乡亲真挚情感的集中体现，一切优秀的艺术形式都是人类美好情感的结晶，时代需要更多这样能打动人心的艺术。

（写于 2016 年，原载《邵阳日报》）

附　录

民国武人那些诗

“醇酒妇人”徐树铮

这里讲的“武人”是相对于文人而言的，是指那些不以文才名世而以军事或政治著称的人。我要讲的这第一位，他仅用22天就收复了蒙古国，敢当面硬怼总统黎元洪，因为狂放不羁在当时得罪了不少人，后来被冯玉祥派人刺杀在睡梦中。这个人是谁呢？没错，他就是北洋军阀皖系将领、陆军上将、远威将军徐树铮。

光绪六年（1880）徐树铮出生在一个书香家庭，他从小饱读诗书，7岁就能作诗吟诵，13岁考中秀才，17岁成为岁试第一名的廪生。22岁时他偷了父亲的钱去从军，先是投奔袁世凯，因为狂放被袁世凯的心腹朱仲琪所不喜，后投在皖系军阀段祺瑞的门下，得到重用，他在民国军阀派系纷争中善于斡旋协调，人称“小扇子”。徐树铮在北洋军阀里是个个性非常鲜明的人物，他文武双全，率性敢为，诗如其人。著有《兜香阁诗集》《碧梦庵词》等。

徐树铮的诗有一股“莽”劲。如写对手“购我头颅十万金，真能忌我亦知音”，用十万块买我的头，真要怕我也算是知音了。写美人“非我抱君更谁抱，我不抱君将抱谁”。不是我抱你还有谁敢抱你，我不抱你我将抱谁去？大有一股英雄独爱美人、舍我其谁的气概。至于“云翻雨覆世情寂，茶熟香温夜气佳”直接写男欢女爱，香艳至极。《石遗室诗话》批评他说：“醇酒妇人，军人结习；读前数诗，如见狂奴故态。”但也有人为他抱不平，在《今传是楼诗话》中说：“固今日谤满天下，誉满天下之一人也。其在历史上之位置，千秋自有论定，非吾辈所得阿私。即以吟事论，亦自有不可掩者。”充分肯定他的诗才不能被淹没。可见他的诗也如他为人一样狂放不羁，在当时就极具争议性。下面我们就来欣赏一首他的诗《写照》：

天荒地老无终极，莽莽龙蛇起陆时。
只恐刘郎英气尽，未嫌桓子语声雌。
非常顾盼生眉宇，如此头颅有鬓丝。
长使千金刀在握，彘肩卮酒更何辞。

刘郎指刘备，辛弃疾《水龙吟·登建康赏心亭》有词曰：“求田问舍，怕应羞见，刘郎才气。”桓子指桓子野。《世说新语》记载，桓子野每闻清歌，辄唤：“奈何。”谢公闻之曰：“子野可谓一往有深情。”

这首诗写徐树铮投身军旅，是他率情率性叱咤风云的人生写照，既有刘郎的英雄抱负，又有桓子的儿女情长。“长使千金刀在握，彘肩卮酒更何辞”用汉初猛将樊哙大碗喝酒大块吃肉的典故，更显出一种豪放的乱世英雄气概。

徐树铮的英雄豪气、敢作敢为，从他诛杀袁世凯的心腹陆建章一事可见一斑，陆建章帮助袁世凯称帝，为非作歹，杀人如麻，人称“陆屠夫”，徐树铮设鸿门宴将他骗到家中，借机杀死。徐树铮也有深情的一面，不仅表现在对美人的怜香惜玉上，也表现在他报答段祺瑞的知遇之恩上。

“环顾中原”蔡松坡

我第二个要讲的是我们邵阳人护国军神蔡锷。蔡锷是近代伟大的爱国者，著名的政治家、军事家、民主革命家、民国初年杰出的军事领袖。他一生做了两件大事：一是辛亥革命时期在云南发动“重九起义”推翻帝制；二是发动反袁护国运动，维护民主共和政体。

蔡锷文武双全，风流倜傥，从小就被誉为神童。据说有一首词《浣溪沙·题扇》是他写给红颜知己小凤仙的：“蓦地相逢油壁车，夕阳流水板桥斜。笑声飞出几盘鸦。新绿眉棱裁柳叶，小红口扇掩琵琶。粉墙转过是天涯。”写得非常温婉，英雄的故事总是跟美人联系在一起。

蔡锷英年早逝，他的诗词虽然数量不多，但具有很高的思想艺术水准，集中体现了其民主革命精神和忧国忧民情怀。张翰仪《湘雅摭残》称他：“革命元勋，故诗沉雄乃尔。”这在其早期诗作中就已得到充分体现，具体表现在写于1905年春的《登岳麓山》：“苍苍云树直参天，万水千山拜眼前。环顾中原谁是主，从容骑马上峰巅。”这首诗刻画了胸怀天下探索救国救民真理的革命形象。

1907年，蔡锷在云南任都督期间，以“击椎生”为笔名写下系列文章和诗作发表在《云南》杂志上，其中：

《感怀二首》其一

满腔心事绕南滇，海上昂头欲向天。
客舍孤吟蓬岛月，乡愁深锁翠湖烟。
半生肝胆都倾吐，当道豺狼一醉眠。
汽笛数声城外柳，可怜疆吏正筹边。

抒发了对中国前途“满腔心事绕南滇，海上昂头欲向天”的苦苦思索。

《感时二首》其二

万叠愁怀万缕丝，乡关回首暮云迟。
昏茫大陆悲秦祸，慷慨长吟诵楚辞。
报国痴心终不死，还家春梦总无期。
故园今夕月明夜，庭院梅花寄远诗。

揭示了中国落后的原因是“昏茫大陆悲秦祸”，对封建帝制进行了有力的批判，抒发了自己“报国痴心终不死”“慷慨长吟诵楚辞”的爱国主义情怀。而到1916年8月上旬蔡锷拜谒杜甫草堂时，他写下诗句：“锦城多少闲丝管，不识人间有战争。要与先生横铁笛，一时吹作共和声。”（《谒杜甫草堂》）直接抒发了再造共和的强烈心声和民主革命精神。

啼笑皆非张宗昌

说起军阀写的诗，不能不说奉系军阀张宗昌。关于张宗昌的笑话是很多的，因为爱吃狗肉，被人称为“狗肉将军”。一生不知兵有多少，不知钱有多少，不知姨太太有多少，又被人称作“三不知将军”。为了讨好上司，竟喊比自己小两岁的上司郭松龄作爸爸。因为政治斗争，最后被他的继任者山东督军韩复榘杀掉。

还有一个笑话是关于他写诗的。张宗昌小时候虽然因为家穷只读过一年私塾，但他对文化人却有一种朴素的尊重，在大家都提倡新文化以打倒孔家店为荣时，他不仅大力提倡儒学的传承，还亲自主持了祭孔典礼，并且为人孝顺。他在主政山东期间，曾附庸风雅拜师学习写诗，并最终出版了自己的诗集《效坤诗抄》。张宗昌是他的名，效坤是他的字。

这本诗集让人啼笑皆非，在当时流传甚广，影响很大，备受争议。我们来看看他到底写的啥?

“什么东西天上飞，东一堆来西一堆;莫非玉皇盖金殿，筛石灰呀筛石灰。”

这是写的什么乱七八糟呢?原来写的是下雪。他的诗大多是这种，有普通老百姓的生活和想象，但与传统格律诗典雅中正的意境比起来又显得有些粗鄙可笑。

再比如这首《游泰山》:“远看泰山黑乎乎，上头细来下头粗。如把泰山倒过来，下头细来上头粗。”平心而论，张宗昌本来就是一个粗人，他的诗就是粗人本色，没有刻意去装文化人的风雅蕴藉，但要说毫无是处也有失客观，至少作为别具一格的诗还是有点味道的。

他有的诗也还有一点点粗豪的可爱，如《俺也写个大风的歌》这首:“大炮开兮轰他娘，威加海内兮回家乡。数英雄兮张宗昌，安得巨鲸兮吞扶桑。”这是仿照刘邦的《大风歌》，思想上却有抗日的爱国主义精神。而且有一种说法，说张宗昌是因为抗战期间不肯做汉奸，得罪了韩复榘，被韩复榘派人乱枪打死在济南火车站。

张宗昌五毒俱全，作恶多端，在军阀混战的年代靠个人闯拚拉起队伍，做到奉军的军长、山东省省长，是个混世魔王。但是，在他主政山东期间，也曾做过一些好事，最重要的文化功绩是主持合并组建了新的山东大学。当时，他有意聘请著名学者、清末状元王寿彭出任山东省教育厅厅长，整顿山东教育。但王寿彭看不起他。张宗昌“三顾茅庐”诚心诚意地请了三次才将王寿彭请出山，接到济南，聘为山东省教育厅厅长。后来王寿彭创立了山东大学并兼任校长。

除了写诗和扶持教育，张宗昌还主持印刷出版过《十三经》，据看过张版《十三经》的印刷业人士说，那是历史上印刷和装帧最好的《十三经》。

由此可见，哪怕是附庸风雅，也知道风雅是要受人尊重的，从这一点来说，即使张宗昌是个很混账的军阀，但也还是有可取的一面。

“正道居诗”段祺瑞

民国时期有个“六不总理”：不抽、不喝、不嫖、不赌、不贪、不占。他就是“北洋之虎”皖系军阀首领段祺瑞，后任临时政府执政、总理。大家对段祺瑞的了解大多是来自中学历史“三·一八惨案”和语文课本《纪念刘和珍君》一文，他因为镇压了学生的请愿活动，被鲁迅痛骂，称为“民国以来最黑暗的一天”。

但大家不知道的是，这之后段祺瑞向学生家属下跪赔罪，并吃斋念佛悔过。我们也不知道他是“三造共和”的功勋，第一个致电清廷要求清帝退位的，后来又劝袁世凯不要称帝；也不知道他曾派徐树铮收复了蒙古国，并用武力统一全国解决了南北分裂；更不知道他晚年拒绝与日本人合作去东北组织傀儡政府出卖国家利益，遭到日本人忌恨，被迫避难。

他一生廉洁不事私产，“三·一八惨案”后被迫下台，退居天津日租界靠当寓公度日，自号“正道居士”，潜心修佛。晚年穷得靠蒋介石救济，并欠下黎元洪七万大洋的债，被黎告上法庭。梁启超评价他说：“其人短处固所不免，然不顾一身利害，为国家勇于负责，举国中恐无人能比。”

段祺瑞曾以优异成绩考入武备学堂第一期预备生、炮兵科。求学期间“攻业颇勤敏，以力学不倦见称于当时，治学既专，每届学校试验，辄冠其侪辈”，虽是北洋行伍出身，但毕竟那一代人旧学功底深厚，段祺瑞著有诗集《正道居诗》《正道居诗续集》等。

他酷爱围棋，曾资助吴清源到日本学习围棋。李鸿章之子李经方（字伯行）与段祺瑞关系密切，一日观他与客对弈，赠诗一首。段祺瑞和诗一首《和伯行韵》云：

孜孜闻道惜分阴，国势飘摇虑陆沉。

颠倒是非偏鼓舌，踌躇枢府费机心。

纲维一破哪如昔，虞诈纷争直到今。
恶贯满盈终有报，难欺造物见严森。

虽是弈棋休闲，但诗句仍透露出他忧国忧民之思，且蕴含佛家轮回之理。另有《伯行枉诗且有颂不忘规之语次韵奉答》云：

披裘玩雪不知寒，庭角初春赏牡丹。
放眼天空观自在，关心国势敢辞难？
众生且愿同登岸，沧海何忧既倒澜？
砭痛契深瘳厥疾，回环三复竟忘餐。

拳拳之心跃然纸上。段祺瑞的诗正是他人格精神的写照，从他的诗里可看到那种来自传统的“忧乐”情怀、爱国精神，这是值得肯定的，也是传统“诗教”的结果。历史是复杂的，尤其是近代历史，风云变幻、波谲云诡，置身其中很难独善其身，总的来说，段祺瑞功大于过。

南京国民政府的国葬令里对他的悼词是：“持躬廉洁，谋国公忠。辛亥倡率各军，赞助共和，功在民国。及袁氏僭号，洁身引退，力维正义，节慨凛然。嗣值复辟变作，誓师马场，迅遏逆氛，率能重奠邦基，巩固政体，殊勋硕望，薄海同钦……”对他作了客观公允的评价。

北洋诗魁袁世凯

说起民国武人，不能不说北洋军阀，说北洋军阀，又不能不说北洋军阀的祖师爷袁世凯。袁世凯这个人在历史上因为复辟帝制而臭名昭著，被斥为“窃国大盗”。但这个事情是很复杂的，在当时特殊的历史背景下，袁世凯称帝确实有一定的民意基础。以杨度、严复为代表的“筹安六君子”就是积极支持袁世凯称帝的。杨度是谁呢？他是蔡锷留学日本期间的好友、中共的秘密党员、著名的《湖南少年歌》的作者，喊出“若道中华国果亡，除非湖南人尽死”的爱国主义时代强音的人。平心而论，袁世凯对逼迫清帝退位，避免革命党更多的流血牺牲还是做出了重要贡献的，个人威望也能稳定当时的政局。吴佩孚曾为段祺瑞写过一副挽联，其中有一句“天下无公，正未知几人称帝，几人称王”，我想用来评价袁世凯也是合适的，袁世凯死后北洋派系分裂，军阀连年混战，就说明了这一点。所以，重要的并不是袁世凯是否称帝，而是他违背了历史潮流。

作为一代枭雄，袁世凯的诗也是值得一读的。他的诗多作于二十岁之前和五十岁之后。十三岁时曾写过一副对联：“大泽龙方蛰，中原鹿正肥。”充分显示了他的政治野心。他青壮年时代奔走于军界政界，无暇写诗。等到宣统年间袁世凯退隐养病于洹上，与同僚朋友村居唱和，辑为《圭塘唱和诗》。

袁世凯的诗歌刚柔相济，绵里藏针，气象非凡。他身在乡间，貌似闲云野鹤，实际上心系朝廷，时刻关注着时局，关注着北京的风吹草动。如《自题渔舟写真》四首。

其一

身世萧然百不愁，烟蓑雨笠一渔舟。
钓丝终日牵红蓼，好友同盟只白鸥。
投饵我非关得失，吞钩鱼却有恩仇。
回头多少中原事，老子掀须一笑休。

这首写自己归隐山林的思想。这组诗一共写了四首，用“轱辘体”的形式，刻画了自己“烟蓑雨笠一渔舟”的形象，诠释了传统文化中出世与入世的精神内涵。如其四：

百年心事总悠悠，壮志当时苦未酬。
野老胸中负兵甲，钓翁眼底小王侯。
思量天下无磐石，叹息神州变缺瓯。

散发天涯从此去，烟蓑雨笠一渔舟。

这首写自己壮志未酬、胸怀天下。“思量天下无磐石，叹息神州变缺瓯”抒发了自己以天下为己任的传统士大夫情怀，令人为之动容。张舜九评价此诗说：“兹诵此作，觉其气魄之雄无与伦比，真有大好神州尽归所有而后快之慨也。”

袁世凯文武双全，作为一代之人杰，从小站练兵起家，苦心经营，拥兵自重，最后一步走错，让自己的雄才大略付之一篑，所谓“一失足成千古恨”，不能不让人感慨至深。

牌词自状谭人凤

邵阳有一个亲自参加过黄花岗起义的人，人称“谭胡子”。大家知道他是谁吗？他就是谭人凤，同盟会早期会员和重要骨干，在武昌起义时为策反黎元洪起了重要作用，黄兴曾写诗称赞他：“怀锥不遇粤途穷，露布飞传蜀道通。吴楚英雄戈指日，江湖侠气剑如虹。能争汉上为先着，此复神州第一功。愧我年年频败北，马前趋拜敢称雄？”国学大师章太炎也说：“当是时，微君武昌几殆。”当时没有谭人凤，武昌起义就很危险了。

谭人凤，字石屏，晚年自号雪髯，晚清新化县人（今属邵阳隆回），少年时加入洪门会党，十六岁中秀才，后办“群志”小学，联络会党秘密反清，失败后四十六岁的他被迫流亡日本，参加同盟会，后回国策应各种起义，没成功，再度流亡日本。1910年在东京召集十一省区同盟会分会长会议，谋取“长江革命”。1911年赴武汉促成文学社、共进会合作，并到上海与宋教仁发起建立同盟会中部总部，任总务部长。他老当益壮，越战越勇，可以说对辛亥革命起了重要的推动作用，功勋不输黄兴。谭人凤的诗词主要是记录自己的革命活动，著有《石叟牌词》。

《石叟牌词》是谭人凤“自叙平生事状”的自传性著作，形式颇具革新精神，共49章，每章内容由诗、叙、评三部分构成，并附有一幅骨牌图。大概作于1917年春至1919年春，回顾和总结了自己20多年的革命活动，对同盟会活动、武装起义、辛亥革命、宋教仁案、“二次革命”等史实都有记述。其开篇词提出了推翻清政府、结束帝制的革命思想：“准备大刀阔斧，誓驱长白虏，余威慑九边…… 安得集合五湖四海贤，天地同流合德，五洲一统承乾。”其后历述了自己的革命活动，如描写黄花岗起义的壮烈情景“八百敢死队，屈指一数不满百。举发五时天半犹未黑，仗着黑铁红血，天崩地裂，一颗弹丸响遏五云声暴烈”并记叙了起义的详细经过。

谭人凤是典型的梅山宝古佬性格，勇悍爽快，疾恶如仇，以好骂著称，很多人都被他骂过，但骂过之后毫无成见，并对同志饱含深情，1911年夏天他写了10首七律悼念黄花岗起义的烈士，如林时爽、喻云纪、林觉民、方声洞等，抒发了自己“昏昏老眼泪潺湲，痛哭同人死粤垣”的悲悼之情和“他日丰碑七十二，大书贤孝祖轩辕”的纪念之情。

下面我们欣赏一下他的七律《哭林觉民》：

潇洒丰姿美少年，鄙为奴隶喜为仙。
学通中外空仿古，气壮河山愧后先。
督战勇忘飞矢痛，临刑说演救时诠。
从容死义如君者，顽懦闻风志定坚。

林觉民是现代著名文化人林徽因的堂叔，遇难时年仅24岁。这首诗概括描写了烈士潇洒、博学、英勇、视死如归的形象。据记载，林觉民“面貌如玉、心肠如铁、心地光明如雪，称得上奇男子”。1911年4月27日，他参加黄花岗起义，不幸被俘。面对清廷官员，林觉民“侃侃而谈，畅论世界大势，以笔立言，立尽两纸，书至激烈处，解衣磅礴，以手捶胸”。他告诉提审他的官员：“只要革除暴政，建立共和，能使国家安强，则死也瞑目。”这首诗也抒发了谭人凤以林觉民“从容死义如君者，顽懦闻风志定坚”的精神来激励革命后来人铭记先烈、前仆后继。

“蓬莱诗草”吴佩孚

单论诗词水平，个人觉得直系军阀吴佩孚在民国军阀里可以排得上前三名。我们来看看他的诗句：“玉杯饮尽千家血，红烛烧残万姓膏。”“天泪落时人泪落，歌声高处哭声高。”这要放在杜甫的诗集里也丝毫不逊色。

吴佩孚，山东蓬莱人。他的人生曲折复杂，从小饱读诗书，是前清秀才，琴棋书画皆精，有“儒将”之称。作为一个军阀，他在军阀混战的年代里所做的种种事情，我就不展开了，大家可以上网了解。他主要的人生污点是1923年在帝国主义支持下镇压了京汉铁路工人大罢工，制造了震惊中外的“二•七惨案”。但这个人晚年拒绝做日本人的傀儡，被日本特务趁他牙病发作时毒死了，保持了爱国气节。

他曾撰联自况：“得意时清白乃心，不纳妾，不积金钱，饮酒赋诗，犹是书生本色；失败后倔强到底，不出洋，不走租界，灌园怡性，真个解甲归田。”说的也是实情。中共元老董必武就曾充分肯定了他的这一优点说：“（吴佩孚）有两点却和其他的军阀截然不同。第一，他在失败时，也不出洋，不居租界自失。第二，他没有私蓄，也没置田产，有清廉名。”历史人物的复杂性不是我要谈的重点，免得平台审核时认为有拔高之嫌，发不出来。我这里主要要谈的是他的诗词。他的诗词老到厚重、慷慨沉郁，著有《蓬莱诗草》。如《入蜀》：

曾统貔貅百万兵，时衰蜀道苦长征。
疏狂竟误英雄业，患难偏增伉俪情。
楚帐悲歌骓不逝，巫山凄咽雁孤鸣。
匈奴未灭家何在？望断秋风白帝城。

吴佩孚一生崇拜关羽、岳飞，诗中洋溢着强烈的忠义思想、家国情怀。这首诗是他在北伐战争中彻底失败后败走四川时所作，从历史来看这个失败是必然的。尽管流露出四面楚歌、英雄末路的衰颓之气，但他仍然想到以霍去病“匈奴未灭何以家为”的典故激励自己，还是蕴含了家国情怀的。其中巫山孤雁、秋风白帝的景物衬托、情景交融也恰到好处。吴佩孚一生不纳妾，与原配张佩兰糟糠相守，他一度被帝国主义看好，认为他“有可能统一中国”，可以培植为在中国的代理人，登上了美国《时代》杂志封面，这期间他甚至还拒绝了德国驻华公使女儿的追求，所以说“患难偏增伉俪情”，也确实是发自肺腑，非矫情作态。另如《游绥定凤凰山》：

英雄处处出人头，又上高峰作壮游。
满眼苍生归掌握，数堆疑冢感荒丘。
萧萧木叶传边警，点点梅花为我愁。
休到昆仑山上望，中原王气不胜秋。

这首诗同样抒发了忧国忧民的情怀。

人们可能觉得像吴佩孚、段祺瑞这些军阀拥兵自雄、杀人如草，诗中却有忧国忧民的情怀是不是虚伪矛盾呢？个人认为对此要一分为二地看。民国时期的军阀处在政治极为动荡、新旧交替碰撞的“三千年未有之大变局”的时代，他们个人的立身处世带有矛盾复杂性和历史局限性，这是时代使然。如果不考虑时代、政治的复杂性，单就诗词而论，他们从小饱读诗书接受儒家文化修齐治平和“诗教”传统的影响，在诸如屈原、杜甫、陆游、辛弃疾这些伟大诗人的熏陶下，爱国主义、民本情怀也是同样流淌在他们的血液里的，也正是因为诗书熏陶，他们的个人操守还不至于堕落。只是时势造英雄，乱世难独善，“满眼苍生归掌握，数堆疑冢感荒丘”。千古兴亡，留待历史定评吧！

诗写布衣冯玉祥

民国军阀要论诗写得多的，西北军阀冯玉祥当推第一，据说他十年间写了近两千首诗。但冯玉祥一生传奇复杂，后世对他褒贬不一，有“基督将军”“爱国将军”“布衣将军”“倒戈将军”等多种绰号，可见他的个性和生平非常复杂，他的八次倒戈更是为人诟病。对于冯将军的为人，大家可以上网了解，我这里不说了，只说他的诗。冯玉祥对自己的诗有自知之明，曾说：“我的诗，粗而且俗，和雅人们的雅诗不敢相提并论，只能叫作‘丘八诗’。”丘八就是兵的意思。流传最广的当数这首《植树》：

老冯驻徐州，大树绿油油。
谁砍我的树，我砍谁的头。

这种生猛的诗恐怕也只有冯将军才能写得出，也能让人从中窥见他的个性形象。

冯玉祥跟张宗昌一样，出身贫苦，小时候没有读过多少书，粗通文墨，写的主要是白话诗。但他的诗里有对权贵富豪的嘲讽，对日本侵华的控诉，对现状的忧虑和批判，还有对劳苦大众的同情和对愚昧同胞的叹息。冯玉祥15岁入伍，戎马一生，成为西北王，其中曲折，一言难尽。但他因为出身贫苦，对老百姓的同情确实是朴素的、发自内心的，平日生活里也不改普通百姓本色，所以被称为“布衣将军”“爱民模范”。

他写了很多反映老百姓生活、同情老百姓的诗。如《喊冤妇》《洗衣女》《十月怀胎》《医院》《训练所》《被服厂》《福音堂》《国立九中》《午饭》等。比如这首：

过新年，过旧年
过了一年又一年
有的鲜衣美食，在大楼里欢喜

有的饥寒交迫，在陋巷中发叹
有的大吃大喝大赌，跳着玩
有的被日本人杀了，一家零散
放纸炮的正接神仙
逃难的在街头手端了破碗
欢笑的正欢笑
哭喊的正哭喊
我在这里睡不着，好似发了癫

这首诗运用对比的手法，揭露了“朱门酒肉臭，路有冻死骨”的社会现实，抒发了自己痛恨愤慨的情怀。

他的爱国精神也是值得肯定的。“七·七事变”爆发后，他致电第29军将士“抗敌守土之责，断不容丝毫退让”并发表《对卢沟桥事变谈话》，指出全国军民应团结一致，为民族生存，为国家复兴而坚决奋斗。他的部下出了很多著名的抗日将领，如张自忠、吉鸿昌、宋哲元、佟麟阁、杨虎城、赵登禹等。他反蒋抗日，得到了我党的支持，与我党保持了友好的关系，这是他政治上的主要成功。1946年，他写诗抨击国民党反动派制造的重庆“校场口惨案”，是这样写的：

开个庆祝会，本来是很对。
会竟没开成，民众被打退。
对着主席台，居然发大威。
有的破口骂，有的砖石飞。
章乃器被打，李公朴被毁。
郭沫若受伤，施复亮挨捶。
拳打和脚踢，施君伤为最。
这种坏方法，用者段芝贵。

还有雇些人，议员打破嘴。

对于冯玉祥的白话诗，郭沫若曾题诗赞曰："丘八诗章石点头，气塞苍溟歌益壮。"茅盾也称赞他说："文章入伍，文章下乡。"

1938年3月27日，在夏衍等倡导下，冯玉祥以"丘八诗人"身份当选全国文艺界抗敌协会大会主席团成员和协会理事。

冯玉祥在中国近代历史进程中的关键时刻，做过重大贡献。今天看来，他的白话诗固然是一个时代所提倡的，从艺术的角度，大家可以各有喜好，但他的诗确实广泛地反映了时代生活，具有历史资料的价值。

书生本色石醉六

以军人身份而能写出上百万字哲学著作的人，在民国史上绝无仅有，这个人可能大多数人都不了解，他是谁呢？他是我们邵阳人，曾被蔡锷的老师樊锥写诗称赞"北溟南海三千里，香象神驹五百年。唐、宋重生文采地，湘流清绝不胜怜"的辛亥革命、讨袁护国元勋石醉六。唐、宋指楚辞大家唐勒、宋玉。这里用来充分肯定石醉六的才华。近代诗魁陈三立也曾在诗里称赞他："且徵石侯贤，缄髓气谊隆。"民国著名的"老虎县长"徐君虎给他的挽联是："学贯中西传《一论》，名成黄蔡足千秋。"

石醉六年少英才，与蔡锷府试同科，考取秀才的第一名，蔡锷屈居其后。后两人同学，都入长沙时务学堂师从梁启超，成为至交好友、儿女亲家，蔡锷在日本病逝，灵柩就是他护送回国的。相比前面介绍的几位在民国史上大名鼎鼎，石醉六却不为人知，这是什么原因呢？我后面再说。

石醉六，又名石陶钧，新邵县人，清末炮兵科举人，1905年加入同盟会，与黄兴关系很好，曾与黄兴一起流亡日本，后任黄兴秘书随黄兴出游美国。辛亥革命前他在蔡锷手下任广西讲武堂学生队队长兼战术教官、清政府陆军部兵工厂整理专使，辛亥革命后任汉阳革命军督战指挥官、云南护国军总司令部参谋长，护国运动后期，蔡锷喉疾已经很严重，实际起作用的是石醉六。

他虽是军人，同时又是哲学家、诗人、教育家。作为教育家，他创办学校培养了大量人才，其中国民党抗日名将廖耀湘就是他的学生。他曾先后留学日本、德国、美国，精通日语、英语、德语和法语，是学贯中西、才华横溢的学者。除著有哲学鸿著《一论》外，还有《中国今后三十年》《修养导论》等。作为诗人，著有诗集《庐山集》《危城集》《武冈集》等，可惜大多没有保留下来。下面我们就来读读他的诗。这几首诗都写于抗战期间，既有对日军侵华的控诉，如《闻人述桂南战地收复后惨破状》：

海盗风腥燹更荒，几嗟鳞介易冠裳。
越王自味当年胆，百代能教小姓尝。

也有对抗日英雄的讴歌，如《圣血》：

至洁参天本至刚，神州常护土花香。
他年史笔毫都赤，不近人间墨点狂。

还有抒发抗战到底绝不屈服的精神，如《克昆仑关》：

火明山隘似部敖，更有昆仑作虎牢。
漫说戍楼朝见虎，闭关迎猎截南逃。

石醉六作为一个具有极高军事素养的军人，他还是最早发现日军全面侵华阴谋的人之一。如这首：

天意苍茫敌意非，紫金山里一戎机。
休矜国是多奇计，却要豺狼与发挥。

他在自注中说：“1934年6月14日，倭副领事藏本英明失踪于南京紫金山，发现这件外交界上的怪剧内，含有极险毒的成分，有感而诗。”指出日领事失踪暗藏阴谋。

石醉六属于黄兴一派，曾反对过孙中山。由于错综复杂的政治原因，石醉六后来的作为不大，仅任国民政府军事参议院中将参议等职，以致声名不显。他后来告诫儿子不要从政，说：“徒为人利用，且多危险。”由此可见，历史是很无情的，要想在历史上博出位，除了杰出的个人才能和政治手腕外，还需要种种机缘。正所谓“七分人事三分天”，这大概就是我们所说的“命数”吧。

辛亥革命，我们湖南人可以用得上古人的一句诗：天下起兵诛董卓，长沙子弟最先来。如黄兴、宋教仁、谭人凤、蔡锷、陈天华、谭延闿等，但缺在没有强大的海外资本的支持，最终输给了广东帮。深入了解一下清末历史，就会知道历史没有我们想象的严肃，历史有时候也充满了偶然性和荒诞性。

自命风流张学良

“花花公子”小六子的一生既传奇又简单。19岁继承帅位统率百万大军，27岁东北易帜支持全国统一，35岁发动兵变，失去兵权，此后开始了长达半个多世纪的囚禁生涯，消失于政治舞台，竟得以101岁高龄寿终正寝。历史学家唐德刚说他把花花公子、政治家、军事家集于一身。他的风流成性和政治传奇成为后世无数演绎的材料。他94岁高龄时曾作诗一首“自古英雄多好色，未必好色尽英雄。我虽并非英雄汉，唯有好色似英雄”总结自己的一生。同时还写了一副对联：“唯大英雄重本色，是真名士自风流。”正是因为他把“风流”二字理解成好色，一生与无数女人纠葛不清，所以被人打上了纨绔子弟的标签。

“九一八事变”后，他率领百万大军不战而走，不顾国恨家仇，使东北三省大好河山沦陷于日寇铁蹄之下。科学家、教育家马君武筹措办学经费曾找他要钱，他不给。因此借机讽刺，作《哀沈阳》一诗“赵四风流朱五狂，翩翩胡蝶最当行。美人帐里英雄冢，哪管东师入沈阳”发表于上海《时事新报》上，引起全国哗然，被全国各大报纸纷纷转载，坐实了小六子“花花公子”“不抵抗将军”的形象，令他非常难堪和憋屈。其实诗中提到的美人除了“赵四”赵一荻是他的情人外，“朱五”朱湄筠和影星“胡蝶”跟他没有什么关系，他的不抵抗也不是因为沉迷女色。

似乎是为了洗刷这一耻辱，五年后他发动了西安事变实行兵谏逼蒋抗日。但历史不能细看，只能粗看。粗看，这一事变确实促成了抗日民族统一战线的成立。若细看，可看出他并不是一个成熟老练的政治家，毕竟太年轻了。

小六子短暂的政治生涯像一道流星闪过。他政治上的是非曲直、成败得失留待历史学家去研究。我们今天来读读他的诗，看看水平如何。小六子的诗有的看来很稚嫩，如初学者，有的又老练端正，似得高师指点。看来大帅府没少给他请极高明的老师，只是小六子耽于吃喝玩乐对学习并不上心。他的诗尤工五言。如《寿谭组庵》四首。

谭组庵即国民党元老谭延闿，湖南茶陵人，与陈三立、谭嗣同并称“湖湘三公子”，曾任两广督军，三次出任湖南督军、省长兼湘军总司令，授上将军衔，陆军大元帅、南京国民政府主席、行政院院长。但作为“官二代”的谭延闿缺少斗争精神，在后来的政局中作为不大，完全成了蒋介石独裁政府的摆设。这组诗写于1929年，是为谭延闿50岁的祝寿诗。

其一

一代谭公子，翩翩浊世中。
乾坤入胞与，时势起英雄。
子弟三湘北，旌旗五岭东。
玄黄今息战，应为首群龙。

玄黄，指中国。

其三

衣锦宁知贵，明驺入故乡。
十年三令尹，再造一元良。
大树终成荫，幽兰自古香。
还闻多整暇，试马向朝阳。

明驺，指谭延闿。

其四

今年刚及艾，官政一时清。
气象真儒者，文章更老成。
陆生同注意，黄裔竞中兴。
倘为张三世，凭公致太平。

及艾，指五十岁。三世，指三世说，东汉何休倡导的关于社会的治乱递嬗的学说。

这组诗高度评价了谭延闿的功德，也有同为“公子”的惺惺相惜之情，写得老练稳重、摇曳多姿。作为应酬诗能写到这个水平，可见小六子还是有一定功底的。

小六子诗写得好的不多，但有一联他保留了：“两字听人呼不肖，半生误我是聪明。”看来他对自己一生的成败得失还是有自知之明的。自作聪明也是“二代”们的通病。创业难，守业更难。“自古雄才多磨难，从来纨绔少伟男。”当然，这是另一个话题了。

“誓杀倭奴”李宗仁

以75岁高龄娶了27岁的娇妻，而且娇妻继承了著名影星母亲的美貌基因，可谓艳福不浅。他就是桂系军阀首脑、国民革命军陆军一级上将、“中华民国”首任副总统、代总统李宗仁。他娇妻的母亲是谁我后面再说。

大家可能还不知道李宗仁也会写诗吧？李宗仁总的来说是一位爱国将领，北伐前致力两广统一，奠定北伐的基础，对促成北伐做出过重要贡献，国共战争因为是政治立场的关系就不多说了，周恩来总理评价李宗仁一生做过两件好事：一件是台儿庄，一件是回归祖国。

对于台儿庄大捷就不能不多说几句了，1937年10月，李宗仁任第五战区司令官，驻守徐州，1938年2月指挥了徐州会战，其中台儿庄战役是日本帝国主义在海外的战争中的第一次失败，此前日军号称不可战胜。李宗仁以出动近30万的兵力、伤亡约5万人的代价歼灭日军2万多人，重创日军的精锐板垣师团和矶谷廉介师团，重重打击了日军的嚣张气焰，取得了国军正面战场的首次大捷，极大增强了民族自信心。之后，李宗仁将军作《台儿庄大捷》：

戍楼拂晓角声悲，誓杀倭奴去不回。
刀砍寇头十万颗，台儿庄上祭军旗。

既是抒发自己的心声，也是为在台儿庄战役中牺牲的烈士们谱写的一曲英雄壮歌。

冯玉祥交出兵权后，西北军为李宗仁统率，台儿庄战役的主力就是西北军。张自忠是西北军著名的抗日将领，也牺牲后，李宗仁写了《哭张自忠将军》：

英雄肝胆照乾坤，马革裹尸为国魂。
古鄣战场血泪洒，天愁地惨哭将军。

古鄮是湖北的一个地名。这首诗对张自忠将军的牺牲做了深切缅怀，对张自忠将军的英雄事迹作了概括赞扬。著名抗日将领戴安澜将军牺牲后，李宗仁写有《挽戴安澜师长》：

觥觥戴君，乃武乃文。
身经百战，屡建殊勋。
竭忠域外，归骨国门。
英爽虽隔，浩气常存。

“觥觥”是刚直的样子。“乃”是助词，“乃武乃文”就是能文能武之意。英爽，是英灵的意思。戴安澜率中国远征军的先头部队赴缅参战，在缅北茅邦村殉国。所以诗中说“竭忠域外，归骨国门”。

李宗仁不仅是军人本色，以诗词纪念抗日烈士，同时也保持着文人的雅兴，于游山玩水之余也不忘以诗抒怀。1939年秋，李宗仁在主持了第五战区干部训练团第一期、第二期学员队毕业典礼后，曾偕同广西各界慰问团登临武当山，题诗一首《天柱峰留念》：“为寻胜境武当游，步步崎岖兴不休。四面烟峦归眼底，疏疏林叶万山秋。”以“万山秋”的景致抒发自己的情怀，同时亲笔题写了“整军经武”四个大字，表达了在国家危难之际的焦虑之情。

1965年，李宗仁从美国回到北京，周恩来总理亲自到机场迎接，李宗仁在机场宣读了回国声明，对海外知识分子和民主人士起了很大的感召作用。

回国后的李宗仁与小他近50岁的护士胡友松结婚，他的这个第三任妻子是著名影星胡蝶的私生女。胡友松陪他度过了生命的最后时光，后皈依佛门法号为妙惠居士。英雄美人，这一切因缘际会，很难简单叙说。

结语

关于民国武人写诗的情况当然不止这些，像阎锡山喜欢用诗词记日记，朱德和陈毅两位元帅青年时代就养成了写诗的习惯，并终身保持，等等，都是值得一写的。我之所以选择这几位，是因为我觉得他们有一定的代表性。当然，我对我们邵阳本地人有所侧重，选了三位，这也算是尽了一份乡党之情。

民国短短37年的历史，其中北洋时代又占了16年，整个民国给我们的印象是政治动荡、战乱频仍，“梦里依稀慈母泪，城头变幻大王旗”。是一个典型的乱世。民国的复杂性当然不是我的学识能加以评判的，但这样的乱世在整个中国漫长的历史上为数不少，又只能算是短暂的一瞬。我当然希望这样的乱世不再重演。但这短暂的一瞬我们可以理解为是催生出一个现代化国家的分娩阵痛。“俱往矣，数风流人物，还看今朝。”中国是个诗词大国，“诗言志”是我们的传统，胜利者如刘邦《大风歌》：“大风起兮云飞扬，威加海内兮归故乡。安得猛士兮守四方？”失败者如项羽《垓下歌》：“力拔山兮气盖世，时不利兮骓不逝。骓不逝兮可奈何，虞兮虞兮奈若何？”两者虽同是发问，心境却大大不同。胜利者如蒋中正“亲率三千子弟兵，鸱鸮未靖此东征”志得意满，失败者如汪兆铭“成败亦何恨，人天无限忧”强作宽解。不管成王还是败寇，诗词是他们最后的唯一平等的话语权。我们今天来读这些诗词，既能看到徐树铮、段祺瑞、吴佩孚这些出身秀才的文化底蕴，也看到了张宗昌、冯玉祥这些出身草莽的粗豪通俗。既能看到袁世凯这样的枭雄的雄心抱负，也能看到蔡锷作为一个时代的人中龙凤的风雅蕴藉。我想这些才是我们这个古老民族超越政治、历史之上的文化底色。

一切历史都是当代史，我们所见到的历史有时候会遮蔽一些东西，有时候又会向我们敞开一些东西。历史人物既没有宣传的那么伟大，也没有批判的那么丑恶，历史人物的复杂性就是时代的复杂性。历史不能细看，历史唯物主义和辩证唯物主义是我们看待一切历史的基本方法。但这些诗词是真实的，作者当时的思想感情是真实的。我们阅读这些诗词，发现其中有一些东西是共同的，并不出现完全的离经叛道。

由此我想来跟大家聊聊“诗教”的问题。中国有“诗教”的传统，早在孔子的时代就对“诗教”的作用做出了准确完整的定义。《礼记·经解》载：“入其国，其教可知也。其为人也，温柔敦厚，《诗》教也。”孔子说：“不读诗，无以言。”“故正得失，动天地，感鬼神，莫近于诗。”认为“诗教”有培养道德、教化人民的作用，并说：“先王以是经夫妇，成孝敬，厚人伦，美教化，移风俗。”诗教的作用，对于个人而言主要是培养道德感。春秋时期是个礼崩乐坏的时代，孔子有感于当时社会风气败坏、个人道德丧失，所以亲自删定《诗经》三百首，通过《诗》教，培养温柔敦厚的品格。民国时期大多数军阀都保持了个人操守的底线，相对于今天腐败官员的堕落无底线则不可同日而语。

（写于 2023 年）

才有梅花便不同

——历代咏梅诗审美意蕴漫谈

“寒夜客来茶当酒，竹炉汤沸火初红。寻常一样窗前月，才有梅花便不同。”这是宋代诗人杜耒的《寒夜》，在诗中诗人认为“寻常一样窗前月，才有梅花便不同”，“窗前月”只是一种寻常的自然物，但因为有了“梅花”的映衬就显得不同寻常了。说明“梅花”在中国文化中有着非常独特的意义。中国是梅的原产地，据出土文物证实，中国育梅历史在四千年以上，在漫长的历史过程中，人们食梅、植梅、用梅和赏梅，形成了一种独特的文化现象，在绘画、文学、音乐、医药、饮食、道德修身等方面都有梅的影响，文艺方面梅作为“松、竹、梅”岁寒三友之一、“梅、兰、竹、菊”四君子之首，是中国传统文人抒写人格精神的经典意象，为历代文人反复吟咏，南宋蜀人黄大舆于宋高宗建炎三年（1129），将唐代至南宋初咏梅词作选编成集，名曰《梅苑》，共十卷，收词四百余阕，为中国文学史上第一部咏梅专集。清康熙年间在明代王象晋《群芳谱》的基础上新编《御制广群芳谱》，收集咏梅诗作更为翔实，今编《历代咏梅诗词精粹》（2010年出版，作者傅梅影）收录历代咏梅诗词近两千首。而据不完全统计，历代文人自南北朝以来咏梅诗词不下万首，可谓汗牛充栋。最早的一首咏梅诗当属《诗经·召南·摽有梅》：

摽有梅，其实七兮。求我庶士，迨其吉兮。
摽有梅，其实三兮。求我庶士，迨其今兮。
摽有梅，顷筐塈之。求我庶士，迨其谓之。

《毛诗序》曰：“《摽有梅》，男女及时也。召南之国，被文王之化，男女得以及时也。”“梅”与“媒”谐音，这是比兴手法。此诗以“梅”起兴，写一位姑娘盼嫁的心情，表达了对爱情的向往。《诗毛氏传疏》注：“梅由盛而衰，犹男女之年齿也。梅、媒声同，故诗人见梅而起兴。”梅子从成熟到掉落，恰与男女年岁特征相符合，梅子从七成到三成再到掉光，景象从繁茂到衰落，姑娘也一次比一次心急：梅子还有七成，她说“爱我的男子，等到吉日就来吧”；只有三成时，她开始催促“现在就是好时候啊”；等梅子掉光时，她已几乎哀求“只要你来求娶，我就无条件同意！”抒发了急切盼嫁的心声。

此诗虽为最早写梅，但梅只是烘托姑娘盼嫁心情的起兴之物，与后世咏梅赋予梅树、梅花人格精神的咏物诗还不同，因此还不能说是一首真正意义上的咏梅诗。

一、梅之基本人格精神：凌寒傲雪

梅花开放于寒冬腊月，故有寒梅、蜡梅之称。这是冰天雪地一枝独秀的季节，诗人咏梅无论如何都不能无视这一典型特征，往往寄寓良多。咏梅诗兴起，大概始于南北朝，南朝梁简文帝、元帝二代皇帝皆有诗作。简文帝《雪里觅梅花》一首，不仅点明梅花开放的典型季节“雪里”，还用细腻的笔调描写出梅花拟人化的情态美：俱羞惜腕露，相让道腰羸。宛如一位娇羞的妙龄少女在道旁相让婷婷袅袅的姿态，带有六朝旖旎的婉丽文风。其后，何逊《咏早梅》一首，首次注意到梅花开放先于春天的时令关系："兔园标物序，惊时最是梅""知应早飘落，故逐上春来"。首开梅花报春、迎春之意象先声，至唐代韩偓以"风虽强暴翻添思，雪欲侵凌更助香"一句赋予梅花"凌寒傲雪"之意蕴，梅花的两大主要人格精神基本确立。如南朝梁何逊《咏早梅》"衔霜当路发，映雪拟寒开"，北朝周庾信《咏梅花》"树动悬冰落，枝高出手寒"，唐代陆龟蒙《和行野梅韵》"飞棹参差拂早梅，强欺寒色尚低徊"，宋代王安石"墙角数枝梅，凌寒独自开"，陆游"凌厉冰霜节愈坚"等，都是这一主题的不同表达。宋代是咏梅诗之鼎盛时期，尤以词作为多。先后有林逋《山园小梅》二首和陆游《卜算子·咏梅》词一首奠定了咏梅诗词史上的经典之作，后世咏梅虽屡有新意，皆难出其右。我们先来看韩偓的《梅花》诗。

韩偓（约842—923），晚唐五代诗人，乳名冬郎，字致光，晚年又号玉山樵人。京兆万年（今陕西西安）人，杜牧的老乡。据《唐诗纪事》载：韩偓自幼聪明好学，10岁时，曾即席赋诗送其姨父李商隐，令满座皆惊，李商隐称赞他"十岁裁诗走马成，冷灰残烛动离情。桐花万里丹山路，雏凤清于老凤声"（《韩冬郎即席为诗相送……因成二绝寄酬兼呈畏之员外》其一）。龙纪元年(889)，韩偓中进士，初在河中镇节度使幕府任职，后入朝历任左拾遗、左谏议大夫、度支副使、翰林学士。韩偓生逢唐末乱世，仕途多舛，因得罪叛将权臣朱全忠，被贬濮州司马，后贬荣懿尉，再贬邓州司马。闻朱全忠叛乱劫昭宗迁都，遂弃官南下，经湖北、湖南、江西最终携家避地入闽。

梅花不肯傍春光，自向深冬有艳阳。
龙笛远吹胡地月，燕钗初试汉宫妆。
风虽强暴翻添思，雪欲侵凌更助香。
应笑暂时桃李树，盗天和气作年芳。

韩偓这首《梅花》收于《全唐诗》卷680，此卷多数诗基本上是按时间先后排列的。此诗之前第二首为韩偓《早玩雪梅有怀亲属》："北陆候才变，南枝花已开。无人同怅望，把酒独裴回。冻白雪为伴，寒香风是媒。何因逢越使，肠断谪仙才。"可知此时韩偓谪居在外，据明胡震亨《唐音统签》小注，此诗为"甲子醴陵作"，即天祐元年（904）作于湖南醴陵。

韩偓其人，我们知之甚少。欲理解《梅花》一诗之主旨，我们应先了解一下韩偓自湘入闽这段史实。据《唐书·昭宗纪》及《资治通鉴》记载：天祐元年，朱全忠弑昭宗，立李祝为昭宣帝（即哀帝）。为收买人心，伪装豁达大度，矫诏谪居醴陵的韩偓回京复职，韩偓深知一回长安即入虎口，便不奉诏，携眷南逃至江西抚州。时任福建威武军节度使的王审知重视延揽人才，得知消息，派人到抚州邀韩偓入闽。天祐四年（907）朱全忠篡唐，改国号梁，王审知向朱全忠献表纳贡，韩偓对此心有抵触，遁闽入赣，王审知急忙派人前去挽留，但韩偓因感"宦途险巇终难测"功名之念已淡，希冀过一种"稳泊渔舟隐姓名"的生活，坚拒王之任命。不久进入泉州，后漫游南安，晚年在葵山（又名黄旗山）山麓报恩寺旁建"韩寓"，自号玉山樵人，"已分病身抛印绶，不嫌门巷似渔樵"，过着耕种渔樵的退隐生活。梁龙德三年（约923）病卒，葬于葵山之阳。

这是一首典型的咏物诗，字面的意思很明确，写梅花开放于深冬，傲雪凌寒，不肯"傍春光"、羞于与桃李为伍，刻画了梅花坚贞不屈、不同流俗的高洁形象。关于《梅花》诗之主旨，据焦琴在《蕉阴诗话》中分析，寓意有二，是以咏物寓史实。其一乃反映出韩偓遁闽的动机在于以"梅花"自拟，梅花"不肯傍春光"（俯首权势），而要"自向深冬"（偏远之地），去"有艳阳"（依附王审知），"有艳阳"另本"著艳阳"。何以有此决心呢？因为"龙笛"（僖宗）既"远吹胡地月"（借沙陀兵镇压黄巢），"燕钗"（黄巢的降将朱温）又"初试汉宫妆"（封宣武节度使），战乱闹剧一幕幕上演。873年，懿宗崩，子僖宗立。年幼，信任宦官田令孜。时山东连年荒歉。875年，王仙芝起兵作乱，黄巢聚众应之。后来仙芝被杀，而黄巢到处流窜。从现在的河南打到湖北，沿江东下，经浙东入福建，到广东。再从湖南、江西、安徽打回河南，攻破潼关。田令孜挟僖宗走西川。黄巢遂入长安。时为880年。当黄巢横行时，藩镇都坐视不肯出兵剿讨。京城失陷之后，各路的援兵又不肯进攻。不得已，就只好再借重沙陀。先是沙陀首领李国昌移镇振武，治单于都护府（今绥远和林格尔县）。其子李克用叛据大同，为幽州兵所败，父子都逃入鞑靼，居阴山。这时候，国昌已死，朝廷乃赦李克用的罪，召他回来，打败黄巢，收复长安。黄巢既败，巢之部将朱全忠（本名朱温）降唐，封宣武节度使。时宦官集团把持朝政，朱全忠起兵反叛，宦官既亡，唐朝亦与之同尽。903年，朱全忠迁昭帝于洛阳，弑之而立其子昭宣帝。至907年，遂废之而自立，是为梁太祖。这一段史实引起忠君正直的韩偓极大愤慨，不愿同流合污。

其二是具体说明韩偓遁闽的目的乃在于“风虽强暴”（唐室阽危）而“翻添思”（更能表达忠诚），“雪欲侵凌”（得罪了的权贵不会放过自己）但“更助香”（有助于显示自己的名节）。结句与桃李的暂时得势作对比，无异“盗天和气”（篡位夺权）竟敢“作年芳”（作威作福），但是绝对不会长久的。全诗寓事于景，明写梅花暗写史事，既赋予了“梅花”傲雪凌霜坚贞不屈的人格精神，也是诗人不事权贵傲然抗世的自我写照。

韩偓才华横溢，有“一代诗宗”之称，其诗最有价值者乃感时伤世篇。几乎以编年史的方式再现晚唐王朝由衰而亡的过程，纪事与述怀相结合，用典工切，尤长七律，有沉郁顿挫之格，管世铭《读雪山房唐诗抄》曾云“唐末七言律，韩致尧为第一”。其诗悲而能婉，柔中带刚，善将感慨苍凉的意境寓于清丽纤绵之辞章，能够从景物画面中融入自己的身世之感，即景即情，浑然无迹，史称“香奁体”。清人周咏棠评价其诗：“中具多少情事，妙在不明说，令人思而得之。”（《唐贤小三昧续集》卷下）

二、梅雪争春蕴含的哲理

在古代文人雅趣里，梅与雪分不开，写梅必写雪，以雪衬梅，如南朝梁王筠《和孔中丞雪里梅花》“翻光同雪舞，落素混冰池”写出梅花在纷纷飘扬的雪花中摇曳、飘落的光泽；白居易《雪中即事答微之》“银河沙涨三千里，梅岭花排一万株”写出漫天白雪，梅花怒放的盛大景象；王安石《梅花》“从教腊雪埋藏得，却怕春风漏泄香”写出梅花被冬雪覆盖，在春风的吹拂下散发出淡淡幽香；苏轼《红梅》“寒心未肯随春态，酒晕无端上玉肌”写出红梅如美人脸颊上的酒晕，娇羞可人；辛弃疾《临江仙·探梅》“更无花态度，全是雪精神”写出梅花无半点娇弱之态，呈现在人们面前的全是傲雪耐寒的风神；王冕《梅花》“马迹山前万树梅，千花万花如雪开”写出梅花如雪花绽放漫天飞舞；等等。南宋张功甫撰《梅品》列举适宜赏梅的二十六种情境，“微雪”即为其一。明代陆绍珩在《小窗幽记》中说：“竹风一阵，飘扬茶灶疏烟；梅月半湾，掩映书窗残雪。”因为雪残更见梅之风骨。“雪后寻梅，霜前访菊，雨际护兰，风外听竹，固野客之闲情，实文人之深趣。”因为“雪令人旷”，雪后寻梅令人产生旷远高逸之情。代表作有唐代张谓《早梅》：

一树寒梅白玉条，迥临村路傍溪桥。
不知近水花先发，疑是经冬雪未消。

此诗选自《全唐诗》卷197。描写早梅花开的娇美姿色。“雪梅”作为经典意象，以雪衬梅，以梅写雪，真是再恰当不过了。宋代卢梅坡《雪梅》其一：“有梅无雪不精神，有雪无诗俗了人。薄暮诗成天又雪，与梅并作十分春。”充分地说明了梅与雪的这种辩证关系，阐述了梅、雪、诗三者的关系，三者缺一不可，只有三者结合在一起，才能组成最美丽的春色。其二：

梅雪争春未肯降，骚人搁笔费平章。
梅须逊雪三分白，雪却输梅一段香。

卢梅坡，宋朝末年人，具体生卒年、生平事迹不详，钱钟书《宋诗纪事补正》云："本书卷六十六有卢铺，字威仲，永福人，疑梅坡其号也。"以"梅坡"自号，可看出他也是一个爱梅成痴之人，卢氏存世诗作不多，《全宋词》仅录其《鹊桥仙》等词作4首。诗歌以两首《雪梅》留名千古，收录于洪迈的《容斋随笔》。此诗历来为人所称道，依旧使用对比手法，前人说过："唐诗主情，宋诗主理。"唐诗重在描写，而宋诗重在议论。起句即点明"梅雪争春"，都认为各自占尽了春色，装点了春光，而且谁也不肯相让。这种写法，实在新颖别致，出人意料，难怪诗人无法判个高低。诗的后两句巧妙地托出二者的长处与不足是梅不如雪白，雪没有梅香，回答了"骚人搁笔费评章"的原因，也道出了雪、梅各执一端的根据。读完全诗，我们似乎可以看出作者写这首诗的言外之意：借雪梅的争春，告诫我们人各有所长，也各有所短，要有自知之明。取人之长，补己之短，才是正理。这首诗既有情趣，也有理趣，值得咏思。关于雪与梅之关系，清代徐釚在《词苑丛谈》卷七讲了一个故事，说是朱延之妻妾争宠："营妓马琼琼，归朱延之。延之因辟二阁：东阁正室居之，琼琼居西阁。延之之任南昌，琼以梅雪扇题辞寄之……延之详词意，知西阁为东阁摧挫，遂休官归家。置酒会二阁曰：'昨见西阁所寄雪梅词，使人不遑寝食.'东阁乃曰：'君今仕矣，试为判断此事，据西阁所云，梅雪孰是也？'延之遂作《浣溪沙》一阕以示二阁云：'梅正开时雪正狂。两般幽韵孰优长。且宜持酒细端详。梅比雪花输一白，雪如梅蕊少些香。花公非是不思量.'自后，二阁欢会如初。"朱延之，名端朝，南宋人。这故事也许是穿凿附会，大概是受卢梅坡之启发，可见卢梅坡《雪梅》一诗影响之广。马琼琼《梅雪》词云："雪梅妒色。雪把梅花相抑勒。梅性温柔。雪压梅花怎起头。"

以梅自喻，言梅受到雪的欺压，向朱延之邀宠，大概不知“梅须逊雪三分白，雪却输梅一段香”的哲理吧？

三、折梅赠别

说到赠别我们除了想起“饮酒饯别”就是“折柳”的习俗，如我们所熟知的王维《送元二使安西》：“劝君更尽一杯酒，西出阳关无故人。”李白《春夜洛城闻笛》：“谁家玉笛暗飞声，散入春风满洛城。此夜曲中闻折柳，何人不起故园情。”但我们不知道，其实还有折梅赠别。

《太平御览》卷九七〇引南朝宋盛弘之《荆州记》载：陆凯与范晔相善，自江南寄梅花一枝，诣长安与晔，并赠花诗曰“折梅逢驿使，寄与陇头人。江南无所有，聊赠一枝春”。范晔（398—445），字蔚宗，顺阳（今河南南阳淅川）人，南朝宋史学家、文学家。陆凯（198—269），字敬风，吴郡吴县（今江苏苏州）人，三国时吴国后期重臣，丞相陆逊之侄、大司马陆抗族兄。二人年代相去甚远，此故事也许穿凿附会，或是此陆凯另有其人。明代唐汝谔《古诗解》注云：晔为江南人。凯字智君，代北人。当是范寄陆耳。凯在长安，安得梅花寄晔？我们先不管陆凯为何人，此诗为谁赠谁，但可知折梅相赠自南朝始，只是这相赠非临行赠别而是别后寄书，诗人传送的不是书信却是梅花，诗人用“一枝春”借代梅花，也象征春天的来临，隐含着对相聚时刻的期待，表达了诗人对朋友深情的思念和良好的祝愿，起到了如岑参《逢入京使》“马上相逢无纸笔，凭君传语报平安”的效果。这首诗妙在不直言其情，含蓄委婉而又真挚感人。于是“折梅相赠”就成了表达离人寄远的典故，如柳宗元《早梅》“早梅发高树，迥映楚天碧……欲为万里赠，杳杳山水隔”，王安石《梅花》“凤城南陌他年忆，杳杳难随驿使来”都是表达一种思念之情。宋陈子微有诗《折梅送友人》：“一朵梅花直一诗，诗须清似此花枝。能诗人去花无主，图得重来未落时。”既表达了对友人的思念，也赞美了友人具有梅花一样的高尚情操。宋代善权《送墨梅与王性之》："道人笔下有春色，写出江南雪压枝。千里持来烦驿使，暗香不减陇头时。"这些情感都很美好，有以梅花互相勉励的意思。

四、梅与客愁

唐代有两位大诗人也曾以"梅花"表达离情客愁，一是杜甫二是李商隐。

江梅

杜甫

梅蕊腊前破，梅花年后多。
绝知春意好，最奈客愁何？
雪树元同色，江风亦自波。
故园不可见，巫岫郁嵯峨。

美国学者宇文所安在《盛唐诗》一著中说："杜甫是最伟大的中国诗人。他的伟大基于一千多年来读者的公认，以及中国和西方文学标准的罕见巧合。"杜甫的伟大在于其忧国忧民的诗圣情怀和反映唐朝经"安史之乱"后时代变迁的"诗史"价值，但他的咏物诗却被忽略了，今编的鉴赏选本基本上没有选这首《江梅》，其实这首诗所表达的"客愁"与他"万里悲秋长作客"的心境是一致的。清代学者浦起龙所著《读杜心解》说有"暗用新亭风景河山之感"。南朝宋刘义庆《世说新语·言语》载："过江诸人，每至美日，辄相邀新亭，借卉饮宴。周侯中坐而叹曰：'风景不殊，正自有山河之异！'皆相视流泪。"说的是西晋灭亡，南渡遗民的亡国之痛，杜甫在这里表达的正是一种"国破山河在"沉痛之情。

此诗写于大历三年（768）春，为杜甫去世前最后几年。大历三年，杜甫思乡心切，乘舟出巫峡，先到江陵，又转公安，年底又漂泊到湖南岳阳，这一段时间杜甫一直住在船上。此诗应该就是于舟中见江梅所作，首联写梅蕊在腊月前就绽开，过了年就纷纷开放。颔联承接上文，点出客愁。梅占春意，景物自好，反而触动客愁，因为腊前映雪，年后飘风，花开花谢，都非故园春色。春意愈早，客愁转深，是以乐景衬哀情。颈联谓雪、树同色，见其早；江风自波，所以愁。尾联用“故园”呼应“客愁”，故园不可见，是以面对高峻的巫山而更愁前路渺茫。嵯峨，山势高峻之意。此诗起承转合，结构浑然，用律严谨，深得老杜沉郁之致，而赋予梅花抒写离情更深广的内涵。杜甫出巫峡后，由于生活困难，不但不能北归，还被迫更往南行，故曰“故园不可见，巫岫郁嵯峨”，可见此时他的“新亭风景河山之感”是多么强烈。

大历四年正月，杜甫由岳阳到潭州（长沙），又由潭州到衡州（衡阳），复折回潭州。唐代宗大历五年（770），臧玠在潭州作乱，杜甫又逃往衡州，原打算再往郴州投靠舅父崔湋，但行到耒阳，遇江水暴涨，只得停泊方田驿，五天没吃到东西，幸亏县令聂某派人送来酒肉而得救。后来杜甫由耒阳到郴州，需逆流而上二百多里，这时洪水又未退，杜甫原一心要北归，这时便改变计划，顺流而下，折回潭州。大历五年冬，杜甫在由潭州往岳阳的一条小船上去世，时年五十九岁。以《江梅行》为题，后来元代郝经也写过一首歌行体，其诗也通过“江梅”表现了兴亡之变：“自从天马饮江水，草根呷尽梅无柯。”非常沉痛。

十一月中旬至扶风界见梅花

李商隐

匝路亭亭艳，非时裛裛香。
素娥惟与月，青女不饶霜。
赠远虚盈手，伤离适断肠。
为谁成早秀，不待作年芳。

开成三年（838）春，李商隐参加博学宏词科考试，考官周墀、李回已经录取他，有一位中书长者说“此人不堪”，将他的名字涂掉。李商隐既自诩是皇族后裔，又于开成二年中进士，正是春风得意，自以为前程似锦。唐朝的科举与后来不一样，中了进士只是取得了一个做官的资格，还要经过博学宏词科的选拔才能做官，但这次落选对他打击很大。这年春天，他受泾原节度使王茂元之聘充任幕府，经安定郡（今甘肃泾川县北）登安定城楼，自伤身世，写下那首著名的《安定城楼》，在诗中他抒发了自己“永忆江湖归白发，欲回天地入扁舟”怀才不遇的愤懑，其实那时他才二十五岁，即起归隐之心，可见他性格上的“暮气”和遭到打击的敏感脆弱。

十一月中旬至扶风（今陕西扶风县）见梅花作此诗。首联写梅花繁艳清香，提前开放。非时，不按季节开放。颔联谓嫦娥助以清辉，青女不减霜威，使梅花更显得凄清。秦娥，即嫦娥；青女，掌管霜雪的女神。《淮南子·天文训》：“至秋三月……青女乃出，以降霜雪。”高诱注：“青女，天神，青霄玉女，主霜雪也。”杜甫《秋野》诗之四：“飞霜任青女，赐被隔南宫。”李商隐《霜月》：“青女素娥俱耐冷，月中霜里斗婵娟。”颈联写满手的梅花不知赠予谁，离别的哀愁真令人断肠。尾联谓梅花未及报春，提前香艳，为谁作年芳？年芳，一年中代表某季节的花。此诗以梅花自喻，慨叹自己虚成早秀，孤凄不遇的悲哀。

叶嘉莹认为此时李商隐已与王茂元之女成婚，这是一首爱情诗也不一定。我们都知道李商隐的诗歌主题具有多义性的，总之这里既有离愁别恨也有自伤身世之情。史载开成年间，权臣李德裕与牛僧孺争权，轮流争夺宰相之位，李商隐岳父王茂元属于李德裕党，这就触怒了牛僧孺党。开成五年，在牛党得势时，李商隐就受到排斥，不能够进入朝廷。“牛李党争”从唐宪宗时期开始，到唐宣宗时期才结束，持续时间将近40年，最终以牛党获胜结束，李商隐就成了政治斗争的牺牲品。

李商隐一生共写三首咏梅诗，其中一首《酬崔八早梅有赠兼示之作》是酬唱他人之作。还有一首《忆梅》作于大中八年（854），是他临终前四年所作，李商隐于大中十二年（858）去世，终年仅45岁。他写道："定定住天涯，依依向物华。寒梅最堪恨，长作去年花。"写自己如同早谢之寒梅，春天并不属于自己，所以抱憾终身。这大概也可以看作是对自己"为谁成早秀"的一个注解。清代学者何焯说："得名最早，却不值荣进之期，此比体也。"但是标题取为《忆梅》也耐人寻味，有人认为寒梅于腊月开放，至春暖时早已开过，故曰"去年花"，故曰"忆梅"，此说未必可信。前后相隔近二十年写梅花，且以《忆梅》为题，莫非仅忆"去年花"？李商隐之难解，由此诗也可见一斑，正如元好问说"诗家总爱西昆好，独恨无人作郑笺"就是无人能解读的意思。

五、梅与隐士

说到梅花，不能不说林逋。辛弃疾说："自有渊明方有菊，若无和靖即无梅。"（《浣溪沙·种梅菊》）林逋在中国咏梅史上有着不可动摇的地位，这已经是公认的了。因为他不仅爱梅成痴，一生与梅相伴，据《孤山旧志》载："林逋种梅三百六十余株，花既可观，实亦可售，每售梅实一株，可供一日之需。"他以此为生，一生不仕不娶，隐居孤山，种梅养鹤，自谓"以梅为妻，以鹤为子"，有"梅妻鹤子"之佳话；更因为他创作了大量咏梅诗作，以《山园小梅》奠定了他在咏梅史上的地位。

山园小梅·其一

众芳摇落独暄妍，占尽风情向小园。
疏影横斜水清浅，暗香浮动月黄昏。
霜禽欲下先偷眼，粉蝶如知合断魂。
幸有微吟可相狎，不须檀板共金樽。

关于这首诗，明代李东阳《麓堂诗话》："惟林君复'暗香''疏影'之句为绝唱，亦未见过之者，恨不使唐人专咏之耳。"明代王士朋说："暗香和月人佳句，压尽千古无诗才。"由此观之，说此诗"疏影横斜水清浅，暗香浮动月黄昏"一联冠绝千古，似不为过，因为此诗给我们营构出一种"疏影""淡月""暗香""浅水"和谐统一、清冷幽寂、高逸出尘的意境。朦胧的月色下几枝梅花疏影横斜，若有若无的清香在空气中浮动。梅花的倒影洒落在地面一摊清浅的积水上，给人一种幽寂难言的心理感觉。所以陈与义说"自读西湖处士诗，年年临水看幽姿。晴窗画出横斜影，绝胜前村夜雪时"(《和张矩臣水墨梅》)，充分肯定了梅花临水幽姿、疏影横斜的姿态作为审美对象的经典性，开创了后世赏梅的一些千古不易的基本审美范畴："疏影""淡月""暗香""浅水"。如陆游《梅花绝句》："月中疏影雪中香，只为无言更断肠。"元代刘秉忠《江边梅树》："素艳乍开珠蓓蕾，暗香微度玉玲珑。一枝倒影斜斜月，满树浮光细细风。"后世咏梅在意境的营构上基本上跳不出这几个审美范畴了。古人赏梅以疏、淡为主，我们看历代画梅都是疏朗的几枝，若像现在有些人那样画得满纸都是，基本上激不起人的审美感觉。

为什么林逋写梅花成了千古不易的名句？因为林逋在这里不是简单地写眼前之景，而是把他的人生经验、人格追求全部融入了这句写景诗句里，是用心在写。我们都知道，林逋是个隐士，《宋史》卷四五七《隐逸传》载：少孤力学，好古，通经史百家。性孤高自好，喜恬淡，自甘贫困，勿趋荣利。及长，漫游江淮，40余岁后隐居杭州西湖，结庐孤山。林逋的隐居是真隐居，不是像其他人那样为了沽名钓誉走"终南捷径"的假隐居。他非常喜欢陶渊明，陶渊明崇尚自然、鄙弃官场、不慕富贵的品格对林逋有很大的影响，他在《夏日即事》中写道："北窗人在羲皇上，时为渊明一起予。"宋真宗闻其名，赐粟帛，并诏告府县存恤之，征召其出任官场，他坚决拒之不去，说："然吾志之所适，非室家也，非功名富贵也，只觉青山绿水与我情相宜。”其终身不仕，隐居孤山，临终还作诗明志云：“茂陵他日求遗稿，犹喜曾无封禅书。”他是真心实意地以不做官为荣，如果中国还有所谓自由主义者的话，林逋应该算一个。而且他作诗随就随弃，从不留存。有人问：“何不录以示后世？”答曰：“我方晦迹林壑，且不欲以诗名一时，况后世乎？”根本不求浮名。今存词三首，诗三百余首，都是时人“窃记之”。就是这样一个人，隐居山林，遁迹丘壑，有着与常人不一般的人格追求，找到了梅花这种抒发自己品行操守的对应物，树立了自己清高不俗的人格形象。

我们都已知道“梅妻鹤子”的故事，在这里林逋是将梅花当作自己“相狎”的情人来写了，可见其爱梅之深，也许有个叫“梅”的女子是他的初恋情人吧。据张岱《西湖梦寻》载，南宋灭亡后，有盗墓贼挖开林逋的坟墓，发现只有一个端砚和一支玉簪，这不能不让人浮想联翩!

当然，关于此诗后世也有一些不同意见。如宋代蔡启《蔡宽夫诗话》“林和靖梅花诗：‘疏影横斜水清浅，暗香浮动月黄昏。’诚为警绝；然其下联乃云：‘霜禽欲下先偷眼，粉蝶如知合断魂。’则与上联气格全不相类，若出两人。乃知诗全篇佳者诚难得”，明代吴乔《围炉诗话》“和靖‘疏影横斜水清浅’一联善矣，而起句‘众芳摇落独暄妍，占尽风情向小园’，太杀凡近，后四句亦无高致”，清代纪昀“三、四及前一联皆名句，然全篇俱不称，前人已言之。五、六浅近，结亦滑调，”都认为这首诗除了“疏影横斜水清浅，暗香浮动月黄昏”一联，其余无甚可取。我也同意这种看法，但有此一联而能把林逋的人格追求抒写出来，营构一种高逸出尘的意境，给人以不尽涵泳的审美享受，也足够了。正如宋代王淇《咏梅》所说：“不受尘埃半点侵，竹篱茅舍自甘心。只因误识林和靖，惹得诗人说到今。”

六、梅格即人格

辛文房《唐才子传》讲到崔颢时讲了一个故事，崔颢后游武昌，登黄鹤楼，感慨赋诗。及李白来，曰："眼前有景道不得，崔颢题诗在上头。"无作而去。杨慎在他的《升庵诗话》卷十一《捶碎黄鹤楼》中也印证过此事："李太白过武昌，见崔颢《黄鹤楼》诗，叹服之，遂不复作，去而赋《金陵凤凰台》也。其事本如此。"这说的是李白为崔颢的《黄鹤楼》一诗折服，自叹难出其右，故辍笔而去。而苏东坡读林逋咏梅诗后，大概也有这种欲一比高下而终难超越的心境。他被林逋咏梅的才华深深折服，曾写过一首《书林逋诗后》，对林逋给予了很高的评价："先生可是绝俗人，神清骨冷无由俗"崇尚林逋的清高脱俗；"遗篇妙字处处有，步绕西湖看不足"，肯定林逋咏梅诗的艺术成就；"我不识君曾梦见，瞳子了然光可烛"，表达自己曾在梦里神交的敬仰之情。当别人质疑说林诗"疏影""暗香"句没什么特别，用于描写桃、李、杏也可时，他为林逋作了辩护说："可则可，但恐杏桃李不敢承当耳。"这个出自宋代蔡正孙《诗林广记》的故事我们在前面分析林逋咏梅诗时已说过。在这里我感觉苏东坡有点不由分说地认为林逋"疏影""暗香"写梅就是好，没什么道理可讲，这应该是出于一种强烈的主观感情。但才华横溢、21岁中进士年纪轻轻就名满天下的大学士、一代文宗苏东坡面对梅花是否就甘心屈居人下，人云亦云呢？不，他要另辟蹊径。一方面，苏东坡"为爱君诗被花恼"面对前人咏梅的精品佳构望洋兴叹；另一方面，他也写了大量的咏梅诗，而且艺术成就在咏梅史上别具一格。东坡在咏梅史上的贡献主要如下。

首先，苏东坡把作为自然物的梅花和文学的梅花区别开来，具有了梅花作为文学符号审美的自觉意识，首次提出了"梅格"的概念。当同时代的前辈诗人石曼卿在《红梅》一诗曾说"认桃无绿叶，辨杏有青枝"，认为梅花与桃花的区别只在绿叶青枝上辨别，梅花只是一种普通植物，这就大大降低了梅花的审美意蕴，因为自林逋以来，梅花就已经成了一种文学符号，而东坡又是对林逋推崇备至的，他在《蜡梅一首赠赵景贶》中说："君行适吴我适越，笑指西湖作衣钵。"他对梅花的认识来源于林逋、自诩"衣钵"传人，显然东坡是不会同意石曼卿对梅花的这种简单认识的，于是他在《红梅》三首中提出了反对意见："诗老不知梅格在，更看绿叶与青枝。"明确提出了"梅格"的概念，他在《许州西湖》一诗中说"惟有落残梅，标格若矜爽"，"梅格"的提出赋予了梅以人的性格和内涵，写梅就是写人了——这是他的自觉意识，也是第一次提出了咏梅的理论主张。

其次，他给梅附了魂。既然梅已经完全人格化，咏梅也就不再局限于花，梅整个地作为一个人格形象了。这一形象是"残枝""瘦损"如"数枝残绿风吹尽，一点芳心雀啅开""不应便杂夭桃杏，半点微酸已著枝""细雨裛残千颗泪，轻寒瘦损一分肌"；"无聊"如"何人把酒慰深幽，开自无聊落更愁"；无时不可赏，不一定要特别的冰天雪地才可见梅之风骨："安得道人殷七七，不论时节遣花开。"生长在荆棘丛中，"春来幽谷水潺潺，的皪梅花草棘间。一夜东风吹石裂，半随飞雪渡关山"。而且梅完全成了诗人可以对话的一个朋友，如"幸有清溪三百曲，不辞相送到黄州""去年花开我已病，今年对花还草草"。这一人格形象，苏东坡开始给它赋予灵魂，如"罗浮山下梅花村，玉雪为骨冰为魂"（《再用前韵》），"蕙死兰枯菊亦摧，返魂香入岭头梅"（《岐亭道上见梅花戏赠季常》），"春风岭上淮南村，昔年梅花曾断魂"（《十一月二十六日松风亭下梅花盛开》）。可以说在苏东坡的咏梅诗里，"魂"这一字是出现得比较多的。梅之魂与"拣尽寒枝不肯栖，寂寞沙洲冷"（《卜算子·黄州定惠院寓居作》）的"幽独"如出一辙，把诗人宁肯自怜幽独，也决不俯仰由人，高洁禀性永不改变的独立人格精神表现得淋漓尽致，由梅及人，人梅合一，寄托深婉高妙，韵味无穷。

再次，苏东坡拓宽了梅的生长环境。作为一种人格化的梅，在苏东坡的笔下已经不再局限于雪地这一生长环境，而是有了更宽泛的审美内容。梅除了生长在“荆棘”丛中（“松风亭下荆棘里”）、野水边（“独笑依依临野水”），还生长在竹间（“竹间璀璨出斜枝”）、岭头和幽谷。更重要的是梅花“岂知流落复相见，蛮风蜑雨愁黄昏”（《十一月二十六日松风亭下梅花盛开》）。这里的“黄昏”已经不是林逋《山园小梅》里“暗香浮动月黄昏”的“黄昏”了，这里的黄昏是指傍晚时分，凄风苦雨的环境里，惹人无所归依的愁绪的特定氛围。这就为陆游《卜算子·咏梅》“已是黄昏独自愁，更著风和雨”的描写奠定了基础。

下面我们来具体赏析一首东坡的咏梅诗《和秦太虚梅花》。

和秦太虚梅花

苏轼

西湖处士骨应槁，只有此诗君压倒。
东坡先生心已灰，为爱君诗被花恼。
多情立马待黄昏，残雪消迟月出早。
江头千树春欲暗，竹外一枝斜更好。
孤山山下醉眠处，点缀裙腰纷不扫。
万里春随逐客来，十年花送佳人老。
去年花开我已病，今年对花还草草。
不如风雨卷春归，收拾余香还畀昊。

此诗写于元丰七年（1084）春天，苏轼贬官黄州（今湖北黄冈）的最后一段时期。元丰二年（1079），御史何正臣上表弹劾苏轼，奏苏轼移知湖州到任后谢恩的上表中，用语暗藏讥刺王安石变法的神宗新政，国子博士李宜之、御史中丞李定等乘机构陷。东坡被收押问斩，后经宰相吴充和政敌王安石等求情，才免于一死，贬往黄州，充团练副使，但不准擅离该地区，并无权签署公文。这就是著名的“乌台诗案”，乌台，即御史台，因其上植柏树，终年栖息乌鸦，故称乌台。贬往黄州期间，东坡还坐了103天的牢，受尽折磨。大量的研究已经表明这对东坡的创作来说是一个重大转折，东坡的心境经过了乐—悲—旷的变化，由年轻时的名满天下、春风得意变为天涯沦落的悲苦孤寂，如《初到黄州》“自笑平生为口忙，老来事业转荒唐。长江绕郭知鱼美，好竹连山觉笋香。逐客不妨员外置，诗人例作水曹郎。只惭无补丝毫事，尚费官家压酒囊”在自嘲的口吻中饱含难以排遣的寂寞。这一时期其作品风格由早期的豪健清雄向清旷简远、平淡自然过渡。而这一时期也是他咏梅的高产期，写了41首咏梅诗作。

这是一首七言古风，自南朝鲍照、江总以来，咏梅很少用古风的，是与秦观《和黄法曹忆建溪梅花同参寥赋》的唱和之作，用的是仄声韵。前人多以“清真”(查慎行语)、“清峭”(纪昀语)许之，追求一气呵成浑然自然之趣。全诗可分四个层次，每四句为一层。首四句赞美秦观的诗，次四句写赏看梅花，再四句写与梅花情缘，末四句忆旧游并发出感慨。全诗由梅及人、由人及梅，曲尽意致，感情沉郁。

首层赞美秦观的诗，说西湖处士林逋死去已久“骨应槁”了，只有秦观这首梅花诗才压倒了他，而自己因遭受打击本来已“心如死灰”，不大容易起感情的波澜了，他在《自题金山画像》中说“心似已灰之木，身如不系之舟”。此时却因为喜爱秦观这首梅花诗，故而被梅花撩拨起了看花的兴致。“被花恼”，恼，撩拨。

第二层写赏梅。“多情”句写自己期待“暗香浮动月黄昏”的那种意境，然而“残雪消迟月出早”，节令虽已届春季，但还有一部分残雪迟迟不曾消融；时正黄昏，月儿却早早地钻出了云缝。接着通过对比，用“江头千树”与“竹外一枝”做对比写梅，这看似东坡信手拈来，但又非常贴切自然。纪昀批《苏文忠公诗集》卷二十二说：“实是名句，谓在和靖(林逋谥号)‘暗香’‘疏影’一联之上，故无愧色。”《诗人玉屑》卷十七引范正敏《遁斋闲览》云："东坡吟梅一句云'竹外一枝斜更好'，语虽平易，然颇得梅之幽独娴静之趣。凡诗人咏物，虽平淡巧丽不同，要能以随意造语为工。"这里侧重勾画梅花斜倚修竹的幽独娴雅之神，这正暗合诗人自己的落寞情怀。我们可以想象一下，江边千树春花争奇斗艳，时近黄昏，几枝竹影中一枝老梅的瘦枝旁逸斜出，你说是幽独清寂也好，说是无所用心也好，总之它就那么看似不经意地在那里，与千树的春色格格不入，这种"无我之境"让人体味不尽。后来陆游赋予了它"无意苦争春"的品格，又似乎过于主观了。

最后回忆旧游和抒发感慨。回忆熙宁四年至熙宁七年（1074）在杭州通判任上游西湖的"醉眠处"，苔枝缀玉，色清香幽，梅花纷纷扬扬落满身上和地下。洒在身上的，如同是在装点他的裙腰；掉在地下的，多得不能扫，也不舍得去扫掉。"裙腰"，根据白居易《杭州春望》"谁开湖寺西南路，草绿裙腰一道斜"诗意，一般认为是用来借喻长着碧草的山腰，或是指孤山。看着它，诗人回想起当年在杭州通判任上，因为向往林逋"梅妻鹤子"赏梅的雅兴，公务之暇常常在孤山一带赏梅饮酒，在哪里醉了，就在哪里醉眠。接下来，"万里春随逐客来，十年花送佳人老。去年花开我已病，今年对花还草草。"草草，形容忧虑的样子。《诗经·小雅·巷伯》谓："骄人好好，劳人草草。""草草"一词在王安石的《示长安君》里也有："少年离别意非轻，老去相逢亦怆情。草草杯盘共笑语，昏昏灯火话平生。"可看出"草草"让人联想平生之感，东坡在这里已经不是写梅了，而是写情怀。"万里"对"十年"，纪昀说："悲壮似高岑口吻。""年年岁岁花相似，岁岁年年人不同"，多少人生变故和悲凉都在这"病"和"老"啊！此二字是我们赏读这首诗的关键词，"生、老、病、死"四大苦在这里占了两个，可以想见东坡此时的老病孤愁。逐客、佳人，都是诗人自喻，逐客指东坡被朝廷贬谪的身份。但东坡的感情又不止于老病孤愁，而是"不如风雨卷春归，收拾余香还畀昊"，不如趁着风雨和春一起归去，把余香还给上天，这是说要保持高洁独立的人格不自悲自弃，超然旷达对待命运的不公。余香，春尽花凋，唯留余香。畀，给予；昊，广大的天；畀昊，交给上天。《诗经·小雅·巷伯》有句："投畀有昊。"诗至此黯然而结，语意沉痛，寄慨遥深。

关于此诗，元代韦居安在《梅磵诗话》卷下说"梅格高韵胜，诗人见之吟咏多矣。自和靖'香影'一联为古今绝唱，诗家多推尊之。其后东坡次少游'槁'字韵及谪罗浮时赋古诗三篇，运意琢句，造微入妙，极其形容之工，真可企微孤山。以此见骚人咏物，愈出而愈奇也"，给予了极高的评价，这是因为写出了"梅格"的缘故。全诗由梅及人、由人及梅，曲尽意致，感情沉郁。语多用典而不着痕迹，给人造语平易不事雕琢、一气呵成、浑然自成之感，这也只有像苏轼这样的大手笔才能做到。

七、咏梅"新变"

宋代是咏梅史上的鼎盛时期，受时代生活和审美风尚的影响，较有影响的诗人几乎无一人不咏梅，咏梅诗在数量及艺术上达到了前所未有的高度。到了宋代，始自六朝的咏梅诗渐渐地形成了比较固定的咏梅模式：人们或从霜雪写梅之芳洁冷峻，或从水月描梅之横枝疏斜，状梅之清癯骨格，或以松、菊等富有象征意义的花木烘托梅凌寒傲雪之精神，或以桃李等百花反衬梅花之孤标神。而南宋"中兴四大诗人"之一的杨万里的咏梅诗在这种固定模式的审美范式中出现了"新变"，在咏梅模式、梅花拟象、梅花形象等方面都对传统有所突破。杨万里酷爱梅花，在其4200余首诗作中，咏梅之作就有140首之多。其对传统模式的突破主要表现在以下几个方面。

(一) 咏梅模式从把梅花与百花对立比较，变为从梅花与百花皆美的角度来抒写爱梅之情

咏梅诗人常把梅花和春季开放的百花对立起来，进行比较，贬抑百

花，褒扬梅花。如“知君有意凌寒色，羞共千花一样春”（陆希声《梅花坞》）、“众芳摇落独暄妍，占尽风情向小园”（林逋《山园小梅》）、“梅花吐幽香，百卉皆可屏”（陆游《古梅》）等，百花作为梅花的小小陪衬，反衬着梅花的一枝独秀，超凡脱俗。以盛开于春风中的桃李的妖娆热闹反衬梅花高洁孤傲，如“素艳照尊桃莫比，孤香黏袖李须饶”（郑谷《梅》）、“疏影横斜语最奇，桃李凡姿无此格”（王庭《和王宰早梅》）、“冰雪林中著此身，不同桃李混芳尘”（王冕《白梅》）、“桃李有愧色，枯枝试并栏”（王珪《梅花》）等。杨万里也喜爱梅花，他赞美梅花的芳香、傲骨，但他却很少以“不与桃李混芳尘”的咏梅模式来抒发爱梅之情，而是从梅花与百花皆美的角度来抒写爱梅之情。如《瓶中梅杏二花》：

梅花耿耿冰玉姿，杏花淡淡注燕脂。
两花相娇不相下，各向春风同索价。
折来双插一铜瓶，旋汲井花浇使醒。
红红白白看不足，更遣山童烧蜡烛。

“两花相娇不相下”，爱梅花亦爱杏花，这是杨万里对自然之物的喜爱，充分表现他对生活的热爱。梅花有耿耿的冰玉之姿，杏花有淡淡的燕脂之色，它们红红白白，颜色虽有不同，但各有其美，所以诗人认为“两花相娇不相下”，以至于到了晚上，还要点上蜡烛继续观看。喜爱梅花，并不贬抑杏花，还把二者放在一起描写，一改前人窠臼。爱梅花亦爱杏花，痴爱至极。不仅如此，杨万里还开创了一种新的写作模式，那就是在诗歌中品评、比较不同品种的梅花，展示它们各自不同的动人风采，力图表现出它们独特之神韵，这可以说是杨万里对咏梅模式的创新。

《蜡梅》(其二)

江梅珍重雪衣裳，薄相红梅学杏装。

渠独小参黄面老，额间艳艳发金光。

江梅、红梅和蜡梅，都是咏梅诗中常见的。前人常单咏红梅、白梅或蜡梅，或赞江梅之“雪树元同色”（杜甫《江梅》），或赞江梅美蜡梅“学得汉宫妆，偷传半鹅黄”（吕本中《蜡梅》），或赞红梅兼具霜雪之傲姿与杏花般的妖娆之色，杨万里综合前人之意，把这三者放在同一幅画面上，在江梅、红梅与蜡梅组成的五彩斑斓的画面中突出金光闪闪的蜡梅。再如《烛下瓶中江蜡二梅》：

江梅蜡梅同日折，白昼看来两清绝。
如何对立烛光中，只见江梅白于雪。

江梅与蜡梅，皆具清绝之特点，白日看来并无高低上下之分，而到了夜晚，在烛光之下，白梅却更胜一筹，比白雪还白。作为理学家的杨万里，以“观造化之妙”的方式来观照梅花，他“别眼看天公”，“偷窥造化功”，所以无论是梅花还是什么别的花，在他眼中虽各有风神，但无不充满生机和活力，无不表现了大自然无限的勃勃生气；无论是红梅、白梅还是什么别的梅花品种，皆能入其法眼，使这些梅花展现出各自的风采，从而突破了贬抑桃李褒扬梅花的模式。

出于对大自然的热爱，杨万里彻底改变了我们审美经验中的梅花形象，梅花焕发出新的生机，以新的形象出现在我们面前：

山间幽步不胜奇，政是深夜浅暮时。
一枝梅花开一朵，恼人偏在最高枝。

——《探梅》

两朵三枝梅正新，不疏不密最怏人。
花枝夹径嗔人过，絓脱老夫头上巾。

——《至后与履常探梅东园三首》之二

千里来为五斗谋，老亲望望且归休。
春光尽好关侬事，细雨梅花只做愁。

——《甲申上元前闻家君不快，西归见梅有感二首》其二

山路婷婷小树梅，为谁零落为谁开。
多情也恨无人赏，故遣低枝拂面来。

——《明发房溪》

这四首诗中的梅花与我们印象中的梅花大相径庭，《探梅》中的梅花俏皮狡猾，仿佛故意笑盈盈地在高枝之上诱惑着诗人，开着诗人的玩笑。《至后与履常探梅东园三首》之二中的梅花娇嗔可爱，竟然把赏花人的头巾挂脱掉。《甲申上元前闻家君不快，西归见梅有感二首》其二中的梅花在细雨之中愁容满面。《明发房溪》中的梅花多情而寂寞，默默地开落，恨无人关注和欣赏。传统观念中的矜持庄重、高洁孤傲、幽独雅逸的梅花从高处不胜寒的神坛走下来，从不食烟火的"神化"形象变为世俗化的"人"的形象——她有"羞"、有"嗔"、有"愁"、有"恨"、有血、有肉。

(二) 梅花拟象从把梅花比喻为"美人""高士"到富有创造性地把梅花比拟为兄长："梅兄"

唐朝时人们明确地以女子来喻写梅花，但为数不多，拟人化的想象还没有充分地展开。入宋之后，人们开始大量运用拟人的手法来表现梅花，宋人笔下最早出现的拟象是"美人"，如"额黄映日明飞燕，肌粉含风冷太真"（王安石《次韵徐仲元咏梅二首》）等，就是把梅花比作人间绝色美女。随着人们对梅花神韵内涵的重视，人们更多地用洗尽铅华、冰肌玉肤、超然物外的"仙人"来比拟梅花，如"素娥窃药不奔月，化作江梅寄幽绝"（陆游《芳华楼赏梅》）、"姑射仙人冰雪容，尘心已共彩云空"

（朱熹《梅》）、“冰雪肌肤潇洒态，须知，姑射仙人正似伊”（无名氏《南乡子》）、“肌肤绰约真仙子，来伴冰霜，洗尽铅黄，素面初无一点妆”（周邦彦《丑奴儿·梅花》）、“烟姿玉骨尘埃外，看自有神仙格。花中越样风流，曾是名标清客”（赵长卿《水龙吟》）等。从南北宋之交时开始，直接以士人的高格来拟写梅花的诗作多起来了，如“正是花中巢许辈，人间富贵不关渠”（朱服《梅花》），“绝似人间隐君子，自从幽处作生涯”（戴复古《梅》），“风流晋宋之间客，清旷羲皇以上人”（张道洽《梅花》）。

杨万里咏梅诗中的拟象有时是“仙人”：“梅仙晓沐银浦水，冰肤别放瑶林春”（《雪后寻梅》）；“梅仙踏雪步生尘，储后梅诗雪共新”（《和皇太子梅诗二首》其二）。有时是“隐士”“贵人”，如“林中梅花如隐士，只多野气无尘气，庭中梅花如贵人，也无野气也无尘”（《郡治燕堂庭中梅花》）。但在“仙人”“隐士”“贵人”这些传统的拟象之外，富有创造性的是他把梅花比拟为兄长，比如《烛下和雪折梅》：

梅兄冲雪来相见，雪片满须仍满面。
一生梅瘦今却肥，是雪是梅浑不辨。
唤来灯下细看渠，不知真个有雪无？
只看玉颜汗流珠，汗珠满面滴到须。

诗人采用拟人手法，呼梅为“兄”，并由此生发出去，将花蕊想象成“梅兄”的胡须，这样文人笔下典型的稀疏瘦劲、疏枝浅蕊的自然意蕴上的梅花形象和风度高雅、性格孤峭的人文意蕴上的梅花形象，一变而为诙谐幽默的男人形象，他长着胡须（梅蕊）、身材肥硕臃肿（身上有雪），冒雪而来，动作匆忙，汗流满面，是那么的有趣、可爱、活泼。在杨万里的咏梅诗中，还有像“酒兵半已卧长瓶，更看梅兄巧尽情”“道是梅兄不解琴，南枝风雪自成音”（《和张功父梅诗十绝句》）、“翁欲还家即明发，更为梅兄留一月”（《郡治燕堂庭中梅花》）这样以“梅兄”为拟象的诗句。

“梅兄”这个新拟象，让我们看到的不仅是诗人对梅花的热爱之情和诗人与梅花之间兄弟朋友般的亲密感情，透过“梅兄”这个拟象所传达出的爱梅之情，结合杨万里其他的诗歌作品，我们可以看出杨万里“物吾与也”思想对其诗歌的某些影响。

“物吾与也”是宋代理学家张载首先明确提出的一个命题，其理学名篇《西铭》云：“乾称父，坤称母，予兹藐焉，乃浑然中处。故天地之塞吾其体；天地之帅吾其性。民吾同胞，物吾与也。”意即人与万物本原相同，气脉相连，故所有的人都是我的同胞，一切有生命的无生命的物体都是我的朋友，人与人、人与物的关系应该如同兄弟朋友。杨万里接受了这种思想，他以“物吾与也”的仁爱之心观照世界，杨万里在诗歌创作时就不仅仅把自然万物作为纯粹的审美对象，或者作为人物活动的场景，而是把自然万物看作和人类一样具有灵性、思想和感情的生命体，是知心的朋友，是情深的兄弟。从这一点来看，杨万里以普通的“兄长”形象作为梅花的拟象也就不难理解了。

无论是把梅花写得热闹活泼，还是以平等的口吻直呼为“梅兄”都体现了杨万里赋予梅花一种世俗化的形象。世俗化的梅花形象既是杨万里对梅花这个古老且常见的诗歌意象的发展，同时透过这个活泼热闹甚至诙谐可笑的梅花形象，我们感受到的是诗人世俗化的思想。杨万里“人在城市”（《西归诗集序》），“身居金马玉堂之近”“职在献纳论思之地”（《山居记》），其诗歌创作不可避免地带上了其生活环境的世俗化色彩，这种世俗色彩在其山水诗中也有所体现，梅花形象的返回人间可以说是其诗歌世俗化的一个方面。这种世俗化的思想是“他的时代的生活所赋予他的”。杨万里生活的南宋时代，城市经济发展迅速，市民阶层人数不断增加，市民文艺兴起，人们（尤其是读书人）的价值观和审美观也发生着变化，诗歌开始向以诗自娱、吟咏性情的方向倾斜。

八、梅与爱国

如果说林逋爱梅成癖，那么陆游则是爱梅成癫。陆游一生与梅结缘，作诗万首，咏梅上千首，今存160多首咏梅诗、5首咏梅词，从数量上来说应该是咏梅诗人中最多的。其《卜算子·咏梅》一词更是咏梅的千古绝唱，刻画了一种坚贞不屈、孤芳自许绝不同流合污的高洁人格形象。继苏轼提出“梅格”说之后，陆游咏梅更是自觉实践，把梅作为抒写人格精神的对象，达到了爱梅成癫若狂的程度。他在《园中绝句》一诗中写道：“梅花重压帽檐偏，曳杖行歌意欲仙。后五百年君记取，断无人似放翁颠。”在陆游的梅花诗词中梅花只是诗人抒写情怀的符号。祖国沦丧、报国无门的苦闷，使得陆游不拘礼法、耽于狂放。他企图在酒中忘怀，在梅前解脱。“老子舞时不须拍，梅花乱插乌巾香。尊前作剧莫相笑，我死诸君思此狂”（《看梅绝句》），表现了自己梅花乱插、酒醉佯狂的狂放形象，并自号“放翁”。正如屈原“纫秋兰以为佩”，秋兰既是诗人排斥幽愤的表现，又是其高尚品格的象征，梅花在陆游的诗里也完全是一种精神寄托，等同于人格形象。他说：“梅花如高人，妙在一丘壑。林逋语虽工，竟未脱缠缚。”（《开岁半月湖村梅开无余偶得五诗以烟湿落梅村为韵》）他认为林逋还局限于描写梅花本身，而他直接把梅完全看作是与伯夷、叔齐等高人逸士并列的人格，认为梅是“人中商略谁堪比，千载夷齐伯仲间”（《梅》），“自古情钟在吾辈，尊前莫怪泪沾衣”（《别梅》），表达了对梅的无限景仰之情。清人姚莹在《论诗绝句六十首》其三十三中说“铁马楼船风雪里，中原北望气如虹。平生壮志无人识，却向梅花觅放翁”，认为陆游《书愤》诗中铁马秋风、中原北望“塞上长城空自许”的那种强烈的爱国情怀在当时无人理解，陆游只好把满腔忧愤寄托于对“梅格”的日复一日地反复吟咏中，梅几乎成了陆游自恋的对象。

在陆游的笔下，梅花作为一种人格形象，具有强烈的抒情性，给我们呈现出一种“醉客”的姿态。如“当年走马锦城西，曾为梅花醉似泥”

(《梅花绝句》),“把酒梅花下，不觉日既夕”(《大醉梅花下走笔赋此》),“岁月相寻岂有穷，早梅唤醒醉眠翁”(《探梅》),“排日醉过梅落后，通宵吟到雪残时”(《小饮梅花下作》),“老来爱酒剩狂颠，况复梅花到眼边”(《再赋梅花》),“青羊宫前锦江路，曾为梅花醉十年”(《梅花》)，几乎每首咏梅诗作里都与醉酒有关。在诗里“梅花”是与陆游惺惺相惜的知交好友，是诗人可以托付心事、互相倾诉的对象。那么，陆游为什么对梅花如此看重呢？固然因为前人赋予梅花那些高洁的情操，还因为“与卿俱是江南客，剩欲樽前说故乡”。宋室南渡，大片祖国河山沦陷金兵铁蹄之下，而南宋王朝偏安一隅，不思进取，“暖风吹得游人醉，直把杭州作汴州”(林升《临安绝句》)，陆游强烈的爱国情怀、报国无门的愤懑无处倾诉，只能借酒浇愁，寄托于梅花，抒发自己的心声。

梅花

陆游

月地云阶暗断肠，知心谁解赏孤芳。
相逢只怪影亦好，归去始惊身染香。
渡口耐寒窥净绿，桥边凝怨立昏黄。
与卿俱是江南客，剩欲樽前说故乡。

此诗首联即带有很强的主观情感，把梅当成自己的知心朋友，“断肠”揭示了诗人内心的孤愤，所以问“谁解赏孤芳”,“孤芳”也是历代诗人咏梅赋予梅花的一个意蕴。此前已出现“孤艳”“孤芳”等词，如王安石《梅花》:“风亭把盏酬孤艳，雪径回舆认暗香。”苏辙《梅花诗》:“孤芳已与飞霞竞，结子仍先百花老。”而《卜算子•咏梅》“无意苦争春，一任群芳妒。零落成泥碾作尘，只有香如故”可以说把梅的这种孤芳自赏、不同流合污的品格写到了极致。颔联承袭林逋“疏影”“暗香”两大经典特征，并翻出新意，写与梅相逢那种爱梅连影也觉得好的情怀，而与梅相处暗受影响“身染香”，一“惊”字写出那种意外的惊喜。颈联“耐寒”“凝怨”进一步写出梅之不屈、忧愤。尾联点明主旨，写与梅相互慰藉，抒发了对故国的强烈思念之情。

淳熙二年（1175），范成大由桂林调至成都，任四川制置使，举荐陆游为锦城参议。范成大统帅蜀州，陆游为参议官，二人以文会友，成知遇至交。范成大也是非常爱梅之人，在石湖玉雪坡（苏州城西南十八里）种植梅花数百株，并购买南边王家旧宅七十多间，悉数拆除种植梅花，以供研究赏玩之用，并著有《梅谱》一书，这是最早研究梅的学术专著，搜集梅花品种达12种之多，有“江梅”“早梅”“官城梅”“消梅”“古梅”“重叶梅”“绿萼梅”“杏梅”“鸳鸯梅”等。由此可见，宋代在林逋、苏轼等人的影响下，文人雅士赏玩梅的幽姿、崇尚梅的品格，写下大量咏梅诗词，梅文化蔚为大观。陆游与范成大多有交往酬唱，感情甚笃，同为南宋“中兴四大家”之一（余二人为尤袤、杨万里），都是力主北伐抗金的主战派，然而南宋主和势力诋毁陆游“不拘礼法”“燕饮颓放”，范成大迫于压力，将陆游免职。陆游就在杜甫草堂附近浣花溪畔开辟菜园，躬耕于蜀州。此诗应写于这一时期，可见放翁强烈的故国之思和报国无门的愤懑。他在《秋夜将晓出篱门迎凉有感》中写道：“三万里河东入海，五千仞岳上摩天。遗民泪尽胡尘里，南望王师又一年。”当他1192年读到范成大于宋孝宗赵玮乾道六年（1170）出使金国时所作的日记《揽辔录》后，感慨万千写下《夜读范致能揽辔录》：“公卿有党排宗泽，帷幄无人用岳飞。遗老不应知此恨，亦逢汉节解沾衣。”这既是对范成大爱国精神的惺惺相惜，也是对自己遭遇的深沉感喟。

陆游除了爱梅成癫，其《梅花绝句》更是给我们塑造了一个“一树梅花一放翁”的惊世骇俗的形象：

闻道梅花坼晓风，雪堆遍满四山中。

何方可化身千亿，一树梅花一放翁。

此诗化用柳宗元“若为化得身千亿，散上峰头望故乡”句，极写其对梅花之喜爱。此诗乃陆游于嘉泰二年（1202）春作于山阴，时年78岁，闲居在家。我们知道，陆游是著名的爱国诗人，晚年念念不忘收复北方沦丧国土，“遗民泪尽胡尘里，南望王师又一年”“夜阑卧听风吹雨，铁马冰河入梦来”，临终《示儿》都是“王师北定中原日，家祭无忘告乃翁”的，为何在他78岁高龄要说“一树梅花一放翁”呢？请看诗的首句，写梅花在清晨凛冽的寒风中傲然绽放，次句写诗人放眼四顾，树树梅花开遍山野，犹如山中落满了皑皑的白雪，极为壮观。此二句就给我们展现出梅花不畏严寒、果敢独立的气势，梅花这种不屈不挠的精神正是陆游念念不忘收复河山的爱国情怀的写照。结合早年“无意苦争春，一任群芳妒”的孤高自许，“何方可化身千亿，一树梅花一放翁”有一种“谁万千人吾往矣”的英雄气概。“身千亿”这一夸张手法，极言其多，给我们呈现一种漫山遍野梅花傲霜斗雪的壮丽景象，也包含了“待到山花烂漫时，她在丛中笑”的乐观主义精神。

说到以咏梅来抒发爱国之情，除了陆游，不能不提到近代著名爱国诗僧八指头陀。陆游赋予梅花的爱国精神是“一树梅花一放翁”，而八指头陀笔下“万树梅花是泪痕”。他在《梅花岭谒史阁部墓》一诗中凭吊明末民族英雄史可法时写道“荒草萋萋掩墓门，杜鹃啼断月黄昏。欲知亡国当年恨，万树梅花是泪痕”，抒发了强烈的亡国之痛和忧愤之情。八指头陀(1851—1912)，法号释敬安，字寄禅，湖南湘潭人，因“曾于阿育王寺烧残二指，并剜臂肉燃灯供佛”，故号八指头陀。依据湖湘文库中的《八指头陀诗文集》，对他的诗歌进行了统计，吟咏梅的诗歌共有129首，其中直接以梅来命题的诗歌19首，梅意象出现的次数有146次，高居其咏物诗中诸意象之冠，成为第一意象，是著名的咏梅诗人。

九、历代女诗人咏梅

历代女诗人咏梅大概自南北朝时期南齐苏小小始，因为在这之前的女诗人蔡文姬、谢道韫都未见咏梅诗作。苏小小，乃是南齐时钱塘第一名伎。本为杭州富商家庭的小姐，15岁那年，父母谢世，她孤身一人无依无靠，只好变卖家产，带着乳母贾姨移居到城西的西泠桥畔，在松柏林中的小楼里，每日靠积蓄生活。因为年轻有才且家底殷实，她闲居无事经常以诗会友，又长相玲珑秀美，气韵非常，引得当时文人雅士、名流显贵争相趋附，一时间车马盈门，声名大噪。她在家交接宾客，相当于现在的文学爱好者经常在一起聚会举办文学沙龙一样，成为钱塘一带有名的诗人、名妓。

据说，当时的上江观察使孟浪因公事来到钱塘，得闻苏小小诗名，派人延请她上府衙一聚，没想到苏小小很有傲气，不愿趋奉官人，催了几次方来，孟浪决定为难她一下，于是指着庭外一株梅花让她作诗，苏小小从容不迫信口吟出：

梅花虽傲骨，怎敢敌春寒。
若更分红白，还须青眼看。

此诗说梅花虽然有傲骨，但怎么敢抵挡料峭的春寒呢？意思是自己一弱女子不敢与官家为难，官家有请只好上门来了，苏小小虽为名妓，但只是把她家作为交朋结友的交际场所，是卖艺不卖身的，她其实只是一名文艺女青年，她家庭殷实卖艺也不一定，也许只是爱好交友罢了，但并非人们理解的“妓女”，所以“若更分红白，还须青眼看”。告诉孟浪不要把她与低贱的妓女等同，要“分红白”区别开来，以“青眼”相待，不能轻慢。青眼，语出《晋书·阮籍传》“籍又能为青白眼。见礼俗之士，以白眼对之。常言‘礼岂为我设耶’时有丧母，嵇喜来吊，阮作白眼，喜不怿而去；喜弟康闻之，乃备酒挟琴造焉，阮大悦，遂见青眼”，指对人喜爱或器重，与“白眼”相对，如杜甫《短歌行•赠王郎司直》：“仲宣楼头春色深，青眼高歌望吾子。”黄庭坚《登快阁》：“朱弦已为佳人绝，青眼聊因美酒横。”我们知道，在魏晋南北朝时期的咏梅诗作里，几乎没有“傲骨”一词的，是苏小小赋予了梅花“傲骨”，也是表现了自己虽家道中落，沦为低贱，但也具有绝不低眉俯首、趋奉权贵的傲骨。据说苏小小自尊不阿的态度赢得了孟浪的赞佩。

苏小小不仅是一位有傲骨的才女，也是一名大胆追求爱情的有情女子。据说有一天苏小小外出游玩，遇到了南京来的美公子阮郁，两人一见倾心，阮郁到苏小小家拜访，受到美人的礼遇，晚上便同榻而眠，从此形影不离，每日相携游山玩水，情投意合。但阮郁的父亲听说他与苏小小混在一起，囿于封建礼教，非常生气，把他赶回南京，苏小小整日企盼，不见情郎来，忧郁病倒，后来在另一文雅公子鲍仁的陪同下，才渐渐恢复健康。但佳人薄命，于19岁因病去世。鲍仁抚棺大哭，在她墓前立碑曰：钱塘苏小小之墓。苏小小死后，一直为后代才子所称颂，白居易、苏轼都是其粉丝，为其写诗。后人叹曰：“且看青冢留千古，漫道红颜本暂时”“湖山此地曾埋玉，花月其人可铸金”。让人不胜唏嘘。其事迹见于《玉台新咏》《乐府广题》《西湖拾遗》等。

至唐代，女诗人薛涛吟咏过梅花。其《酬辛员外折花见遗》一诗写道：

青鸟东飞正落梅，衔花满口下瑶台。
一枝为授殷勤意，把向风前旋旋开。

薛涛（约768—832），字宏度，本长安良家女，父勋，因官寓蜀而卒。家贫沦落为官中乐伎，大唐三大女诗人之一（余二位李冶、鱼玄机）。姿容美艳，性敏慧，8岁能诗，洞晓音律，多才艺，声名倾动一时。德宗贞元(785—804)中，韦皋任剑南西川节度使，召令赋诗侑酒，遂入乐籍，幕府供职，与韦皋、武元衡、高崇文、段文昌、李德裕，及诗坛巨子元稹、白居易、王建、刘禹锡、杜牧等皆有交往酬唱。后蜀何光远《蜀才妇》记载：薛涛不但“容仪颜丽，才调尤佳，言谑之间，立有酬对”，而且“每承连帅宠念，或相唱和，出入车舆，诗达四方，名驰上国”。(唐) 高正臣辑《高氏三宴诗集·外八种》之《薛涛集补遗》附录称“薛涛成都妓也，以诗名当时，虽失身卑下而有林下风致。故词翰一出则人争传以为玩”，居成都浣花溪上，自造桃红色的小彩笺，用以写诗。后人仿制，称为“薛涛笺”。其书法“无女子气，笔力峻激，其行书妙处，颇得王羲之法”。每喜书自己所作诗，思致俊逸。晚年好做女道士装束，建吟诗楼于碧鸡坊，在清幽的生活中度过晚年。薛涛为诗数十载，成诗约500首，今存不足100首，有《锦江集》若干卷传世。唐代王建有诗称赞她：“万里桥边女校书，枇杷花下闭门居。扫眉才子知多少，管领春风总不如。”(《寄蜀中薛涛校书》)

这是一首送给辛员外的酬唱诗，因为辛员外折梅花送给她，她才回赠了这首诗。辛员外何人不可考。薛涛曾以乐妓的身份在剑南西川节度使韦皋的幕府里侍酒赋诗，常周旋于达官贵人、诗客名流之间。虽社会地位低下，但在与大人先生们的酬赠唱和中，无淫声，无媚气，不卑不亢，甚为得体，她常常以诗来表明自己的节操和理想，如以竹自喻，“常见劲节负秋霜”（《竹离亭》），以荷花出淤泥而不染自喻，如“芙蓉空老蜀江花”（《酬杜舍人》）。关于此诗，清代诗论家赵世杰评为“玲珑玄妙”。青鸟，典出《汉武故事》。一日，承华殿前，西飞青鸟而至。帝问：“何也？”东方朔答：“西王母将至也。”须臾，果然西王母到。从此，后世称西王母信使为“青鸟”。瑶台，或称“瑶池”，指神仙西王母所居之处。旋旋，渐渐之意。如白居易《和薛秀才寻梅花同饮见赠》：“歌声怨处微微落，酒气熏时旋旋开。”一二句把辛员外折花相赠比喻为西王母的信使青鸟，衔着花从瑶台下来。三四句写诗人接过辛员外赠的这枝花感受到辛员外的“殷勤”好意，向风把玩的那种喜悦情态。

纵观薛涛向来不卑不亢的处世哲学与孤芳高洁的人格，此诗之“玄妙”至少可以让人揣摩出两类“信息”：一是如典所指，以“青鸟”身份出现的辛员外，及其所传达的某种信息；二是这位员外郎既然“折花”而献，由此定有令女诗人感叹不已的某种“信息”。尽管这位“信使”到底向女诗人传达了什么令其高兴的“信息”，我们虽然无法揣度，但是可以想象诗人手持梅花，迎风把玩，旋旋而开的那种飘逸潇洒的仪态，而这里的“梅花”必定也是能引起诗人某种美好联想的意象，在千年之后，女诗人的这首看似普普通通的“酬答”之作，真可谓诗意盎然。

到宋代，李清照是咏梅的大家，现存35首咏花词中，其中写梅达13首之多。如《渔家傲》：“雪里已知春信至，寒梅点缀琼枝腻，香脸半开娇旖旎，当庭际，玉人浴出新妆洗。造化可能偏有意，故教明月玲珑地。共赏金尊沉绿蚁，莫辞醉，此花不与群花比。”然咏梅的诗作却鲜见，只有一首《偶成》虽未注明所咏为梅花，但据易安居士对梅之喜爱，我们大略可以判断所咏为“梅花”。

偶成

李清照

十五年前花月底，相从曾赋赏花诗。

今看花月浑相似，安得情怀似往时！

另有《清平乐》词一首，可以看作是对此诗的注脚：“年年雪里，常插梅花醉。挼尽梅花无好意，赢得满衣清泪。今年海角天涯，萧萧两鬓生华。看取晚来风势，故应难看梅花。”这首词写观赏梅花，感物是人非，岁月沧桑，正与《偶成》看花之感如出一辙。十五年前看花是与丈夫赵明诚恩爱伉俪，相从赋诗；而今看花物是人非，心境已大为不同。今昔对比，正见沧桑之感。

我们知道，李清照的人生以宋室南渡为界，可分前、后两期。前期的李清照是生活幸福美满、无忧无虑的官宦少妇，以写诗、宴游为乐事，是那个“常记溪亭日暮，沉醉不知归路”（《如梦令》）的悠闲浪漫的闺中女子，此时多写自然风光和离别相思。而后期北宋灭亡，她逃亡南下，饱受颠沛流离之苦，感国家破灭、丈夫病亡，是“寻寻觅觅、凄凄惨惨戚戚”（《声声慢》）人比黄花瘦的孤凄憔悴形象，此时主要抒发伤时念旧和怀乡悼亡的情感，表达了自己在孤独生活中的浓重哀愁，孤独，惆怅。

这一首咏梅之作，更多的是国破家亡的沉痛感喟。咏梅赋予国破家亡的兴亡之由、今昔之感，自杜甫的《江梅》始，经苏轼、陆游、李清照等诗人的吟咏，至明清之际蔚然成为咏梅审美意蕴的又一分支。

宋代女诗人朱淑真咏梅给我们呈现出另一道风景。朱淑真（约1131—1180），又作朱淑珍、朱淑贞，号幽栖居士，南宋著名女词人，约生活于南宋高宗、孝宗时期，是唐宋以来留存作品最丰盛的女作家之一。钱塘（今浙江杭州）人，一说海宁（今属浙江）人，祖籍歙州（治今安徽歙县）。生于仕宦之家，小时家境富足，天生丽质，受过良好教育，通音律、能绘画，是宋朝仅次于李清照的女词人。丈夫是文法小吏，因志趣不合，夫妻不和睦，最终因抑郁早逝，终年不到50岁，墓在杭州青芝坞。又传淑真过世后，父母将其生前文稿付之一炬。其余生平不可考，素无定论。现存《断肠诗集》《断肠词》传世，是劫后余篇。

朱淑真是历代女诗人中咏梅诗作较多的，大致与吕碧城相当。她的咏梅诗写得清新自然，多是自己的闺中生活和情思，如“病起眼前俱不喜，可人唯有一枝梅”“的皪江梅浅浅春，小窗相对自清新”“惟有梅花无限意，对人先放一枝春”（《冬日梅窗书事四首》）等。她的《探梅》一诗写得很有生活情趣，表现了封建礼教压抑下中国女子那种活泼率真的自然人性。

探梅

朱淑真

温温天气似春和，试探寒梅已满坡。

笑折一枝插云鬓，问人潇洒似谁么。

这首诗里，诗人写一个风和日暖的春日去踏春，看到满山坡的梅花烂漫可爱，心情非常愉快，折下一枝梅花插在云鬓里，问：有谁能像我这么潇洒吗？诗歌写得清新自然，充满生活情趣，一个天真烂漫活泼率真的女子形象跃然纸上，这在中国女性文化里是非常可贵的，是一种非常淳朴自然的人性的流露，这大概只有李清照前期的作品可以比拟。

接下来这位女诗人是国学大师陈寅恪非常推崇的“秦淮八艳”之一、明末清初吴江名妓柳如是（余七人为马湘兰、卞玉京、李香君、董小宛、顾横波、寇白门、陈圆圆）。柳如是（1618—1664），本姓杨，名爱，后改姓柳名是，字如是，据说是受辛弃疾词“我见青山多妩媚，料青山见我应如是”的影响，也有说是取《金刚经》首句“如是我闻”改名。小字影怜，号河东君，浙江嘉兴人，幼年被卖到盛泽归家院名妓徐佛家为养女。受徐教养，诗擅近体七言，分题步韵，作书得虞世南、褚遂良笔法，工绘画，多与名士文人往来。后嫁著名学者南明的礼部尚书钱谦益为妾。清兵陷南京，南明覆灭时，柳劝钱氏殉国，钱后来降清。不得志，遂暗中支持反清复明，被清廷逮捕。柳积极奔走营救。钱氏死后，族人要挟勒索，自缢而死。

她的故事传说颇多，陈寅恪曾在晚年写成《柳如是别传》一书，认为柳如是“出于婉娈倚门之少女，绸缪鼓瑟之小妇，而又为当时迂腐者所深诋，后世轻薄者所厚诬之人”“其孤怀遗恨，有可以令人感泣而不能自已者”，并誉之为“女侠名姝”“文宗国士”。柳如是以爱国情怀为世人所称道，明亡之际与张溥、陈子龙、李存我等民族志士多有交往，曾对张溥说：“中原鼎沸，正需大英雄出而戡乱御侮，应如谢东山运筹却敌，不可如陶靖节亮节高风。如我身为男子，必当救亡图存，以身报国！”有一件事足以说明其爱国情怀，崇祯帝自缢，清军占领北京后，南京建成了弘光小朝廷，柳如是支持丈夫钱谦益当了南明的礼部尚书。不久清军南下，当兵临城下时，她劝钱与其一起投水殉国，钱沉思无语，最后走下水池试了一下水，说“水太冷，不能下”，柳氏“奋身欲沉池水中”，却给钱氏硬托住了，后来钱便腼颜迎降清廷。

次韵永兴寺看绿萼梅作

柳如是

乡愁春思两欹斜，那得看梅不忆家。
折赠可怜疏影好，低回应惜薄寒赊。
穿帘小朵亭亭雪，漾月流光细细沙。
欲向此中为阁道，与君坐卧领芳华。

这首咏梅七律即她唱和丈夫钱谦益在永兴寺看绿萼梅的酬唱之作。钱谦益去杭州赏梅，柳如是没有同去。她是在看到钱诗后相和而作，当时两人尚未结婚。此诗通过和诗抒发其因钱氏杭州永兴寺赏梅后引起的乡愁之情、惜梅之感、伴梅之愿的复杂情思。尾联抒发伴梅的愿望。意思是说，想要向月光下如雪之梅的美景中造一条架空的通道，我和你坐着躺着都可以领略这美好的花。然而作为明末东林党魁、一代文宗钱谦益最后却投降清朝，成了汉奸。命运给人开了个无情的玩笑，往往在国家败亡之际才能看出一个人的风骨，因此，她的另一首《咏梅》：“色也凄凉影也孤，墨痕浅晕一枝枯。千秋知己何人在，还赚雄师入梦无？”发出了对“千秋知己”的疑问，也表达了自己不甘做亡国奴的民族气节。所以后来自沉昆明湖的王国维也非常推崇柳如是，写下“幅巾道服自权奇，兄弟相呼竟不疑。莫怪女儿太唐突，蓟门朝士几须眉？”的诗句。在王国维看来，在国破家亡的危难时刻，包括柳如是丈夫、时任南明礼部尚书的钱谦益在内的那些在屈膝变节的士大夫们（即诗中的“蓟门朝士”），在气节和操守方面是远远不如柳如是这个妓女的。

我们不能不说在历代女诗人的咏梅史上，柳如是的爱国情怀对后世文人影响深远。同时也可以看出历代女性虽经封建礼教压抑但仍不失人性和情怀，其不甘沉沦的见识和果敢抗争的精神更有甚于须眉，秋瑾就是这些女性中最为杰出者。秋瑾（1875年11月8日至1907年7月15日），中国女权和女学思想的倡导者，近代民主革命志士，第一批为推翻清朝政权和数千年封建统治而牺牲的革命先驱。作为爱国志士，秋瑾的人格觉醒、爱国精神不仅体现在“膝室空怀忧国恨，谁将巾帼易兜鍪”（《杞人忧》），“拼将十万头颅血，须把乾坤力挽回”（《黄海舟中日人索句并见日俄战争地图》）等掷地有声的诗句中，也体现在她的咏梅诗作里。

梅十首（其二）

秋瑾

冰姿不怕雪霜侵，羞傍琼楼傍古岑。
标格原因独立好，肯教富贵负初心。

这首诗借咏梅抒发自己人格精神的独立，为追求救亡图存之道不慕富贵坚持“初心”。秋瑾本为富贵官宦人家女子，目睹八国联军入京之战乱，深感祖国落后、国民愚昧之痛苦。1904年7月，不顾家庭反对，冲破封建束缚，自费东渡日本留学，在东京入中国留学生会馆所设日语讲习所补习日文，常参加留学生大会和浙江、湖南同乡会集会，登台演说革命救国和女权道理。1906年，因抗议日本政府颁布取缔留学生规则，愤而回国，在上海创办中国公学，积极谋划推翻清廷的起义。1907年7月6日，徐锡麟在安庆起义失败，其弟徐伟的供词中牵连秋瑾，事败于7月10日被捕，15日凌晨，秋瑾从容就义于绍兴轩亭口，时年仅32岁。她的爱国精神在《对酒》一诗中得到集中表露："不惜千金买宝刀，貂裘换酒也堪豪。一腔热血勤珍重，洒去犹能化碧涛。"

与秋瑾齐名被称为"女子双侠""近三百年来最后一位女词人"的还有吕碧城。吕碧城（1883—1943年1月24日），安徽旌德人，原名贤锡，字遁天、明因，后改字圣因，法号宝莲，别署兰清、信芳词侣、晓珠等。清代山西省学政吕凤岐三女。母名严士瑜，工诗善画、颇有才名。幼承家学，七岁能作巨幅山水画，十二岁诗文俱已成篇。1903年春任天津《大公报》编辑，不久任天津女子师范学校校长。1918年赴美留学，就读于哥伦比亚大学，回国后在上海参加南社。与秋瑾为挚友，力倡女权运动，反对封建专制。

所作诗词清丽明快，多写异域风情，饶有新意，颇得樊增祥激赏，誉之为"姑射婵娟子"，龙榆生称之为近三百年名家词之"殿军"。通晓英、法、德三国文字，精研释典，大力弘扬佛旨。著有《晓珠词》（4卷）、《欧美漫游录》《名学浅说》《文史纲要》《美利坚建国史纲》等。其咏梅诗作有《邓尉探梅十首》等。

邓尉探梅十首（其三）

吕碧城

山河无恙销兵气，霖雨同功泽九垓。

不是和羹劳素手，那知香国有奇才。

（其九）

笔底春风走百灵，安排祷颂作花铭。

青山埋骨他年愿，好共梅花万祀馨。

越到近代，随着妇女解放运动的兴起，妇女的女权意识越来越强烈，自我意识的觉醒在吕碧城的咏梅诗里也得到不同程度的反映。如“不是和羹劳素手，那知香国有奇才”“青山埋骨他年愿，好共梅花万祀馨”等句，都是女权主义的宣言。和羹，《书·说命下》：“若作和羹，尔惟盐梅。”孔传：“盐，咸；梅，醋。羹须咸醋以和之。”南朝宋宗炳《答何衡阳书》：“贝锦以繁采发华；和羹以盐梅致旨。”后用以比喻大臣辅助君主综理国政。素手，女子之手，如《古诗十九首之十》：“纤纤擢素手，札札弄机杼。”李白《游泰山》诗之一：“含笑引素手，遗我流霞杯。”这里喻女性。香国，即花国。元好问《紫牡丹》诗之三：“已从香国偏薰染，更惜花神巧剪裁。”此句意思是说不是靠女子素手和羹，哪里知道花国有梅花这种奇才呢？万祀，即万年。柳宗元《鼓吹曲辞·铁山碎》：“利泽弥万祀，功不可逾。”此二句代表着一代女性渴望身心解放男女平等，她们“流俗待看除旧弊，深闺有愿作新民”（《书怀》），与男人们一样有着建功立业的愿望。

作为中国女权主义运动先驱，吕碧城借助《大公报》这一阵地，积极宣传女权、倡导妇女解放，发表了大量的文章和诗词，如《论提倡女学之宗旨》《敬告中国女同胞》《兴女权贵有坚忍之志》等，在这些文章中，吕碧城指出：“民者，国之本也；女者，家之本也。凡人娶妇以成家，即积家以成国”“有贤女而后有贤母，有贤母而后有贤子，古之魁儒俊彦受赐于母教”“儿童教育之入手，必以母教为根基”“中国自嬴秦立专制之政，行愚民黔首之术……而男之于女也，复行专制之权、愚弱之术，但以女为供其玩弄之具，其家道之不克振兴也可知矣”。吕碧城以“男女平权”为历史起点，以女子教育理论为核心内容，提出了许多系统而深刻的女权思想。这些思想正确处理了“救亡图存”与“男女平权”二者之间的关系，具有深刻平和的特点，以其在思想层面上的进步性与实践层面上的可行性在中国女权思想发展史上居于不容忽视的地位。

同时，她还积极投身于女子教育事业。在1903年，在直隶学务处总办严复的推荐下，吕碧城受当时还是直隶总督的袁世凯的委派，协助傅增祥筹办北洋女子公学，成为我国“第一位政府女子学校之创办人”。1904年10月3日《大公报》刊登了“倡办人吕碧城”发布的《天津女学堂创办简章》，同年11月1日北洋女子公学正式成立并开学，吕碧城出任总教习。1906年，女子公学改名为北洋女子师范学堂，吕碧城升任监督。她终生独身，1943年1月24日在香港九龙孤独辞世，享年61岁。

综观历代女诗人咏梅诗作，我们大致可以看到一种文化的传承和发展的脉络。这里面既有不甘堕落的自尊自爱，也有活泼率真的自然人性。我们既为历代女子被封建礼教压抑，处于被奴役地位的不幸命运感到深深同情，也为“中国女子的勇毅，虽遭阴谋诡计，压抑至数千年，而终于没有消亡的明证”（鲁迅语）感到自豪和崇敬，既对历代兴亡人民颠沛流离给予深沉的感喟，更因女权主义高昂，追求女性解放、民族独立不屈不挠的精神看到未来的希望。

（写于2019年，原载《邵阳日报》）